달빛 변호사

달빛 변호사

1판 1쇄 발행 | 2018년 1월 25일
1판 7쇄 발행 | 2021년 1월 10일

지은이 | 김영훈
펴낸이 | 김경배
펴낸곳 | 시간여행
편 집 | 이진의 · 박정민
홍 보 | 강민정
본문 디자인 | 디자인 [연:우]

등 록 | 제313-210-125호 (2010년 4월 28일)
주 소 | 경기도 고양시 덕양군 지도로 84, 5층 506호(토당동, 영빌딩)
전 화 | 070-4032-3664
이메일 | sigan_pub@naver.com

종 이 | 화인페이퍼
인 쇄 | 한영문화사

ISBN 979-11-85346-73-1 (03810)

이 도서의 국립중앙도서관 출판예정도서목록(CIP)은 서지정보유통지원시스템 홈페이지
(http://seoji.nl.go.kr)와 국가자료공동목록시스템(http://www.nl.go.kr/kolisnet)에서
이용하실 수 있습니다. (CIP제어번호 : CIP2018000687)

마음을
여는
변론
달빛
변호사

김영훈 변론 이야기

시간
여행

마음을 여는
변론 이야기를 시작하며

청년 시절의 삶이 순탄치는 않았다. 사법시험 합격자 명단의 말석에 이름을 올린 후, 변호사로 일하면서 수많은 사람들과 크고 작은 슬픔과 기쁨을 함께했다. 드라마에서 흔히 보듯, 재벌과 싸우면서 대형 비리를 밝혀낸다든가, 조폭과 맞서 직접 주먹이 오고 가는 일은 대부분의 변호사의 삶과는 거리가 멀다. 사무실에서 상담하고, 글 쓰고, 법정으로 재판을 다니며 반복되는 일상을 보낸다. 거창할 것이 별로 없다. 영화로 비유하자면 박찬욱·봉준호 스타일이 아니라 홍상수 스타일이다. 의외로 밋밋하다. 밋밋하지만 각각의 사건들은 하나같이 중요하다. 어떤 일이든 제대로 수행하기 위해서는 의뢰인의 말에 귀를 기울여 주는 변호사, 친구 같은 정겨운 변호사가 되려는 자세가 필요하다. 법정 이야기 속에는 늘 아픔과 치유가 함께한다.

우리 삶의 축소판인 법정 이야기를 어렵지 않게 풀어갈 방법은 없을까. 법을 재미있게 설명할 방법은 무엇일까. 고민을 하다가 이 책의 형식을 구상했다.

이 책은 총 12개의 에피소드로 구성되어있다. 에피소드는 대부분 단편소설 형식을 취했다. 2막의 〈오묘한 조화〉와 〈재판 풍경 변천사〉는 약간 형식을 달리하여 재판 문화에 대한 필자의 생각 위주로 꾸렸다. 형식과 상관없이 과장되지 않은, 사실적인 이야기에 초점을 맞췄다. 글 속에 등장하는 인물들은 우리가 주변에서 흔히 만날 수 있는 평범한 사람들이다. 소년에서부터 어머니와 아버지 그리고 부부, 할머니까지 다양한 연령층이 등장한다. 그들이 나이고 내가 그들이다. 이웃들의 삶을 고스란히 투영하고자 노력했다. 인물과 줄거리는 상상에 바탕을 두어 창작한 것임을 밝힌다. 각 단편마다 주요 인물은 바뀌지만 등장하는 변호사는 같은 사람이다. 덧붙여서 변호사가 갖추어야 할 덕목 12가지를 에피소드마다 하나씩 언급했다. 문장력, 순발력, 통찰력, 연민과 동정, 공감 능력, 지혜, 너그러움, 용기, 창의력, 설득력, 친절과 유머, 여유의 중요성을 담아내고자 했다.

읽기 호흡을 고려하여 각 에피소드를 길지 않게 했고, 내용 면에서는 법률적 어려움에 처한 사람의 심리와 진행되는 재판을 이해하는 데 중점을 두었다. 가급적 쉬운 말을 사용했지만, 법률용어와 오페라에 대해서는 각주를 달았다. 법률 이야기에 오페라 아리아를 곁들여 조화를 이루도록 했다. 장면에 등장하는 인물의 감정과 상황을 아리아의 선율과 느낌으로 묘사했다. 각 에피소드마다 2곡씩, 오페라 22개로부터 총 24곡의 아리아를 삽입하였다. 하나 같이 세계적으로 유명한 곡들이다. 영화에 OST가 있듯이 일종의 북뮤직다. 이곡들을 유튜브에서 찾아 들으면 독서를 하는 즐거움이 배가 될 것이다.

이 책은 법학전문서적이 아니다. 변호사의 변론에 바탕을 둔 법정 이야기이고, 재판 문화에 대한 비판서이다. 무겁지 않은 법률 교양서이며 음악과의 접목을 시도한 오페라 안내서이다. 누구나 쉽게 접근하여 읽을 수 있게 쓰려고 노력했다. 변호사를 비롯한 법조인에게는 공감할 수 있는 이야기, 일반 독자들에게는 평소 법과 법정에 대해 궁금했던 것을 풀어주는 내용이 되었으면 했다. 법조인이 되고자 하는 법학전문대학원 학생들에게는 훌륭한 현실 지침서가 되리라 믿는다. 오페라 이야기가 있어 음악을 좋아하는 사람의 감성에도 어울리리라 생각한다. 재미와 지식 그리고 문화를 복합적으로 담아내고자 했다. 의욕이 앞선 부분도 있겠지만, 감상은 독자의 몫으로 남겨둔다.

글을 쓰는 과정에서 도움을 준 두 사람에게 고마움을 전한다. 안산에서 의사 생활을 하고 있는 소중한 친구 박성호 원장과 유능한 첫 제자, 이수민 변호사다. 그들은 글을 읽고 일반 독자의 입장에서, 한편으로는 법률가의 입장에서 조언을 아끼지 않았다. 실험적 원고의 출간을 기꺼이 맡아준 시간여행 출판사의 발행인과 편집인에게 이 자리를 빌어 고마움을 전한다.

출간을 끝내 보지 못하시고 얼마 전 떠나가신 어머니에게 이 책을 바친다. 마지막으로, 아내가 없었더라면 법률가로서의 나는 존재하지 않았다. 언제나 자기 몫을 다해주는 사랑하는 태겸과 유빈 그리고 영원한 후원자인 아내에게 감사한다. 가족이 있어 행복하다.

2018. 1.

김영훈

목 차

제2막 법정 속 사람들의
　　　 관계적 미학에 관한 두 개의 단상

1막

마음을 여는 변론
10개의 이야기

〈토스카〉 아리아 _별은 빛나건만

〈아이다〉 아리아 _이기고 돌아오라

갈등을 봉합하고 축소하는 역할을 해야지 이를 재생산하고 확대해서는 안 된다. 변호사에게 요구되는 또 하나의 덕목은 바로 상대방을 배려할 줄 아는 따뜻한 마음이다. 이혼소송이나 가족 간의 분쟁에서는 더욱 그렇다. 마구 써놓은 글에 의해서 두 번 상처 받지 않도록 문장이나 단어의 선택에 섬세한 고려가 필요하다. 상대방의 아픔까지 어루만질 수 있는 약으로 작용해야 좋은 글이다.

1장.
할머니들의 전쟁

김 할머니는 신경이 곤두서고 울화가 치밀어 잠을 이룰 수가 없었다. 이리저리 뒤척여보지만 좀처럼 마음이 가라앉지 않았다. 낮에 본 서류에 적혀있던 내용이 자꾸만 생각났다. 결국, 이불을 걷고 일어나 앉았다. 오랫동안 눈을 뜨고 있었더니 어둠에 익숙해져서 불을 켤 필요도 없었다. 한 손으로 눈을 비벼가며 주섬주섬 머리맡에 놓인 담배를 찾아서 한 대 빼 물었다. 한때 피우다가 끊었는데 1년 전부터 다시 피우고 있다. 남들은 나이 먹으면 담배를 끊는다지만 1년 전 겪은 고통은 김 할머니로 하여금 다시 담배에 손이 가도록 만들었다. 잠 못 드는 밤에는 담배만이 유일한 친구가 되어주었다. 방안은 어느새 자욱한 연기로 가득 찼다. 환기를 시키려고 창문을 조금 열었다. 차가운 겨울바람이 열린 창으로 들어왔다. 차갑기로 따지자면 겨울바람이나 김 할머니의 가슴속이나 별반 다를 것이 없었다.

캄캄한 밤하늘에는 수많은 별이 떠있었다. 저 별들 속에 아들의 별도 있을까. 김 할머니의 상심한 마음을 아는지 모르는지 별은 그저 무심하게 반짝이고 있었다. 어디선가 푸치니의 오페라 〈토스카〉● 속의 아리아 '별은 빛나건만'의 애잔한 선율이 들려올 것만 같다. '별은 빛나건만'은 토스카의 남자 주인공인 카바라도시가 자신의 죽음을 예감하며 부르는 노래이다. 곡조가 매우 서정적이며 가슴 저리도록 애달프다. 사랑하는 연인과 헤어지고 죽음을 맞이해야 하는 차가운 아픔이 김 할머니에게 바로 투영되는 듯하다.

아들을 앞세운 어머니의 아픔은 그 어떤 고통으로도 대체할 수 없다. 아들이 떠나가 버린 후의 세월은 살아있되 살아있는 시간이 아니었다. 희망과 기쁨이 사라진 자리에는 절망과 슬픔만이 남았다. 흩어지는 연기 사이로 불귀의 객이 되어버린 아들 민호의 가여운 얼굴이 스쳐갔다.

'불효막심한 녀석 같으니라고……. 억울해서 어찌 사나?'

● 1900년 초연된 이탈리아 작곡가 자코모 푸치니(1858~1924)의 오페라다. 토스카는 극 중 오페라 가수로 등장하는 여주인공의 이름이다. 토스카와 화가 카바라도시는 서로 사랑하는 사이이고, 바리톤 스카르피아가 이들 사이를 훼방 놓는다.

담배 연기를 내뿜던 입에서는 깊은 탄식이 흘러나왔다. 이제는 그리워해봐야 소용없다. 목소리도 들을 수 없고, 만져볼 수도 없는 아들이다. 김 할머니는 깊은 회한에 젖었다.

여기 엇갈린 운명을 가진 사람들이 있다. 예기치 못한 죽음을 맞은 아들을 둔 어머니와 어두운 감옥에서 오랜 세월을 보내야 하는 딸을 둔 어머니다. 그리고 비극에 빠진 부부가 있다. 아내의 손에 살해당한 남편과 남편을 죽일 수밖에 없었던 아내가 그들이다. 상처 입은 영혼이 하나 더 있다. 바로 민호와 영미의 7살 된 아들 진우다.

아이는 결코 보아서는 안 될 장면을 보고 말았다. 칼에 찔리는 아빠, 칼로 찌르는 엄마의 영상이 진우의 어린 영혼을 삼켜버렸다. 진우는 세상에서 가장 끔찍한 현장의 목격자였다. 기억을 지우는 지우개가 있다면 영혼을 팔아서라도 사서 지워버리고 싶을 정도다. 흉터가 되어버린 커다란 상처는 쉽게 없어지지 않는다는 사실이 안타깝다. 이렇게 상처받은 영혼만을 남겨둔 채 남자는 저세상으로 여자는 감옥으로, 서로 다른 길을 가버렸다. 비극은 약 1년 전 어느 날 시작되었다. 좀 더 정확히 말하면 그 이전부터 파국의 싹은 이미 조금씩 자라고 있었다.

1월 24일 22시 00분. 영미는 홧김에 진우를 데리고 집을 나왔다. 하지만 어디 갈만한 곳이 없다. 친정으로 가자니 친정엄마의 잔소리가 듣기 싫다. 그래, 엄마한테는 가지 말자. 고개를 저었다. 그녀에게는 엄마조차도 안식처가 아니다. 그렇다고 친구에게 가자니 창피하다. 궁색한 모습을 보이고 싶지 않다. 이럴 때 마음 놓고 갈 만한 곳이 어디 하나 없다. 어쩔 수 없이 근처 여관에 자리를 잡았다. 좋은 환경을 제공해주지 못해 진우에게 미안하다.

누워서 잠을 청하자니 서글프다. 여관 주변에는 술집과 음식점이 널려있다. 음식을 먹고, 술을 마시는 사람들로 바깥이 시끄럽다. 그들은 마시고 떠들며 즐겁게 놀고 있다. 모두 다른 세계에 사는 사람들 같다. 낯선 사람의 불행에는 전혀 관심이 없겠지. 아! 웃고, 떠들고, 그렇게 행복하게 살고 싶다. 간절하게 소망해보지만 자신이 처한 현실과는 너무 거리가 먼 이야기다.

여관으로 들어오기 전, 남편으로부터 여러 번 전화가 왔다. 문자 수신을 알리는 소리도 계속 울렸지만 일체 무시했다. 집을 나서기 직전까지 남편과 크게 다투어서 연락받을 기분이 아니다. 둘은 결혼한 지 7년째다. 요즘 들어서 싸우지 않는 날이 거의 없다. 오늘도 술 냄새를 풍기며 들어온 민호에게 술 좀 그만 먹고 다니라며 신경질을 낸 것이 발단이었다.

사실 영미는 민호가 들어오기 전부터 잔뜩 짜증이 나 있었다. 요즘 들어서 영미는 작은 일에도 민감해지고 정서적으로 불안했다. 생활비는 제대로 안 주면서 매일같이 술을 마시고 들어오는 민호가 못마땅했다. 일이 잘 안 된다고 투덜거리면서 돈은 어디서 나서

술을 마신단 말인가. 남편 때문에 자신의 삶이 점점 수렁으로 빠진다는 생각이 들었다. 이혼하고 싶었다. 이혼하면 무슨 수가 생길 것만 같았다.

민호는 민호대로 자신의 입장을 헤아려주지 않는 영미가 야속했다. 몰이해와 몰이해가 서로 부딪치니 일어나는 것은 다툼뿐이다. 잦은 갈등 속에 가정은 점점 망가져가고 있었다. 가족이라는 공동의 울타리가 아닌, 자신만의 울타리를 각자 쳐 놓은 채 이해받기만을 바라며 고립되고 있었다.

낡은 여관방은 편안한 휴식처가 못 되었다. 잠이 드는가 하다가도 깨어보면 한 시간도 채 지나지 않았다. 낯선 잠자리와 바깥 소음이 예민해진 영미를 더욱 날카롭게 만들었다. 무엇보다도 그녀의 잠을 방해한 것은 삶 자체에 대한 불안감이었다. 나아질 기미가 보이지 않는 지금의 생활이 너무 막막하다. 끝날 것 같지 않은 어두운 터널을 마냥 헤매는 기분이다. 그 와중에도 진우는 세상모르고 잠들어있다. 진우만이 그녀에게 위안을 주는 유일한 존재다. 그렇게 자는 둥 마는 둥 시간을 보내고 나니 어느새 날이 밝았다. 누구의 아침은 새로움이지만 그녀가 맞이한 아침은 고단함의 시작이었다. 그날 밤에 벌어질 일을 미리 알 수 있었다면 그냥 건너뛰고 싶은 날이었다.

1월 25일 08시 00분. 민호의 우울한 기분은 아침까지 이어졌다.

어젯밤에 영미가 집에 들어오지 않았다. 서로 말다툼을 하던 중 나가버린 것이다. 그토록 전화를 걸고 문자를 보냈는데도 답이 없었다. 무슨 일이 생긴 건 아닌지 은근히 걱정되었다. 장모에게 전화해보아도 모른다는 답 외에는 이렇다 할 정보를 듣지 못했다. 몇 번 통화를 한 이후에는 장모마저도 전화를 받지 않았다. 장모 외에는 아내와 관련되어 알고 있는 전화번호도 별로 없었다. 항상 연결되어있다고 생각하며 살아왔는데 막상 상대 쪽에서 연락을 끊으니 접촉이 완전히 차단되어 버렸다.

점점 두려움과 불안이 커졌다. 거의 뜬눈으로 밤을 새웠다. 다른 남자라도 만나는 것은 아닌지 의심이 들었다. 설마 진우랑 같이 나갔는데 그런 일이 있겠는가 싶으면서도 한번 의심의 물꼬가 트이자 스멀스멀 올라오는 불신의 마음이 좀처럼 가라앉지 않았다. 질투심에 눈이 먼 오델로●처럼 의심은 불안을 낳고 불안은 다시 분노를 낳았다. 분노는 영미를 향하고 있었다. 한번 불붙기 시작한 장작은 다 타서 없어질 때까지 좀처럼 꺼지지 않는다. 민호의 불타오르는 감정에 기름을 붓는 일이 없어야 한다.

민호는 최근에 하는 일이 잘 안 되어서 어려움을 겪고 있었다. 빚은 늘어나고 채무 독촉은 잦아지고 있었다. 술을 마시는 일이 많아졌고 아내와의 싸움 또한 빈번해졌다. 불행은 한꺼번에 찾아온

● 이탈리아의 작곡가 주세페 베르디(1803~1901)가 셰익스피어의 희곡《오델로》를 바탕으로 만든 오페라이다. 주인공 오델로는 그의 몰락을 바라는 이아고의 간계에 빠져, 아름답고 순결한 아내 데스데모나와 부하인 카시오와의 관계를 끝없이 의심한다. 끝내는 데스데모나를 죽이고 자신도 죽음을 맞는다.

다더니, 돈벌이도 시원치 않은 데다가 아내와의 사이도 점점 멀어지고 있다. 결혼할 때만 해도 미래에 대한 희망이 가득했는데 어쩌다가 이 지경이 되었는지 모를 일이다. 성공하는 인생을 꿈꿨지만 현실은 초라하다. 평범한 일상의 행복조차 허락되지 않는다. 추락하는 것에는 날개가 없다.

전날 늦게까지 마신 술이 아직 완전히 깨지 않았다. 얼굴은 푸석푸석하고 머리카락은 헝클어졌다. 머리가 쪼개질 듯 아프고, 잠을 제대로 자지 못해 신경은 곤두설 대로 곤두섰다. 어디 가서 해장국이라도 먹어야 속이 풀릴 것 같았다. 대강 옷을 챙겨 입고 집을 나왔다. 몸과 마음이 모두 무거웠다. 식당으로 향하는 걸음걸이도 무거웠다. 무겁지 않은 것은 그의 빈 지갑뿐이다.

1월 25일 20시 30분. 영미는 진우를 생각하니 이틀 연속 여관방 신세를 질 수 없었다. 일단 집에 들어가기로 했다. 반지하에 있는 집은 바깥 불빛이 제대로 들지 않아 어두웠다. 전기 스위치를 올리자 실내가 한눈에 들어왔다. 어질러진 집안의 모습이 영미의 마음을 더욱 심란하게 만들었다.

'이놈의 집구석!'

어디론가 도망가고 싶은 생각이 형광등 불빛처럼 가득했다.

'그래 나가자. 우선 여기를 벗어나자.'

진우와 둘이 어디에 간들 굶어 죽기야 하겠는가. 영미는 당장 입을 옷과 필요한 도구를 챙겨서 가방에 담았다. 가방 두 개에 담으니 더는 담을 것도 없었다. 그녀가 가져갈 것이라고는 고작 가방 두 개에 들어갈 물건이 전부였다.

1월 25일 21시 50분. 막 현관문을 나서려는데 집에 들어오는 민호와 맞닥뜨렸다. 가방을 챙겨서 집을 나가려는 영미를 본 순간 민호는 치미는 화를 주체할 수 없었다. 가방을 발로 걷어찼다. 가방이 널브러지면서 안에 들어있던 옷들이 흩어졌다.

이를 본 영미는 눈이 뒤집혔다. 옆에 진우가 있는 것도 잊어버렸다. 흩어진 옷을 민호에게 집어던지며 소리를 질렀다. 문밖으로 나가려 하자 민호가 계속 막아섰다. 이성을 잃은 민호는 영미를 잡아끌고 주방으로 가서 칼을 집어 들었다. 음식을 만드는 데 쓰이던 칼이 예리한 흉기가 되어 민호의 손에서 번득이고 있었다. 이성을 잃은 것은 영미도 마찬가지였다. 찔러 죽이겠다며 위협하는 사람 앞에서 찌르려면 찌르라는 식으로 물러서지 않았다. 민호가 휘두른 칼날의 끝이 영미의 옆구리를 찔렀다. 예리한 통증이 느껴졌다. 스치듯이 찔렸기에 치명적인 상처는 아니었지만, 진짜 죽을지도 모른다는 공포가 엄습했다.

영미의 외마디 비명을 들은 민호가 당황하여 엉거주춤 뒷걸음쳤다. 그때 영미가 민호에게 달려들었다. 칼은 어느새 영미의 손에 쥐어져 있었다. 죽여버리고 싶은 마음이 용솟음쳤다. 칼로 내리치면 지긋지긋한 생활에서 벗어날 것 같았다. 영미의 온갖 고통과 미움은 칼끝을 통해 폭발했다. 마침내 민호의 가슴을 찌르고 말았다. 칼은 너무나 쉽게 민호의 몸을 파고들었다. 민호는 그 자리에서 고꾸라졌다. 꿈틀거리는 몸뚱이를 향해 한 번 더 내리꽂았다.

급하게 숨을 몰아쉬던 민호는 그대로 쓰러진 채 일어나지 못했다. 모질다는 사람의 생명이 한순간에 떠나갔다. 이때가 1월 25일 22시였다. 영미가 집을 나가면서부터 민호의 숨이 멎기까지 24시간이 지났다. 남자는 죽음으로, 여자는 감옥으로, 서로가 엇갈린 운명 속으로 떨어졌다.

영미는 조사 과정에서 죽이고 싶었다는 말을 했다. 내심 그녀의 말은 진실이었을 것이다. 그래도 그렇게는 이야기하지 말았어야 했다. 죽이려는 마음은 전혀 없었지만 먼저 찔리다 보니 자신도 모르게 방어적 차원에서 찔렀다고 해야 한다. 그래야 살인죄 대신 상해치사죄의 적용을 받을 가능성이 있다. 상해치사죄의 법정형은 3년 이상의 유기징역으로 되어있다. 살인죄는 사형, 무기 또는 5년 이상의 징역에 처할 수 있다. 형량의 차이가 크다.

하나의 사실을 두고 어느 죄의 적용을 받느냐가 피고인으로서는 매우 중요하다. 누구라도 극도의 흥분상태에서 이루어진 행위의 의도를 정확하게 가려내기는 어렵다. 적어도 피고인에게 있어서는 정직만이 최선의 방책은 아니다. 영미의 자백과 두 번 찔렀다는 사실로 인해 살인의 고의가 인정되었다. 살인죄가 적용되어 7년 형을 선고받았다. 그나마 우발적인 살인이라는 점이 반영되어 7년에 그쳤다.

수감생활을 해야 하는 영미는 이제 진우를 돌볼 수 있는 처지가 아니다. 아빠와 엄마를 다 잃은 어린 진우에게는 누군가 법적인 권리를 대신 행사해줄 사람이 필요하다.

아들을 잃은 김 할머니는 손자라도 자신이 기르고 싶었다. 영미를 상대로 친권상실 신청을 했다. 가정법원은 부 또는 모가 친권을 남용하여 자녀의 복리를 현저히 해쳤거나 해칠 우려가 있는 경우 자녀, 자녀의 친족, 검사 또는 지방자치단체장의 청구에 의하여 그 친권의 상실 또는 일시 정지를 선고할 수 있다(민법 제924조). 법원은 남편을 살해함으로써 친권을 행사할 수 없는 현저한 비행을 저지른 것으로 판단하여 영미의 친권을 박탈했다. 미성년자에게 친권자가 없거나 친권자가 친권의 전부 또는 일부를 행사할 수 없는 경우에는 미성년후견인을 두어야 한다(민법 제928조). 김 할머니는 이어서 손자에 대한 후견인 선임 신청을 했다. 진우를 찾아올 방법은 이것밖에 없다.

그러나 일은 김 할머니의 뜻대로 풀리지 않았다. 후견인 선임 신청 사건에서는 이해관계인이 참가인으로 절차에 관여할 수 있고, 법원에서는 상당하다고 인정하는 경우에 심판청구에 관하여 이해관계가 있는 사람을 절차에 참여시킬 수 있다(가사소송법 제37조).

참가인은 바로 진우 외가 쪽의 정 할머니였다. 참가인이 쓴 준비서면에는 김 할머니에 대한 험담이 가득했다. 보험금을 탐낸 김 할머니가 의도적으로 후견인 지정 신청을 했다는 주장이었다. 아들이 사망함으로써 손자가 받게 된 보험금이 있었다. 그 보험금에 욕심을 내고 있다고 몰아붙였다.

김 할머니는 억울했다. 사망 보험금으로 받은 돈 3,000만 원은 손자가 성인이 될 때까지의 양육비에 충당하기에도 부족한 액수였다. 그런데 무슨 그 돈이 탐이 나서 후견인이 되려고 한다는 말인가. 아들을 잃었으니 손자라도 자기 손으로 키우려는 순수한 마음뿐이다. 비난을 받을 아무런 이유가 없다.

준비서면을 작성할 때 상대방 당사자를 인격적으로 비난하는 내용이나, 지나치게 감정을 거스르는 표현은 피해야 한다. 다른 사람에게 감정의 날을 세우면 화살이 되어 돌아와 자신의 인격을 갉아먹는다. 사건의 본질과 관계없는 감정에 치우친 표현이나 근거 없는 비난은 조정과 화해의 가능성을 차단한다. 갈등을 부추겨서 또 다른 피해를 불러오기도 한다. 특히 변호사들이 주의해야 할 부분이다. 일반인들이 감정에 치우쳐서 이런 점까지 생각하지 못한다 하더라도 전문가인 변호사들은 달라야 한다. 갈등을 봉합하고 축소하는 역할을 해야지 이를 재생산하고 확대해서는 안 된다.

변호사는 당사자의 감정을 무조건 따라가면 안 된다. 상대방의 감정을 상하지 않게 하면서도 얼마든지 주장을 펼칠 수 있다. 변호사에게 요구되는 덕목은 바로 상대방을 배려할 줄 아는 따뜻한 마음이다. 이혼소송이나 가족 간의 분쟁에서는 더욱 그렇다. 마구 써놓은 글에 의해서 두 번 상처받지 않도록 문장이나 단어의 선택에 있어서 섬세한 고려가 필요하다. 상대방의 아픔까지 어루만질 수 있는 약으로 작용해야 좋은 글이다.

병원에서 시술을 받다가 사람이 사망한 의료사고의 경우를 생각해보자. 유족은 의료과실이라 주장하지만, 의사는 정상적인 진료 과정에서 사망에 이르렀다고 이야기한다. 결국, 유족이 원고가 되어 의사의 과실을 전제로 손해배상청구소송을 제기하고 의사는 피고로서 방어한다. 피고로부터 사건을 의뢰받은 변호사는 원고의 주장에 대하여 답변서를 작성해야 한다. 이때 상대의 마음을 배려하는 변호사는 답변서의 서두에 먼저 '조의 표명'이라는 목차를 두어서 애도의 뜻을 전달한다. 과실 여부에 대한 다툼과는 별개로 남은 가족의 아픔에 공감의 뜻을 나타내는 것은 얼마든지 할 수 있는 일이다. 서로의 감정을 건드리지 않기에 재판 중에 조정이 이루어질 가능성도 크다.

당연히 원고의 대리인 역시 소장에서 피고에 대해 지나치게 인격적으로 비난하는 내용을 쓰지 않는 것이 좋다. 객관적 사실과 과실만 주장하면 된다. 김 할머니는 아들을 잃고 제대로 된 사과 한번 받아보지 못한 것도 억울한 마당에 죽은 아들의 보험금이나 노리는 파렴치한 사람으로 몰리고 있다. 분한 마음이 들어 잠을 잘 수 없었다. 상처와 슬픔의 크기를 비교한다면 자신의 몫이 훨씬 크다고 생각했다. 적어도 정 할머니의 딸은 어찌 되었든 살아있지 않은가? 죽은 자는 볼 수 없어도 살아있는 자는 볼 수 있다. 사랑하는 사람을 볼 수 있다는 것 자체만으로도 큰 행복이다.

　김 할머니가 잠 못 드는 그 시각 정 할머니도 불면의 밤을 보내고 있었다. 정 할머니인들 마음이 편할 리가 있겠는가. 오랜 세월을 감옥에 갇힌 채 보내야 할 딸의 처지를 생각하면 하루에도 열두 번씩 억장이 무너져내렸다. 딸이 오죽했으면 그런 일을 저질렀겠는가. 이런 상황을 초래한 사위에 대한 원망이 수시로 차올랐다. 김 할머니는 며느리였던 영미에 대한 분노가 컸지만 정 할머니는 반대로 죽은 사위를 미워하고 있었다. 사람은 누구나 자기 관점에서 사물을 본다. 타인을 이해하고 공감해주는 것은 결코 쉬운 일이 아니다.
　1년 전 딸의 전화를 받았을 때가 떠올랐다. 아무리 세월이 지나도 잊을 수 없다. 시간이 지나면 잊혀지는 꿈처럼 그렇게 잊히면 좋으련만, 희미해지기는커녕 오히려 또렷해지니 이상한 일이다. 전화기 너머서 들려오는 딸의 목소리는 거의 넋이 나가 있었다. 황급히 달려갔을 때 맞닥뜨린 장면은 지옥의 아수라장이나 다름없었다. 사위는 바닥에 쓰러져있었다. 미동도 하지 않았다. 그의 가슴은 시뻘건 피로 흥건했다. 바닥이며 벽이며 흘러나온 피로 물들어있었다. 딸은 망연자실하여 벽에 기대 앉은 채 멍하니 허공을 바라보고 있었다. 간간이 영미의 입에서 흘러나오는 신음은 사람 소리인지 짐승 소리인지 구분이 되지 않았다. 바닥에 떨어진 피 묻은 칼만이 무슨 일이 있었는지를 선명하게 말해주고 있었다. 진우는 엄마 곁에 웅크리고 앉아 울음을 그칠 줄 몰랐다. 정신을 가다듬어 경찰에 신고했고, 딸은 출동한 경찰에 의해 체포되었다. 혼자 남게 된 진우를 데리고 와서 지금까지 맡아 키우고 있다.

생각지도 않았는데 김 할머니가 후견인 선임 신청을 했다. 이에 맞서 정 할머니도 참가인 신청을 할 수밖에 없었다. 그냥 조용히 맡겨두면 알아서 진우를 잘 키울 작정이었다. 며칠 전 면회 갔을 때 딸이 진우를 잘 부탁한다고 신신당부하지 않았던가. 딸은 오로지 진우에 대한 생각만으로 감옥 생활을 견디고 있었다. 김 할머니에게 양육권이 넘어가면 딸과의 접촉을 차단하려 할 것이다. 딸을 위해서라도 손자를 맡아 키워야 한다.

누군가는 후견인으로 지정되어야 한다. 그 후견인 대상자는 피해자의 어머니거나 가해자의 어머니다. 손자의 처지에서 보면 다 같은 할머니인데 두 사람이 후견인 자리를 놓고 서로 다투고 있다. 민호와 영미의 갈등은 두 할머니의 전쟁이라는 새로운 형태를 띠며 계속되고 있었다. 정 할머니는 부랴부랴 변호사를 선임했다.

영미는 남편을 죽였다는 죄목으로 수감생활을 하고 있었지만, 아들 진우에 대한 미안함이 너무 컸다. 아들을 생각하면서 흘린 눈물로 교도소 베개를 적시는 날이 하루 이틀이 아니었다. 변호사가 법원에 제출한 서류에는 감옥에서 진우에게 영미가 보낸 편지가 포함되어 있었다.

우리 아들 진우야, 잘 지내지? 엄마는 잘 있어, 며칠 전에 네 편지를 받았어. 너무 예쁘게 잘 썼더구나. 네가 벌써 편지를 쓸 나이가 되었다니 너무 행복하고 기뻤어. 엄마도 아들이 너무 보고 싶어. 안아보고 싶고 냄새도 맡고 싶은데…… 엄마가 너무 미안해. 우리 아들 진우가 착하게 잘자라 주었네. 엄마 아들로 태어나줘서 고마워. 엄마는 너만을 사랑해. 엄마가 여기 일 다 마치면 제일 먼저 보러 달려갈게. 우리 아들! 엄마가 또 편지 할게. 할머니 말 잘 듣고 있어.

편지에는 진우에 대한 그리움과 만나지 못하는 안타까움이 절절히 스며있었다. 고달픈 감옥 생활을 버티게 해주는 힘이 바로 진우였다. 몸은 비록 갇혀있지만, 아들인 진우를 사랑하고 있으며, 그런 영미와 연결된 외가 쪽에서 후견을 맡는 것이 타당하다는 점을 강조하려는 의도가 편지 내용에 담겨있었다. 정 할머니 측의 전략이었다. 그러나 후견인 선임은 차원이 다른 문제다. 영미는 이미 친권상실 선고까지 받지 않았는가. 영미와 관련된 외가 쪽 사람들은 처음부터 후견인 자격이 없는 것 아닌가. 이것은 김 할머니 측의 생각이었다.

드디어 지정된 심문기일이 밝았다. 할머니들의 전쟁이 본격적으로 시작되었다. 김 할머니와 정 할머니는 반드시 후견인이 되겠다는 굳은 다짐을 하며 법원으로 향했다. 베르디●의 오페라 〈아이다〉에 나오는 아리아 '이기고 돌아오라'가 등 뒤로 들려올 것만 같다.

'이기고 돌아오라'는 주인공 아이다가 사랑하는 사람인 라다메스 장군과, 그와 적대하는 아버지 에티오피아 왕 사이에서 갈등하며 부르는 곡이다. 전설이나 신화 그리고 오페라에는 적의 장군이나 왕자를 사랑하는 여자들이 자주 등장한다. 이들은 하고 싶지 않은 선택을 강요당한다. 아이다에게 라다메스의 승리는 곧 아버지의 패배이다. 사랑하는 사람의 승리는 달콤하지만, 아버지의 패배는 쓰라린 고통이다. 진우의 처지가 그렇다. 외할머니의 승리는 친할머니의 패배이고, 친할머니의 승리는 외할머니의 패배이다. 어린 진우의 입장과 아이다의 상황이 절묘하게 일치하고 있다.

판사는 사건의 내용을 살펴보고 안타까운 생각이 들었다. 한 명은 자식을 먼저 앞세운 사람이고 한 명은 자식의 옥바라지를 하고 있다. 두 할머니 모두 자신의 의지와 상관없이 기구한 운명 앞에 놓여있다. 솔로몬 왕처럼 아이를 반으로 나누어서 가지라고 할 수도 없다. 이런 경우는 증거에 의한 법원의 결정보다는 조정으로 해결하는 것이 바람직하다. 이해와 양보를 통해 서로에 대한 미움과

● 주세페 베르디(1813~19041)은 이탈리아 작곡가로 지아코모 푸치니와 함께 이탈리아 오페라 계의 쌍벽을 이룬다. 대표작으로 〈아이다〉를 비롯하여 〈라 트라비아타〉, 〈리골레토〉, 〈일 트로바토레〉가 있다.

원망을 조금이라도 덜어주고 싶었다. 합의를 통한 해결이 이루어진다면 어느 정도는 두 할머니의 상처가 치유될 수 있을 것이다. 그러나 막상 재판에 임하는 할머니들의 태도는 판사의 기대와는 다른 방향으로 가고 있었다.

김 할머니가 말했다.

"아들을 잃었는데 손자까지 잃을 수는 없어요. 제가 손자를 맡아 키워야 해요. 어떻게 남편을 죽인 여자의 가족이 키울 수 있나요. 제발 손자를 돌려주세요."

정 할머니 역시 한 치도 양보하지 않았다.

"진우는 어렸을 때부터 저를 더 잘 따랐습니다. 진우를 돌봐줄 이모도 둘이나 있어요. 제가 계속 데리고 있게 해주세요."

두 할머니는 판사를 향해 굳은 양육 의지를 드러냈다. 두 할머니야 무슨 잘못이 있겠는가. 떠맡지 않겠다고 하는 경우도 많은데 서로 기르겠다고 하니 한편으로는 다행스러운 일이었다.

양쪽 대리인을 맡은 변호사들의 설전도 팽팽했다. 김 할머니의 대리인이 말했다.

"아버지를 살해한 어머니의 가족에 의해 양육되는 건 진우의 정서에 좋지 않습니다. 더구나 진우는 사건 현장에서 어머니의 범행을 직접 보았습니다. 그녀와 연관된 사람들과는 떼어놓아야 합니다. 경제적인 여건을 살펴보아도 청구인 쪽이 훨씬 좋습니다. 진우의 큰아버지는 진우를 입양해 키울 예정입니다. 입양하겠다는 '입양각서'를 작성하여 제출하였습니다. 사건의 피해자는 청구인입니다. 현재, 외가 쪽에서는 아픔을 가진 김 할머니의 사정을 생각하지 않고 친가를 비난하고 있습니다. 이런 심성을 가진 사람들에게 양육을 맡길 수는 없습니다."

정 할머니의 대리인 역시 물러남이 없었다.

"진우는 어려서부터 외가와 친했습니다. 외가 쪽에는 이모가 둘이나 있습니다. 이모들이 양육에 도움을 줄 수 있습니다. 진우와 엄마는 관계가 매우 좋습니다. 계속하여 편지를 주고받으면서 관계를 확인하고 있습니다. 어린아이에게는 엄마와의 연대감이 무엇보다 중요합니다. 그것을 충족시켜 줄 수 있는 곳은 외가 쪽입니다. 지금에 와서 아이의 양육환경을 군이 변화시킬 필요가 없습니다."

양쪽 대리인들이 자신에게 유리한 논리를 전개했다.

김 할머니는 후견인이 되어야 한다는 명분과 심리적인 측면에서 앞서있다. 정 할머니는 현실적으로 보호를 해왔다는 실효적 환경에서 우위를 점하고 있다. 양쪽 다 자격이 없는 것은 아니다. 의지도 갖추고 있다. 법원에 나온 두 할머니가 완강하게 주장을 굽히지 않는 바람에 결국 양보하고 화해하는 데는 실패했다. 조정으로 해결하려는 판사의 의지는 실현되지 못했다.

진우가 어느 할머니에게 양육되는 것이 더 좋을까. 진우의 상처를 치유하고, 올바른 성장으로 이끌 가능성이 어느 쪽에 더 있을지 살펴보아야 한다. 후견인 문제는 시간이 지나면 김 할머니든 정 할머니이든 한쪽으로 결정이 난다. 이 결정은 전적으로 법원의 몫으로 남아있다. 결과와 상관없이 진우에 대한 두 할머니의 애정은 변함이 없을 것이다.

진우는 이제 7살이다. 그에게는 두 할머니의 남은 생을 합친 것보다 더 많은 시간이 남아있다. 진우의 삶은 사랑에 목마르고 배고프다. 아버지는 죽었고 어머니는 남편을 죽인 죄로 감옥에 가 있다. 그가 맞닥뜨린 운명은 아버지를 죽이고 어머니를 아내로 맞아야 하는 오이디푸스●만큼이나 가혹하다. 그의 무의식 속에 자리 잡은 내면의 상처는 말할 수 없이 크고 깊다.

진우의 불행은 개인의 불행만이 아니라 사회의 불행이기도 하며 진우의 행복에 대한 책임은 할머니들에게만 있는 것이 아니라 사회에게도 있다. 누가 후견인이 될지 분명하지 않지만 그래도 이것만은 분명하다. 앞으로 전개될 진우의 일상은 원한, 슬픔, 미움이라는 단어가 아닌 은혜, 기쁨, 감사라는 단어로 채워져야 한다. 할머니들의 전쟁은 재판이 종결된다 하여 끝난 것이 아니다. 단순히 양육권을 갖기 위한 소송의 전쟁을 뛰어넘어 진우의 행복을 위한 사랑의 전쟁으로 계속되어야 한다.

● 신화 속의 인물이다. 그리스의 도시국가 테베의 왕 라이오스와 왕비 이오카스테의 아들로 태어났지만, 장차 "아버지를 죽이고 어머니와 결혼한다"는 신탁의 저주로 인하여 어렸을 때 버려진다. 피하려 해도 신탁은 어떻게든 실현되는 법. 결국 아버지를 죽이고 어머니와 결혼한다. 스핑크스의 수수께끼 "어려서는 네 발, 어른이 되어서는 두 발, 늙어서는 세 발로 걸어 다니는 것이 무엇이냐?"를 맞춘 이가 바로 오이디푸스다.

〈세비야의 이발사〉 아리아 _ 나는 이 마을의 만능 일꾼

〈라 트라비아타〉 아리아 _ 축배의 노래

무죄를 받기 위해서는 집요함과 끈질김이 필요하다. 끝까지 끌고 가
는 뚝심과 인내력을 발휘해야 한다. 사안의 빈틈을 헤집고 아이디어
를 찾아낼 때 무죄의 길은 가까이 있다. 실마리는 언제나 기록 속에
있다. 유죄를 억지로 무죄로 만들어서는 안 될 일이지만 억울한 범죄
자를 만드는 일은 막아야 한다.

2장.
무죄의 기술

법정에 출석한 철우가 증인석에 섰다. 증인은 신문 전에 선서해야 한다(형사소송법 제156조). 철우는 법정 경위가 준비한 선서서를 보며 낭독했다. 선서서에 기재되는 내용은 법률로 미리 정해두고 있다(형사소송법 제157조 제2항).

"양심에 따라 숨김과 보탬이 없이 사실 그대로 말하고 만일 거짓말이 있으면 위증의 벌을 받기로 맹세합니다."

선서하는 증인의 목소리에는 긴장이 잔뜩 배어있었다. 법정 분위기를 낯설어하는 빛이 역력했다. 평범한 사람이 법정에 출석할 일은 많지 않다. 익숙하지 않은 일은 누구나 어색하다. 철우는

170cm 정도의 키에 살이 붙어있어서 동작이 느렸다. 둥글둥글한 얼굴이 순진해 보이기까지 했다. 신문을 잘만 이끌어간다면 무언가 얻을 것이 있어 보였다. 선서를 마친 증인이 자리에 앉았다. 이제 본격적인 증인신문에 들어가야 한다.

그는 현장 목격자로서 매우 중요한 증인이었다. 그의 진술 내용에 따라 피고인의 유무죄가 가려진다고 해도 과언이 아니다. 하지만 검찰에서 공소사실을 입증하기 위해 불러낸 증인들은 대부분 피고인과 변호인에게 적대적이다. 그들의 마음을 움직이거나 방심한 틈을 타서 유리한 증언을 끌어내기란 쉽지 않다. 영화나 드라마에서 보듯이 증인을 강하게 추궁해서 극적으로 피고인에게 유리한 증언을 받아내는 일은 현실에서는 잘 발생하지 않는다. 어떻게 해서든지 증인으로부터 원하는 답변을 끌어내려다가 변호사가 증인과 심하게 충돌해서 판사가 주의를 환기하는 일도 일어난다. 적어도 증인신문 과정에서는 강함이 부드러움보다 못하다. 거칠게 몰아붙일수록 진실은 뒤로 꼭꼭 숨어버린다. 부드러운 목소리로 증인의 입장에 동조하고, 마음을 이해해주는 태도로 접근해야 한다. 변호사가 증인의 적이 아니라 친구일 수 있다는 이미지를 심어주면 더욱 좋다. 적에게는 진실을 말하지 않아도 친구에게는 말할 수 있다.

증인신문을 할 때는 해당 증인을 신청한 측의 검사, 변호인 또는 피고인이 먼저 신문하고 다음에 상대측 검사, 변호인 또는 피고인이 신문한다(형사소송법 제161조의 2). 철우는 검찰이 신청한 증인이었으므로 검사가 먼저 했다. 이를 주신문이라고 하는데 주로 우호적 증인을 대상으로 한 것이어서 변호인이 하는 반대신문에 비해 진행이 수월하고 빠르다. 철우는 이미 수사 단계에서 같은 내용으로 진술한 경험이 있어서 모두 예라고 답했다. 당연히 피고인에 대한 범죄사실을 뒷받침해주는 내용의 증언들로 주신문이 마무리되었다. 이제 반대신문이 진행될 차례이다. 변호사의 능력을 보여주어야 할 시간이다.

로시니의 오페라 〈세비야의 이발사〉●에는 '나는 이 마을의 만능 일꾼'이라는, 피가로가 부르는 아리아가 있다. 〈세비야의 이발사〉는 아름다운 여인 로지나를 둘러싸고 알마비바 백작과 로지나의 후견인을 자처하는 바르톨로가 사랑 쟁탈전을 벌이는 것이 주요 내용이다. 물론 테너인 알마비바 백작의 완승으로 끝나고 언제나 그렇듯이 바리톤인 바르톨로는 나가떨어진다. 피가로는 이들의 사랑을 돕는 역할이다. '나는 이 마을의 만능 일꾼'은 극 중에서 피가로가 부르는 아리아로 리듬이 빠르면서 경쾌하다. 모든 마을 사람이 찾는 피가로는, 자신이 훌륭한 능력을 갖춘 사람이라는 자신감으로 가득하다. 변호사는 피가로처럼 피고인을 위한 '이 법정의 만

● 이탈리아 출신 작곡가 조아키노 로시니(1792~1868)가 1816년에 작곡한 오페라다. 프랑스 극작가 보마르셰의 피가로 3부작 중 제1부에 해당하는 이야기다. 이탈리아의 작곡가 파이지엘로(1740~1816)가 이미 1782년에 동명의 오페라를 발표했지만, 이후에 발표한 로시니의 작품이 더 유명해졌다.

능 일꾼'이 되어야 한다.

판사는 증인이 선서하기 전에 위증의 벌을 경고하게 되어있다 (형사소송법 제158조). 철우도 선서 전에 판사로부터 이미 한 차례 위증에 대한 경고를 받았다. 예전에는 변호사도 신문에 들어서기 전에 위증하면 처벌받을 수 있다는 점을 상기시켰다. 사실대로 말하라는 압박의 메시지를 한 번 더 보내는 셈이다. 그러나 경고를 해봐야 증인은 압박을 느끼기보다 변호인에 대한 적대감만 강화하고 보호막을 더 치는 경향이 있다.

그래서 이번 사건에서 변호사는 전략을 바꾸었다. 차라리 부드러움으로 마음의 벽을 허물어서 진실을 이야기하도록 유도하는 편이 더 낫다. 나그네의 옷을 벗기는 것은 매서운 바람이 아니라 따스하게 내리쬐는 태양빛이 아니었던가. 엄밀하게 말하면 증인은 사건과는 무관한 제삼자이다. 별다른 소득 없이 불편을 감수해야 하는 달갑지 않은 상황에 놓여있다. 단지 사건 옆에서 경험을 공유했다는 이유로 생업을 뒤로한 채 법원에 불려 나온, 사법절차에 따르는 협조자이다. 증인 여비를 주기는 하지만 얼마 되지 않는다. 그가 누군가에게 압박을 받아야 할 아무런 이유가 없다. 본격적인 질문에 들어가기에 앞서 위증에 대한 경고 대신에 부드러운 말로 증인을 안심시켰다.

"바쁘신 가운데 이렇게 법원에 증인으로 나와주셔서 정말 감사합니다. 긴장하지 마시고 편안한 마음 가지세요. 물어보는 말에 사실대로 대답만 해주시면 됩니다. 괜찮으시죠?"

　질문하는 변호사의 옆자리에는 피고인이 나란히 앉아있다. 지금은 형사 법정에서 변호사와 피고인이 나란히 앉은 모습이 당연하고 자연스러워 보이지만 10여 년 전까지만 해도 피고인은 따로 설치된 피고인석에 판사와 마주해 앉았다. 피고인은 수사기관의 구속 기간까지 포함하면 벌써 5개월 넘게 구속되어있는 상태였다.

　사법경찰관이 할 수 있는 최대 구속 기간은 10일이어서 그 기간 이내에 피의자를 검사에게 인치하지 않으면 석방해야 한다(형사소송법 제202조). 검사의 구속 기간은 10일이 원칙이지만 1차에 한하여 연장할 수 있으므로 기소 전까지 최대 20일까지 구속할 수 있다(형사소송법 제203조, 제205조). 1심 재판을 위한 구속 기간은 원칙적으로 2개월인데, 2번에 걸쳐서 갱신할 수 있으므로 총 6개월 동안 구속이 가능하다(형사소송법 제92조). 경찰 수사 단계에서부터 계산하여 재판이 끝날 때까지 총 7개월을 구속할 수 있다. 피고인의 구속 만료일은 재판이 끝날 때까지 약 2달 정도가 남아있었다. 이 사건이 무죄라면 정말 억울한 옥살이다. 재판 결과 무죄가 밝혀진다면 피고인은 형사보상청구권을 행사하여 수감생활에 대한 금전적 보상을 받을 수 있기는 하다. 그렇다고 부당한 구속으로 인한 고통이 완전히 치유되는 것은 아니다. 사람을 구속하는 일에 신중해야 하는 이유이다.

피고인이 받고 있는 혐의는 강간죄였다. 피해자는 성관계가 합의에 따른 것이 아니라 강제로 이루어졌다고 고소했다. 경찰은 피해자의 말을 신뢰하여 피고인을 강간 혐의로 구속했다. 피고인의 주장은 성관계를 가진 것은 사실이지만 강제가 아니라 서로 마음이 맞아서 했다는 것이다. 성인들끼리의 합의가 있다면 성관계는 처벌할 수 없다.

철우는 강간 현장에 있었던 사람이어서 피고인에게는 명운이 걸린 증인이었다. 변호사는 철우의 증언을 통해 피고인과 피해자의 성관계가 합의에 따른 것이었음을 밝혀내야 하는 임무를 부여받았다. 쇼 미 더 머니(Show Me The Money)가 아니라, 쇼 미 더 어빌리티(Show Me The Ability)가 요구되는 순간이다.

"이 사건 발생 당시에는 피해자가 증인의 여자친구였지요?"

"네."

"지금은 어떤가요?"

"헤어졌습니다."

헤어졌다니 일단은 다행이다. 그가 피해자에게 이로운 쪽으로만 말할 가능성이 작아졌다. 아직 관계가 유지되고 있다면 피해자를 끝까지 보호하려 하겠지만, 헤어졌으니 어느 정도 심리적으로 자유로울 수 있다. 한 걸음 더 나아가 증인으로서는 피고인과 성관계가 있었다는 것 하나만으로도 과거의 여자친구였던 피해자에 대한 미움이 남아있을 수 있다. 이 사건이 원인이 되어 증인과 피해자가 헤어지게 되었으니 이런 측면에서 철우의 심리를 적절하게 파고들어야 한다.

"증인이 그날 밤 어째서 잠에서 깼지요?"

"전날 술을 좀 많이 마셨어요. 중간에 오줌이 마려워서 화장실에 가려고 깼습니다."

"바깥에서 무슨 소리가 나서 깬 것은 아니었나요?"

"네. 그렇지는 않습니다."

"경찰이 작성한 참고인 진술조서에 보면, 증인은 방문을 열고 나가려다가 다시 방으로 들어온 것으로 되어있는데, 그 이유가 무엇인가요?"

"피고인과 선영이가 성관계를 갖는 것을 보았어요. 그래서 그냥 다시 방으로 들어갔습니다."

"처음부터 피고인과 피해자가 성관계를 갖는다고 생각했나요? 아니면 조금 자세히 보고서야 성관계 중이라는 것을 알았나요? 증인이 잠결이었을 것 같아서 말입니다."

"처음부터 바로 안 것은 아니고요. 둘의 움직임이 좀 그래서……. 자세히 보니 성관계를 하고 있었어요."

"피고인과 피해자가 증인이 문을 열고 나온 걸 알았나요?"

"그렇지는 않은 것 같았어요. 멈추지 않고 계속했으니까요."

변호사의 질문과 증인의 답변이 쉬지 않고 오고 갔다. 변호사는 증언의 이상한 점을 집중 공략했다. 철우는 자다가 화장실을 가려고 방을 나왔다. 마침 거실에서 성관계 중인 피해자와 피고인을 보게 되었다. 만약 강간을 당하는 것으로 보였다면 망설이지 않고 달려가 제지를 하는 것이 일반적이다. 더구나 여자친구이지 않은가. 그런데 증인은 이러한 상황임에도 아무것도 보지 않은 양 다시 방으로 들어가 버렸다.

"그런데 이상하지 않습니까. 피해자는 그때 강간을 당하는 중이었다고 진술을 했는데 증인은 말리지 않았나요?"

"네. 말리지 않았습니다."

"증인은 바로 다시 방으로 들어갔다는 이야기인데, 강간을 당하고 있으면 제지해야 하는 것 아닌가요? 더군다나 피해자는 증인의 여자친구인데요. 말리지 않은 이유가 무엇인가요?"

"아, 네. 그것이……."

증인이 머뭇거리며 말을 더듬었다. 무언가 심리적으로 불안해한다는 방증이다. 거짓말을 준비하거나 혹은 진실을 말하면 피해자에게 불리하게 될까 봐 꺼리는 것이 틀림없다. 변호사의 눈길을 피하는 것으로 보아 두려움을 느끼고 있음이 분명하다. 숨기려 하면 할수록 약점이 점점 더 드러난다. 이럴 때 그 빈틈을 놓치면 안 된다. 부드러울 때는 부드러워도 날카로울 땐 날카로워야 한다. 야수처럼 치고 들어가는 순발력이 필요하다. 순발력이야말로 변호사가 갖춰야 할 덕목이다. 변호사는 예기치 않은 상황에 직면하는 경우가 많다. 이럴 때일수록 침착성과 태연함을 유지하며 순발력을 발휘하여 임기응변으로 대응할 수 있어야 한다.

증인신문 사항은 변호사가 미리 만들어 놓는다. 우호적 증인을 상대할 때는 변호사의 물음에 대부분 예라고 대답하도록 질문지를 작성한다. 하지만 적대적 증인의 경우는 답변이 어떻게 나올지 모르기 때문에 한 가지로만 질문지를 만들 수 없다. 증인에게서 나올 수 있는 다양한 답변을 예상해서 질문 내용을 구성한다. 그렇다고 모든 대답을 전부 예상해서 질문을 만들 수는 없다. 새로운 상황은 언제나 발생하는 법이고 질문지에 없는 질문을 해야 할 때도 있다. 지금이 바로 증인의 답변을 좀 더 유리하게 끌어내야 할 순간이다.

"자! 증인, 한번 생각해봅시다. 증인은 두 사람이 성관계하는 것을 보고도 그냥 방으로 되돌아갔습니다. 그것은 두 사람의 성관계가 강간이 아니라고 여겼기 때문이지요."

"……"

"지금 시점에서 생각하지 마시고요. 다시 사건이 일어났을 때로 돌아가 보자고요. 불편하시겠지만 거실에서의 장면을 떠올려보세요. 증인의 그 당시 느낌만 말씀해주세요. 증인은 강간이 아니라고 생각했기에 말리지 않고 방으로 되돌아갔지요."

"……"

"증인!"

변호인이 재촉하자 주저하던 그가 말문을 열었다.

"네, 솔직히 그때는 강간이라고 생각하지 않았어요. 서로 좋아서 그런 것처럼 보였어요. 너무 놀라서 말릴 생각을 하지 못했어요."

성공이다. 속으로 쾌재를 불렀다. 슬쩍 증인이 당시에 가졌을 법한 심정을 불러일으키는 쪽으로 신문을 이끌었는데 증인이 넘어왔다. 주신문에서는 원칙적으로 유도신문이 금지되어있지만, 반대신문에서는 유도신문이 허용된다. 원하는 답을 얻었으니 이제부터는 살살 해도 된다. 철우는 피고인과 피해자 사이에 있었던 성관계의 유일한 목격자로서 객관적인 위치에 있긴 하지만 사정상 피해자 측에 유리한 증언을 해줄 가능성이 큰 편이다. 그런데 그가 피고인에게 결정적으로 유리한 증언을 했다. 판사의 판단에 상당한 영향력을 미칠 수밖에 없다.

피고인은 결혼해서 아내와의 사이에 아들을 하나 두고 있었다. 아내도 직장에 다녔다. 아이를 돌봐줄 사람이 필요했다. 주로 시댁에서 맡아주었다. 어느 날 시댁에서도 맡아줄 수 없는 사정이 생겼다. 그래서 처제인 선영이 남자친구 철우와 함께 피고인의 집으로 오게 되었다. 다음날 언니와 형부가 출근하면 선영이 아이를 맡아줄 계획이었다. 오랜만에 모인 동건과 그의 아내 미영, 그리고 처제인 선영과 그녀의 남자친구 철우는 즐거운 저녁 시간을 함께 보냈다.

즐거움이 언제나 즐거움으로만 마무리되는 것은 아니다. 넷은

삼겹살을 안주 삼아 소주를 마시며 이야기꽃을 피웠다. 미영은 술이 약한 탓에 셋을 남겨두고 일찌감치 안방에 들어가 잠을 청했다. 한번 잠들면 누가 업어가도 모르는 스타일이다. 철우 역시 소주 다섯 병 정도를 나눠 마신 뒤 피곤하다면서 작은 방으로 먼저 들어갔다. 거실에는 형부인 동건과 처제인 선영이 남아서 술자리를 이어갔다.

마시다 보니 술이 부족했다. 둘이 함께 인근 편의점으로 소주를 사러 다녀왔다. 소주를 몇 잔 더 나눠 마신 후 동건은 선영에게 밖에 세워둔 자동차에 같이 가자고 말했다. 선영은 순순히 따라왔다. 차 안에서 둘은 성인물 동영상을 보았다. 그리고 한 차례 성관계를 가졌다. 다시 집안으로 들어온 두 사람은 거실에서 술을 더 마시다가 두 번째로 성관계했다. 술이 그들의 이성을 마비시키고 감정을 자극하여 대담한 행동을 하게 한 것이다.

동건과 선영은 그전부터 형부와 처제의 관계를 넘어 특별히 친밀했다. 직접적인 성적 접촉까지는 없었지만 가벼운 신체적 터치는 자연스러웠다. 드러나지 않았던 부적절한 관계가 이날 술이라는 매개체로 인해서 성관계로 극대화되었다.

마침 작은방에서 잠을 자던 철우가 화장실에 다녀오려고 깼다. 문을 열고 나가다가 두 사람의 성관계를 목격했다. 어찌 된 영문인지 말리지 않고 다시 방으로 들어갔다. 철우는 잠을 못 이루고 거의 뜬눈으로 밤을 새웠다. 철우는 선영을 이해할 수 없었다. 처제와 그런 짓을 한 동건 역시 죽일 놈으로 생각되었다. 그래도 왠지 함부로 말하면 안 될 것 같아서 그로부터 석 달 동안 입을 다물었지만, 더는 견딜 수 없었다. 결국, 철우는 동건의 아내인 미영에게 자초지종을 이야기했다. 철우가 대화 상대로 선택한 사람이 선영이 아니라 미영이라는 사실이 사건에 불을 지폈다.

즉시 동건과 미영 사이는 파탄으로 치달았다. 이혼의 위기에 몰렸고, 위자료와 양육권 문제 등이 제대로 타협되지 않으면서 갈등이 최고조에 달했다. 미영의 동생인 선영의 처지가 난처해졌다. 급기야 선영은 동건을 강간범으로 고소했다. 범행을 부인하며 자유로운 의사로 관계를 맺었다고 주장하던 동건은 구속되기에 이르렀다. 처제를 강제로 범한 사람이 되었으니 지독한 파렴치범으로 낙인찍혔다.

동건은 내내 억울하다면서 처제와 성관계를 맺은 것은 잘못이지만 절대 강간은 아니라고 했다. 처제와는 결혼 초기부터 스스럼이 없었으며 피고인을 많이 따랐다는 것이다. 사건 당일에는 서로 많이 취하고 기분이 좋아서 아무런 저항감 없이 관계를 맺었다는 주장이었다. 피고인과 피해자의 진술이 거의 일치하지만 성관계에 강제성이 개입되었는가만이 다를 뿐이었다.

동건의 말이 사실이라도, 동건이 처제와 성관계를 맺은 것은 윤리적으로 비난할만하다. 그렇다고 무조건 강간으로 몰아서 처벌할 수는 없는 일이다. 형부와 처제가 같은 마음으로 일으킨 행위는 성인인 두 사람이 함께 책임을 져야 한다. 한쪽 당사자는 빠져나가고 다른 쪽 당사자에게만 가혹한 형사적 책임을 물린다면 불공평하다. 범죄인지 아닌지는 냉정하게 따져보아야 한다.

그는 이번 사건으로 많은 것을 잃었다. 가정과 아내를 잃었고, 강간범으로 몰렸으며 현재는 직장을 잃고 갇혀있는 신세가 되었다. 어린 아들도 전혀 보지 못하고 있다. 그의 처지에 딱한 부분이 있었다. 강간범이라는 낙인만은 면하게 해주고 싶었다. 기록을 꼼꼼하게 들여다보았다. 작은 사실이라도 놓치지 않으려고 샅샅이 살펴보았다. 가장 이상한 것은 철우가 피고인과 피해자의 성관계 장면을 보고도 제지하지 않았다는 사실이다. 피해자의 사건 이후 행위에도 의문점이 많았다. 행위 즉시 고소하지 않고 언니가 알게 되자 고소를 한 점도 석연치가 않았다. 가족 간의 일이라 파장이 두려워 의도적으로 숨길 수는 있다. 그래도 편안할 수는 없는 일이다. 그런데 지난 3개월간 선영의 행동에는 별로 고민한 흔적이 발견되지 않았다.

성관계는 차 안에서 먼저 이루어졌다. 2차로 거실에서 한 번 더 이루어졌다. 두 번 다 강간이라고 보기에는 무리가 있었다. 한 번 강간을 당한 사람이 계속 가해자와 함께 술을 같이 마시다가 또 강간을 당한단 말인가. 어딘가 어색하다. 두 번째 현장에서는 바로 옆방에서 언니와 철우가 자고 있었다. 얼마든지 소리를 질러서 도움을 청할 수 있었다. 그러나 그렇게 하지 않았다. 강간이 아니라는 해석이 가능하다. 검찰의 기소 내용에는 두 개의 행위 모두 강간으로 되어있었다. 연속된 동일인들에 의한 두 번의 성행위에 대해 하나는 강간이고, 하나는 아니라고 하기에는 앞뒤가 맞지 않아 어쩔 수 없이 두 번의 행위에 대해 모두 강간이라고 기소한 것처럼 보였다.

　법정에서는 철우에 대한 신문을 마치고 다음으로 선영을 상대로 신문이 이루어질 차례다. 법정 바깥에 대기하고 있던 선영이 입장했다. 같은 날 함께 출석한 여러 명의 증인 중 나중에 진술할 사람은 법정 밖에서 기다려야 한다. 신문하지 않은 증인이 법정 안에 있을 때는 퇴정을 명한다(형사소송법 제162조). 먼저 시작한 증인이 증언을 마치고 자신의 순서가 되었을 때 입장한다. 다른 증인의 진술을 듣지 못하게 하기 위해서다.

　사안이 개인적인 인격권과 관련이 깊어서 방청객을 모두 법정에서 나가게 하고 신문을 비공개로 진행했다. 형사재판에서 피해자에 대한 증인신문은 상당히 조심스럽게 이루어진다. 특히 강간 피해자인 경우, 개인의 인격권 보호가 중요하다. 피해자가 공개된 법정에 나와서 당시의 이야기를 되풀이하는 것 자체가 새로운 고통이다. 변호사도 신중해야 한다. 지나치게 피고인의 입장에 치우쳐서는 안 되고 피해자의 마음도 헤아리는 것이 중요하다. 정말 강간일 수 있으므로 증인에게 상처를 주지 않도록, 선을 지켜가면서 신문해야 한다. 변호사는 피고인이 무죄라고 확신하면 오버하게 된다. 확신의 한구석에는 늘 오류가 잉태된다.

그녀는 대답하기 불리한 부분에서는 술이 많이 취해서 잘 기억나지 않는다고 했다. 성관계 부분에 대해서는 동의한 사실이 없다는 점을 특히 강조했다. 강간 현장에서 도움을 요청하지 않은 이유는 언니와 철우가 알게 되어 큰 분란이 일어날까 봐 두려웠기 때문이라고 했다. 선영에 대한 신문이 끝났다. 그녀에 대한 신문 과정에서는 뚜렷하게 피고인에게 유리한 사실을 얻어내지 못했다.

선영으로부터도 피고인에게 유리한 결정적인 진술을 들었으면 더욱 좋았겠지만, 철우를 신문한 결과만으로도 충분했다. 철우는 객관적인 위치에 있는 증인이다. 굳이 피고인에게 유리한 증언을 해줄 이유가 없다. 오히려 피해자를 두둔하는 것이 자연스럽다. 그런 그가 피고인에게 유리한 증언을 했으므로 신뢰성이 매우 높다. 이 정도 내용의 증언이라면 절반은 유죄의 늪에서 빠져나온 것이나 다름없다.

증인신문을 마치고 사무실에 돌아와서 보석신청서를 작성했다. 보석은 재판 도중 피고인에 대한 석방을 도모하는 제도이다. 피고인, 피고인의 변호인·법정대리인·배우자·직계친족·형제자매·가족·동거인 또는 고용주는 법원에 구속된 피고인의 보석을 청구할 수 있다(형사소송법 제94조). 증인신문의 결과로 보아 피고인의 석방 결정이 가능할 것 같았다. 철우의 증언은 피고인에게 아주 유리한 자료였고, 선영의 신문 결과도 나쁜 것은 아니었다.

예상대로 법원은 석방을 결정했다. 제삼자인 철우의 법정 증언이 결정적인 역할을 한 셈이다. 피고인은 불구속 상태에서 마지막 재판에 임할 수 있었다.

마지막 재판 날이 되었다. 변론을 종결하면서 선고기일을 지정하는 날이다. 변호사가 마지막 변론을 시작했다.

"피고인이 처제와 부적절한 성관계를 맺은 것은 윤리적으로 비난받아 마땅합니다. 그러나 윤리적 비난과 형사적인 처벌은 별개의 문제입니다. 피고인에 대한 윤리적 책임의 연장 선상에서 형사적 책임을 물을 수는 없습니다. 먼저 이 사건의 고소 시기에 대해 살펴보겠습니다. 사건 발생 후, 3개월이 지나서야 강간 고소가 이루어졌습니다. 주변 사람들이 알게 되자 피해자가 언니에 대한 미안함으로 고소했다고 볼 여지가 충분합니다. 강간이라면서 하룻밤에 두 번의 성관계가 이루어진 점도 상당히 이상합니다. 강간을 당한 피해자는 가해자를 피하는 것이 일반적입니다. 그런데 피해자는 성관계를 차 안에서 처음 가진 후, 장소를 거실로 옮겨 소주를 마시던 중 한 번 더 성관계했습니다. 이는 성인들의 자유의사가 전제된 행위로 볼 수 있습니다.

피고인과 피해자는 오래전부터 상당히 친밀한 관계를 유지해왔습니다. 피해자는 술에 취해 잘 기억이 나지 않는다고 합니다만 피고인과 같이 소주를 사러 편의점에 가기도 했으며 차 안에까지 갔습니다. 피해자도 술을 사러 편의점에 간 사실은 인정하고 있습니다. 의식이 있으니 움직인 것으로 보아야 합니다. 기억이 나지 않는다는 피해자의 말 역시 그대로 믿을 수는 없습니다.

무엇보다 이해할 수 없는 점은 남자친구의 행동입니다. 피해자의 남자친구는 성관계 장면을 보고도 제지하지 않았습니다. 정상적이라면 당장 달려가서 떼어놓아야 합니다. 그렇게 하지 않은 것은 그 장면이 강간으로 보이지 않았기 때문입니다. 이 법정에 증인으로 출석했던 철우는 자신이 본 피고인과 피해자의 성행위가 강간은 아니라고 생각했다고 명확하게 진술했습니다.

피고인은 이 사건으로 가정과 사회적 신뢰를 모두 잃었습니다. 5개월이 넘는 수감생활까지 감내해야 했습니다. 지금은 하지 않은 일로 인해 범죄자가 될 위기에 처해있습니다. 과연 피고인의 범죄사실을 인정하는 데 있어서 합리적 의심이 배제될 정도의 유죄라는 확신이 드는지 의문입니다. '의심스러울 때는 피고인의 이익으로'라는 법언을 떠올리게 합니다. 법률가가 늘 명심해야 할 아주 기본적이고 중요한 원칙입니다. 의심스러울 때는 피고인에게 유리한 쪽으로 해석해야 합니다. 피고인에게 억울함이 없도록 자세히 살펴서 무죄를 선고해주시기 바랍니다."

기소된 사건이 범죄로 되지 아니하거나 범죄사실의 증명이 없는 때에는 판결로써 무죄를 선고하여야 한다(형사소송법 제325조). 이 사건은 범죄사실의 증명이 없는 때에 해당하여 피고인에게 무죄가 선고되었다. 보석으로 풀려날 때부터 무죄는 어느 정도 예견된 일이었다. 동건은 수년간 감옥 생활을 감내해야 할 위기에서 벗어났다.

변호사는 베르디의 오페라 〈라 트라비아타〉에● 나오는 '축배의 노래'를 들으면서 한껏 취해도 될 그런 기분이었다. 억울한 옥살이를 할뻔한 사람을 구해낸 것이다. '축배의 노래'는 경쾌한 리듬이어서 듣기만 해도 신나고 즐겁다. 오페라가 시작되면서 파티에 초대된 비올레타와 알프레도가 만났을 때 이 노래와 함께 새로운 사랑이 시작됨을 알린다. 그들에게 새로운 사랑이 시작되듯 동건에게도 새로운 인생이 펼쳐질 수 있을까.

무죄판결을 끌어내면 담당 변호사는 크게 보람을 느낀다. 변호사란 직업은 싫든 좋든 다른 사람의 삶에 영향을 미칠 수밖에 없는 속성을 지니고 있다. 부정적인 결과가 나왔을 때는 난처한 처지에 빠지기도 하지만 무죄판결을 받으면 가슴이 뿌듯하다. 무언가 다른 사람의 삶에 엄청난 긍정적 에너지를 제공한 것 같아서 변호사가 되기를 잘했다는 자긍심이 생긴다.

무죄를 주장하는 사건을 맡으면 치열하게 고민하고 파고들어야한다. 무죄를 받기 위해서는 집요함과 끈질김이 필요하다. 끝까지

● 베르디가 작곡하여 1853년 베네치아의 페니체 극장에서 초연되었다. 비올레타와 알프레도의 애틋한 사랑 이야기를 담고 있다. 기대와는 달리 그들의 사랑은 비올레타가 죽음으로써 비극으로 막을 내린다. 우리나라에서 1948년도에 최초로 공연된 오페라가 바로 〈라 트라비아타〉다.

끌고 가는 뚝심과 인내력을 발휘해야 한다. 사안의 빈틈을 헤집고 아이디어를 찾아낼 때 무죄의 길은 가까이 있다. 그 실마리는 언제나 기록 속에 있다. 유죄를 억지로 무죄로 만들어서는 안 될 일이지만 억울한 범죄자를 만들어내는 일은 막아야 한다.

억울한 일은 당해보지 않은 사람은 모른다. 이 땅에는 억울함을 호소하는 사람들이 수도 없이 많다. 몰라서 억울하고, 돈이 없어서 억울하고, 기대고 비빌 언덕이 없어서 억울하다. 억울함을 단순히 개인의 문제로 치부해서는 안 된다. 사회 구조적·제도적 차원에서 접근해야 한다. 억울한 사람의 발생을 최소화할 사회적 시스템을 구축하는 일이 중요하다. 억울한 피고인이 '무죄'라는 판결을 받을 수 있도록 변호사는 오늘도 기록 위를 쉬지 않고 걷고 있다.

〈돈 조반니〉 아리아 _그대의 손을 잡고

〈리골레토〉 아리아 _여자의 마음

변호사는 사건을 전체적으로 꿰뚫어볼 수 있는 눈을 가지고 있어야
한다. 이런 통찰력이야말로 변호사가 갖추어야 할 필수적 덕목이다.
형사 변론 활동의 좋은 결과는 학연이나 지연과 같은 법조 인맥이나
불편한 타협을 통해 얻어지는 것이 결코 아니다. 변호사와 의뢰인 간
의 신뢰를 바탕으로 한 아이디어와 노력으로 얻어진다.

3장.
전략적 변론을 위한 인내

책상 위에 신문과 편지가 가지런히 놓여있다. 직원이 변호사 앞으로 배달된 우편물을 정리한 모양이다. 신문을 간단하게 훑어보고 편지를 뜯었다. 대체로 신문에는 나쁜 소식이 많고 편지에는 좋은 소식이 많다.

"좋은 소식과 나쁜 소식이 있는데, 어느 것부터 들을래?"라고 물으면 나쁜 소식을 먼저 선택한다. 좋은 소식을 나중에 선택해야 앞의 나쁜 소식을 덮어버린다. 뒤에 맛보는 기분 좋은 감정도 오래 유지할 수 있다. 끝이 좋아야 좋다.

SNS로 인해 감정이 즉각적으로 전달되는 시대이다. 편지가 보편적인 의사전달 수단이던 과거에는 새롭게 등장한 SNS가 특별했다. SNS가 일반적인 지금은 손으로 직접 쓴 편지를 받는다는 것이 특이한 경험이 되어버렸다. 정상이 비정상이 되고 비정상이 다시 정상이 된다. SNS로 전달되는 생각은 중간에 머물러 있을 시간이 없다. 생각의 발신과 도달이 거의 동시에 이루어지고 있다. 편지는 중간에 머무름이 있다. 잘 익은 된장이 맛있듯 며칠 묵혀져 집배원으로부터 전달받는 편지 끝에서 정감이 느껴진다.

보낸 사람은 의뢰인이었다. 좀 더 정확하게 말하면 의뢰인의 부인이었다. 편지의 내용은 감사하다는 말로 가득 차 있었다. 글씨체가 깔끔하고 가지런해 보기 좋았다. 처음에 오해가 있었던 부분을 이해해달라며 거듭 고마움을 전하고 있었다.

사건이 종료된 후 의뢰인으로부터 받는 감사 편지는 달콤하다. 모차르트의 오페라 〈돈 조반니〉●에 등장하는 주인공 조반니가 체롤리나에게 보내는 유혹의 아리아, '그대의 손을 잡고'의 선율만큼이나 달콤하다.

그녀를 처음 본 것은 5월의 어느 화창한 토요일 오후였다. 영장

● 모차르트(1756~1791)가 작곡한 오페라로 1787년 프라하에서 초연되었다. 〈피가로의 결혼〉, 〈마술피리〉와 함께 모차르트의 3대 오페라로 불린다. 방탕한 귀족 조반니가 바람둥이 행각을 계속하다 결국에는 지옥의 불구덩이 속으로 떨어지는 이야기다. 오페라의 아리아 중 하나인 '그대의 손을 잡고'는 조반니가 다른 남자와 결혼하려는 체롤리나를 유혹하기 위해서 부르는 노래다. 아름다운 선율이 감수성을 자극한다.

실질심사가 예정되어있었다. 법원은 공식적으로 쉬는 날이지만 영장실질심사와 같이 급하게 처리해야 할 재판은 열리기도 한다. 변호사도 토요일은 쉬지만, 가끔 예외는 있다.

영장실질심사는 판사가 피의자를 직접 심문하여 구속할 것인가를 판단하는 절차이다. 구속 전 피의자 심문제도라고도 한다. 형사사건에서 혐의를 받는 사람에 대해, 기소되기 전에는 피의자라고 부르고 기소된 후에는 피고인이라고 부른다.

2017년에는 각종 대형사건이 많았다. 거물급 피의자에 대한 영장 발부 여부가 세간의 관심을 불러일으켰다. 영장이 발부될 것인지 아닌지를 예측하는 언론 보도가 넘쳐났다. 그 주요 피의자가 거쳐간 절차가 바로 영장실질심사이다. 다만 그들은 체포된 피의자가 아니어서 심문이 주말에 열리지 않았다. 체포되지 않은 경우는 평일에 심문이 시행되도록 날짜를 조율한다. 그러나 이번 사건에서 구속영장이 청구된 의뢰인은 현행범으로 체포된 상태였다. 현행범은 경찰이 아니더라도 누구든지 체포할 수 있다. 영장 없이 체포하는 것이어서 구금 상태를 유지하려면 사후에 영장을 청구해야 한다. 48시간 안에 청구해야 하며 만약 그 시간 안에 청구하지 않으면 피의자를 반드시 석방해야 한다. 영장 청구도 없이 석방하지 않고 48시간을 넘기면 불법구금이 된다.

현행범으로 체포된 피의자에 대해서 영장이 청구되면 법원은 지체하지 않고 심문해야 한다. 특별한 사정이 없으면, 구속영장이 청구된 다음 날까지는 심문하게 되어있다. 불필요하게 구금 기간이 늘어나지 않도록 빠른 진행을 위해 마련된 규정이다. 수요일 오후나 목요일에 현행범으로 체포되어 금요일에 영장이 청구된 경우에는 토요일에 심문할 수 있다.

토요일의 법원은 한산하다. 주중에 비하면 청사 내부뿐만 아니라 바깥에도 오가는 사람이 별로 없다. 5월의 화창한 토요일 오후에 사람들이 있을 곳으로 어울리는 장소는 아니다. 사람들이 바다나 산에서 자연과 함께 주말의 여유를 즐기기 좋은 때다. 하지만 이런 순간에도 법원에서 구속 여부를 판단 받아야 하는 피의자가 있고 이를 지켜보는 가족들이 있다. 누군가는 행복을 느끼고 있는 순간에 다른 누군가는 불행을 느끼고 있다는 인간 생활의 구조가 아이러니하다.

영장실질심사를 하는 법정은 따로 마련되어있다. 법정 앞에는 피의자의 부인이 와서 기다리고 있었다. 서로 전화통화만 했지 아직 대면한 적이 없었으나 그녀가 먼저 알아보고 인사했다. 평범한 사람들이 구속될 위기에 처하는 순간은 평생에 걸쳐 한 번 있을까 말까, 하는 일이다. 그들은 대부분 어떻게 해야 할지 몰라서 다른 사람의 말에 잘 휘둘린다. 이 말을 들으면 잘 될 것 같고, 저 말을 들으면 다시 귀가 솔깃해진다. 하루에도 수십 번씩 마음이 급류를 탄다. 그녀도 예외는 아니어서 남편에 대한 걱정으로 가득 찬, 사회에서 흔히 볼 수 있는 보통 여자였다.

인사가 끝나자마자 바로 사건 이야기로 들어갔다. 남편의 행위가 구속될 만큼 크게 잘못한 것이냐며 의아해했다. 구속되어서는 안 된다면서 어떻게든 영장이 떨어지지 않도록 해달라고 했다. 세상에서 구속되어도 괜찮은 사람은 아무도 없다. 괜찮지 않은 상황이라도 감수하고 견딜 뿐이다. 말하는 태도는 차분하며 공손했다. 법적 현실에 대해서는 잘 모르는 것 같았지만 예의가 있는 사람이었다.

실질심사 전 법정에 마련된 간이접견실에서 피의자를 만나 사건의 요지를 들었다. 피의자는 업무방해죄와 모욕죄 그리고 공무집행방해죄의 혐의를 받고 있었다. 술을 과하게 먹고 음식점에서 행패를 부렸다. 음식점 주인이 신고를 하자 곧이어 인근 파출소에서 근무하는 젊은 경찰 두 명이 출동했다. 피의자는 경찰의 제지에 반항하며 침을 뱉고 욕을 했으며, 폭행을 가해 공무집행을 방해했다. 그중 한 명에게는 심하게 모욕적인 언사를 했다. 술에 취해 벌인 일이라 구체적인 경위는 잘 기억이 나지 않는다고 했지만, 행위 자체에 대해서는 인정하고 있었다.

피의자는 몇 개월 전에 택시기사와 시비가 붙어서 폭행으로 엮이는 바람에 처벌을 받은 전력이 있었다. 당시 처벌 결과가 어떻게 나왔는지 본인도 잘 모르고 있었다. 크게 잘못한 일이라고 여기지 않아 관심을 두지 않고 지나가버린 모양이었다. 실질심사를 진행해보고서야 상황을 알 수가 있었다. 피의자는 이미 '특정범죄 가중 처벌 등에 관한 법률 위반'으로 집행유예의 선고를 받아 형이 확정된 전력이 있었다.

운행 중인 자동차 운전자에 대한 폭행 범죄는 엄벌하려는 경향이 있기는 하다. 하지만 피의자는 당시에는 초범이었다. 집행유예의 선고를 받은 것으로 보아 의뢰인이 제대로 대처하지 못한 것 같았다. 불구속 수사와 재판이어서 대수롭지 않게 생각하고 있다가 집행유예란 처벌을 받은 것이다. 그때 받은 집행유예 판결이 현재 진행되는 사건의 발목을 잡고 있었다. 집행유예 기간에 새로운 범죄를 또 저지른 것이다.

그동안 범죄에 휘말린 일이 없었는데 최근 6개월 사이에 2건의 범죄를 저질렀다. 그 한 건이 택시기사에 대한 폭행이고 나머지는 현재 심사가 진행되고 있는 범죄였다. 그는 '집행유예 기간 중의 범죄'라는, 법률적으로 상당히 어려운 처지에 놓여있었다.

인생의 어려움은 한꺼번에 찾아온다는 말이 적어도 현재의 그에게 있어서는 틀리지 않았다. 먼저 저지른 범죄가 있고, 이로 인해서 집행유예 판결을 받았다는 사실은 상당히 중요한 의미가 있다. 피의자는 과거의 판결이 확정되어 잉크도 마르기 전에 다시 새로운 죄를 범했다. 집행유예 기간에 범한 죄에 대해서는 다시 집행유예를 선고할 수 없는 것이 원칙이다. 경찰에서 영장을 청구한 주된 이유도 여기에 있었다. 재차 집행유예를 선고할 여지가 완전히 차단되었기 때문에 이번 범죄의 결과로 실형을 받을 가능성이 매우 컸다. 이럴 때는 거의 영장이 발부된다고 보아야 한다.

피의자와 피의자의 부인은 자신들이 법률적으로 얼마나 어려운 상황에 처해있는지 전혀 인식하지 못하고 있었다. 오로지 평범한 시민이 술을 먹고 취해서 행패를 부렸을 뿐인데 이것이 구속할 정도냐는 생각에 머물러있었다. 이번에 일어난 사건만 가지고 본다면 그러한 인식이 반드시 틀린 것만은 아니다. 앞서 선고받은 판결만 없었다면 굳이 영장까지 청구하지도 않았을 것이고, 청구한다해도 발부되지 않았을 가능성이 크다.

영장실질심사를 마치고 바깥으로 나왔다. 부인이 옆으로 오면서 어떻게 되겠느냐고 물었다. 영장이 발부될 가능성이 높다고 하자 무척 실망하는 표정이었다. 하지만 장기적인 관점에서는 영장이 발부되는 편이 차라리 더 낫다. 사람들은 구속이 되어야 심각하게 생각하고 최선을 다해 대처한다. 정확한 상황 인식과 적극적 노력이 있어야 그나마 긍정적인 결과를 얻어낼 여지가 있다.

경찰에서 영장을 신청하지 않고 검찰에 송치하여 재판에 넘겨지는 경우가 더 문제일 때가 있다. 불구속으로 재판을 받게 되면 피고인은 경각심을 갖지 않는다. 자신이 처한 법률적 상황이 매우 심각하지만 이에 대한 인식이 미흡하다. 반성하고 뉘우치는 정도가 부족하고, 절실함이 없기에 상황을 타파하기 위한 노력을 제대로 기울이지 않는다. 이 피의자는 벌금형을 받아야만 살 길이 열린다. 그러나 앞서 저지른 범죄에서도 집행유예를 받았는데 그 기간에 범한 범죄에 대해 법원이 순순히 벌금형을 선고해줄 리가 없다. 구속이 안 되었다고 안이하게 대처하다가 실형을 선고받으면 법정구속이 되는 운명을 맞게 된다.

내심 영장을 신청해준 경찰이 고맙게 느껴졌다. 구속되어야만 본인이나 가족이 어떻게든 처한 상황을 모면해보려고 필사적인 노력을 기울이게 된다. 노력해도 피고인에게 벌금형이 부과된다는 보장은 없다. 다만 불구속으로 재판을 받을 때보다 벌금형이 될 가능성이 조금은 더 커진다. 피의자는 구속도 면하고 벌금형으로 처벌받기를 바라고 있지만, 이 사건은 그렇게 처리될 만큼 가벼운 범죄가 아니다. 원하는 것 두 가지를 한꺼번에 다 가질 수가 없다. 세상사의 구조가 그렇다. 희생과 감수가 있어야만 진짜 목적을 이룰 수 있다.

예상대로 영장은 발부되었다.

피의자와 가족에게는 영장이 발부되었다는 소식은 너무 절망적이다. 구속이 오히려 최종 결과에 긍정적으로 작용할 수 있다는 전략적 사고는 변호사에게나 가능하다. 피의자와 그의 가족에게는 당장 지금의 상황이 고통스럽다. 역시 원망은 변호사에게로 향한다. 기껏 돈을 주고 선임했는데 능력이 없어 보인다. 변호사에게도 인내가 필요한 순간이다. 변호사를 선임했다고 모든 사람이 구속을 면한다면 대한민국에 감옥에 갈 사람은 아무도 없을 것이다. 지금 좋다고 하여 나중까지 반드시 좋다 할 수 없고, 지금 나쁘다 하여 나중까지 반드시 나쁘다 할 수 없다. 끝날 때까지 끝난 것이 아니다.

　피의자를 접견하러 경찰서 유치장에 갔다. 사람들이 지내기엔 유치장 시설은 열악하다. 철문을 열고 들어가면 절반 정도의 공간을 막아서 철창이 처져있고 그 안에 수용자들이 있다. 바깥에는 경찰이 작은 책상 앞에 앉아서 피의자들을 지켜보고 있다. 단순히 지켜보는 것이 아니라 감시하고 있다.
　철창 안에 몇 명의 사람들이 힘없이 앉아있었다. 갇혀있는 사람들은 모두 답답하고 절박하다. 양복을 깔끔하게 차려입은 사람이 들어서자 모두의 시선이 모였다. 의뢰인이 알아보고 일어섰다. 안에는 작은 접견실이 마련되어있었다. 두 사람이 간신히 마주 앉을 수 있는 좁고 허름한 장소였다. 경찰서에 따라서는 철문 안으로 들어가지 않도록 입구에 접견실을 마련하기도 한다. 철문 안쪽에 마련된 접견실보다는 바깥에 마련된 것이 시설 면에서 좀 나은 편이다.
　영장실질심사 전에 만났을 때보다 시간 여유가 많아 충분한 대화를 나눌 수 있었다. 피의자는 영장이 발부된 것에 대해서 불만을 표시했다. 구속된 지 얼마 안 돼서 그런지 아직 기가 살아있었다.

그의 처지에서 보면 충분히 이해할 수 있는 불만이었다.

　갇혀있다 보면 모든 생각이 한가지로 집중된다. 빨리 나가고 싶다는 절실함만 남는다. 그러나 지금은 감정보다 이성을 친구로 삼아야 한다. 현실을 부정하면서 당장 빠져나갈 궁리만 하면 더욱 수렁에서 벗어나기 어렵다. 영장이 발부된 것을 좋아할 사람은 아무도 없다. 처지를 정확히 인식하고 앞으로의 전략을 구상하는 것이 중요하다. 받아들일 것은 받아들여야만 새로운 모색이 가능하다.

　그는 당장 마무리해야 할 일이 많아서 구속되어있을 수만은 없다고 하소연했다. 구속적부심을 신청해달라고 하면서 법률로 마련되어 있는 수단은 모두 취해달라고 했다. 보석 신청도 때가 되면 해달라고 했다. 다이아몬드나 루비 같은 보석을 말하는 것이 아니다. 법적 구제장치로서의 보석은 기소된 피고인을 대상으로 일정한 보증금을 내는 조건으로 피고인을 석방하는 제도이다. 보석은 기소된 후에 가능한 절차여서, 아직 기소 전의 단계인 지금은 구속적부심사제도가 활용된다. 구속적부심사제도는 구속된 피의자에 대해, 구속이 적법한지, 꼭 필요한지 다시 심사하는 제도이다. 영장실질심사제도가 도입되기 전에 주로 이용되었다.

　피의자는 이미 영장실질심사를 통하여 판사 앞에서 범죄사실에 대하여 실질적인 소명을 할 기회를 부여받은 상태다. 사기죄와 같이 피해 보상이 중요한 정상참작 요소일 때는 구속적부심사제도를 십분 활용할 수 있다. 구속 후에 피해 금액을 배상하고 합의를 했다면 석방의 여지가 있다. 그러나 아무런 사정 변경이 없는 상태에서 구속적부심사를 청구해본들 기각될 것이 불을 보듯 뻔하다.

피의자의 경우는 아무런 사정 변경이 없었다. 합의도 이루어지지 않았고 집행유예 기간이라는 점도 변함이 없다. 법원에서 내린 구속 결정을 바꿀 아무런 이유가 없었다. 오히려 구속적부심사를 청구한 내용이 기록으로 남으면 반성은 하지 않고 빠져나갈 궁리만 하는 것처럼 부정적으로 해석할 수도 있다.

법원이 심사를 위해 수사 관계 서류와 증거물을 접수한 때부터 결정이 나서 이를 검찰청에 반환할 때까지는 구속 기간에도 포함되지 않으므로 피의자에게 실질적으로 불리한 면도 있다(형사소송법 제214조의 2 제13항). 실질적으로 구속되어있음에도 불구하고 구속 기간에 포함되지 않아서 손해를 보게 된다. 그렇더라도 미결구금일수에는 포함된다.

이 사건은 구속적부심 신청이 적절하지 않다. 구속적부심을 청구하는 것은 바람직한 변론 전략이 아니라고 알려주었다. 그러나 피의자는 끝까지 의지를 굽히지 않았다. 경찰서에서 만난 피의자의 부인과 다른 가족도 같은 마음이었다. 모두 적부심에서 풀려날 수 있다는 희망을 품고 있었다. 변호사의 판단은 외면되었다.

변호사의 눈에는 허망한 기대로 비칠 뿐이다. 적부심마저 기각이 되면 변호사에 대한 의뢰인의 신뢰도는 더욱 추락한다. 전략적으로도 마이너스이고 변호사에게 불필요한 일이 추가된다. 게다가 나쁜 결과로 귀결될 염려가 다분하다. 그래도 당사자의 뜻은 존중되어야 한다. 그들은 법률전문가가 아니기에 사건 전체를 꿰뚫어 보는 눈이 없고 앞뒤를 계산해가면서 판단하기 어렵다. 지푸라기라도 잡는 심정임을 헤아려주어야 한다. 결국 적부심을 신청했다.

적부심에 대한 심리기일이 잡혔다.

법정 앞에는 지난번처럼 피의자의 부인이 나와있었다. 경찰의 안내를 받으며 심문을 받으러 오는 남편의 얼굴을 보자 또 한 번 안타까워했다. 수갑을 차고 심문실로 들어가는 뒷모습을 보면서 아픈 가슴을 쓸어내리고 있다. 제발 잘되게 해달라고 빌었을 것이다. 그녀의 절실한 바람은 이번에도 실현되지 않았다. 변호사가 예측한 대로였다. 예측은 빗나가길 바랄 때는 빗나가지 않는 속성이 있다.

피의자가 검찰에 송치되면서 서울구치소로 옮겨갔기에 피의자를 만나러 구치소로 갔다. 구치소는 미결수를 수용하는 기관이고, 교도소는 기결수를 수용하는 시설이다. 일반적으로 형이 확정되면 구치소에서 교도소로 옮겨간다. 감옥 건물은 언제 보아도 스산하다. 보통은 사전에 시간 예약을 하고 간다. 통제문 앞에서 변호사 신분증과 핸드폰 그리고 담배와 라이터를 맡겨야 한다. 담배를 피우지 않으니 맡길 것이 없고, 접견 갈 때 핸드폰은 미리 차에다 두고 내린다. 변호사 신분증만 맡기면 된다. 어느 드라마를 보았더니 주민등록증을 맡기고 들어가는 장면이 있었다. 소품에 변호사 신분증이 없었나 보다.

통제문 안으로 들어서면 검색대에 가방을 올려놓고 확인을 받는다. 검색에서 걸릴 만한 물건을 가져오는 변호사가 실질적으로 있는지 의문이다. 과거에는 안 하던 일인데 점점 불필요해 보이는 절차가 늘어가고 있다. 확인 후에는 다시 가방을 챙겨서 또 하나의 철문을 열고 안으로 들어간다. 들어가자마자 왼쪽에 관세음보살상이 있다. 오른쪽인 접견실 방향에는 성모상이 있다. 왼쪽으로 방향을 틀자 마침 뒤따라 들어오던 교도관이 접견실은 오른쪽으로 가야 한다고 친절하게 알려주었다. 다 알고 있다. 관세음보살상 앞에 가서 기도하고 갈 요량으로 그리 방향을 잡았을 뿐이다. 친절한 자여, 그대에게 행운이 있으라.

접견실에서 신청서를 제출하고 기다렸다. 서울구치소 접견실은 늘 붐빈다. 변호사와 수용자들이 쉴 새 없이 오고 간다. 그들이 나누는 대화로 넓은 접견실이 시끌시끌하다. 변호사도 많고 수용자도 많은 세상이다. 잠시 후 배정된 접견실에 피의자와 마주 앉았다.

마주 앉은 장소가 경찰서 유치장 접견실에서 구치소 접견실로 변했다. 변한 것은 장소만이 아니었다. 그는 며칠 사이에 기가 많이 죽어있었다. 변호사에 대한 태도 역시 전보다 훨씬 누그러졌다. 그동안 잘 알지 못했던, "집행유예 기간 중의 범죄에 대해서는 집행유예를 선고할 수 없다."라는 말의 의미를 이해하고 있었다. 이

제 자신이 쉽게 석방될 수 있는 상황이 아니라는 사실을 인지한 듯했다. 구치소 동료들한테 이것저것 전해 들은 결과였다. 무슨 일이든 직접 들을 때는 바로 이해하지 못하지만, 제삼자에게서 간접적으로 들은 이야기가 자신의 경험과 교차하면 신뢰하게 된다. 한 번도 본 적 없는 그의 같은 방 수용자들이 고맙다.

변호사는 사건을 전체적으로 꿰뚫어볼 수 있는 눈을 가져야 한다. 이런 통찰력이야말로 변호사가 갖추어야 할 필수적 덕목이다. 피의자에게 두 가지 전략을 설명했다.

먼저, 가능하면 구치소에 오래 있어서 구속 기간을 늘려야 한다.

피의자는 지금까지의 구속도 참기 힘들어 끊임없이 석방을 도모했다. 일부러 구속 기간을 늘려야 한다는 말이 선뜻 받아들여지지 않는 것 같았다. 이 부분 역시 구치소 생활을 하다 보면 자연스럽게 이해하게 된다. 당장 불리함을 감수할 때 좋은 결과로 이어질 가능성이 크다는 사실을 깨닫게 될 것이다.

피의자는 현재 재판에서 벌금형을 받지 않으면 석방될 수 없는 처지에 놓여있다. 앞의 범죄에 대해서도 집행유예의 선고를 받았는데 집행유예 기간에 새로이 범한 죄에 대해서 쉽게 벌금형을 해주지 않는다. 구속 기간을 늘려서 구치소 생활을 오래 함으로써, 이미 상당 부분 처벌을 받았다는 인상을 법원에 심어줄 필요가 있었다. 구속은 수사의 편의를 위한 목적이지만 실질적으로는 형벌적 효과도 가지고 있다. 구속 기간이 늘어나면 법원에서 벌금형을 선고해줄 여백이 생겨난다. 이미 충분한 벌을 받은 것으로 볼 수 있기 때문이다.

다음으로 어떻게든 합의를 보라고 했다.

아무리 구속 기간이 늘어나도 합의가 없으면 소용이 없다. 이 부분은 피의자와 가족들이 함께 노력해야 한다. 공무집행방해죄에 있어서 경찰은 합의를 해주지 않는 것이 원칙이다. 경찰과 합의하려면 그 상급자의 허락도 얻어야 한다. 일반인과 합의하는 것보다 어렵고 복잡하지만, 완전히 불가능한 것은 아니다. 원칙에는 언제나 예외가 있으니까. 어차피 합의가 단기간 안에 쉽게 이루어지지는 않는다. 장기적인 기다림이 요구되는 일이다. 구속 기간을 늘려야 하는 처지이므로 합의가 늦게 이루어진다 하여 특별히 더 나빠질 것도 없다. 절대 서두르지 말아야 한다. 합의를 빨리 보고 재판도 빨리 받아서 속히 석방되면 좋겠으나 세상일이 내 뜻대로 되지만은 않는다. 석방이라는 선물을 얻으려면 장기간의 구금과 금전적 지출이 전제된 합의라는 대가를 치러야 한다.

세부적인 실천사항으로 피의자에게 경찰관 앞으로 편지를 쓰도록 했다. 약 3주 정도의 간격을 두고 두세 번 쓰는 것이 적절하다고 조언했다. 그리고 첫 번째 재판 기일이 잡히면 연기할 것이라고 알려주었다. 구치소에서 기일 통지를 받은 후에 연기가 되어도 이상하게 생각하지 말라고 언질을 주었다. 구속기간을 늘이기 위한 방편이다.

피의자는 경찰서에서 만났을 때와는 다르게 자신의 의견과 생각을 강하게 내세우지 않았다. 고분고분 변호사의 이야기를 받아들였다. 보석 신청을 하겠다는 생각도 단념했다. 시간은 상황을 변화시키고 상황은 다시 사람을 변화시킨다. 일주일 남짓한 시간이 그를 많이 변화시키고 있었다. 물론 좋은 결과를 위한 긍정적인 방향의 변화였다.

그와의 접견을 마치고 나왔다. 그리고 구치소 근처에서 부인을 만났다. 이제는 그녀 역시 상황이 어렵다는 점을 깊이 실감하고 있었다. 남편이 쉽게 풀려날 수 없는 처지라는 현실을 받아들이고 있었다. 대화하기가 훨씬 쉬워졌다. 그녀가 반드시 해주어야 할 일이 있었다.

"파출소로 경찰관들을 자주 찾아가세요. 한 열 번쯤 찾아갈 각오를 하고 계세요."

"지금까지도 두 번 정도 찾아갔는데 경찰관을 만나지는 못했어요. 근무일이 아니라고 하네요."

"그래도 괜찮습니다. 어차피 다른 근무자가 가족이 찾아왔다는 말을 해당 경찰관에게 전해주었을 겁니다. 상급자에게도 찾아왔다는 걸 보여야 하니까, 있든 없든 상관은 없어요."

"그럼 찾아가서 합의해달라고 해야 하나요. 어떻게 하나요?"

"합의의 '합' 자도 꺼내지 마십시오. 그냥 찾아가서 보게 되면 '죄송합니다' '미안합니다' '잘못했습니다'라는 말만 하셔요. 비가 오는 날이 있으면 꼭 찾아가세요."

"네, 알겠습니다."

"남편에게 어머니가 계시다고 했는데 같이 찾아가셔도 됩니다. 제 말 꼭 기억하세요. 절대 합의해달라는 말은 하지 마십시오. 제가 말해두기는 했지만, 남편분도 편지 쓸 때 합의란 말은 아예 꺼내지도 마시라고 하시고요."

"네, 꼭 그렇게 할게요."

그녀는 진지하게 들으며 고개를 끄덕였다.

합의라는 목적을 전면에 드러내면 사람을 감동시킬 수 없다. 합의금 액수보다는 우선 사람의 마음을 감동하게 하는 것이 중요하다. 열 번 정도를 찾아와서도 합의 얘기를 전혀 꺼내지 않으면 오히려 그들이 부담스러울 것이다. 그 정도의 정성은 보여주어야 한다. 진정성 있는 사과와 접근만이 피의자를 석방으로 이끌 수 있다. 그녀는 이제까지 남편 걱정으로 인한 조급함과 법률 문화에 대한 경험 부족으로 상황을 제대로 인식하지 못하고 있었을 뿐이지 기본적으로는 착한 사람이었다. 그 착함과 성실함이면 충분히 상대의 마음을 열 수 있으리라 믿었다. 마지막에 변호사가 경찰과의 접촉을 통해 최종 마무리를 하면 된다.

장기간의 구금생활 감수에 대한 동의와, 합의를 만드는 전략에 대한 피의자와 가족의 의견 일치가 있어서 상황이 좀 편해졌다. 업무방해죄의 피해 주체인 가게 주인으로부터는 비교적 쉽게 합의서를 받아왔다. 그녀는 성실하게 두 명의 경찰이 근무하는 파출소를 찾아다녔다. 석 달 동안 열 번은 족히 방문했다. 때로는 어머니와 함께 가기도 했지만 주로 혼자서 다녔다. 시키는 대로 비가 오는 날에 가기도 했다.

비가 오는 날에는 사람의 동정심이 더 싹트는 법이다. 파출소에서는 이런 날에 오셨냐면서 조금씩 부담을 느끼는 눈치라고 했다. 그녀는 남편의 일을 해결하고자 참으로 지극정성이었다. 베르디의 오페라 〈리골레토〉●에는 '여자의 마음'이라는 아리아가 나온다. 여자의 마음은 바람에 날리는 깃털과 같아서 생각과 말이 자주 바뀌고 웃음과 눈물은 정직하지 않다고 노래한다. '여자의 마음은 갈대와 같다'고 번역하기도 한다. 적어도 이 가사는 그녀에게는 적용되지 않았다. 그녀는 일편단심으로 남편을 위하고 있었다.

그러는 사이에 검찰에서 기소하여 재판에 넘겨졌다. 피의자는 이제 피고인 신분이 되었다. 첫 번째 재판 기일은 연기했다. 구속기간은 점점 늘어나고 있었다. 석 달 이상의 시간이 지났다. 때가 무르익었다. 변호사가 나서서 마지막 쐐기를 박을 타이밍이 되었다. 해당 경찰과 직접 통화를 했다. 막상 변호사가 크게 설득할 일

● 베르디가 1851년에 완성한 오페라 〈리골레토〉는 꼽추 광대 리골레토와 그의 딸 질다, 그리고 만토바 공작 사이에 벌어지는 사랑과 죽음의 이야기다.

은 없었다. 가족과 피의자의 진정성 있는 사과에 젊은 경찰은 이미 합의의 문을 열어놓고 있었다. 문제는 상급자였다. 상급자가 합의에 소극적이었다. 상급자와도 직접 통화를 해서 간곡하게 설득했다. 상급자도 마찬가지로 피고인과 그의 가족들이 진정으로 사과한 것에 대해서는 충분히 인정하고 있었다. 망설이던 상급자 역시 합의를 승인해주었다.

피고인이 받고 있는 혐의 중의 하나는 모욕죄였다. 모욕죄는 친고죄여서 고소가 있어야 기소할 수 있으며, 기소된 후라도 고소가 취소되면 공소를 기각해야 한다(형사소송법 제327조). 피고인은 모욕죄 외에 업무방해죄 및 공무집행방해죄의 혐의를 받고 있었다. 고소가 취소되었으니 모욕죄는 공소기각이 되어 처벌의 대상에서 완전히 탈락했다. 영업방해죄와 공무집행방해죄에 대해서는 합의가 이루어졌다. 단순한 합의뿐 아니라, 적절한 금액으로 피해자를 위한 배상이 이루어졌다.

이제는 가벌성(可罰性)이 현저히 떨어져 있다. 경찰관이 피고인에 대한 선처를 바라는 탄원서에 서명해주었다. 경찰들에게 불편을 끼치지 않으려고 미리 적절한 내용으로 탄원서를 작성해 서명을 받았다. 직접 탄원서를 써달라고 하는 것보다 훨씬 수월한 방법이다. 일반인은 탄원서를 어떻게 써야 하는지도 잘 모를 뿐만 아니라, 직접 써달라고 하면 작성해줘도 되나 하고 망설이는 것이 사람의 심리다. 반면 미리 작성된 탄원서에 서명만 해달라고 하면 쉽게 해주는 것 또한 사람의 마음이다. 내가 할 수 있는 일을 최대로 하고 상대방이 해야 하는 일을 최소로 했을 때 동의를 얻어내기가 쉽다.

피고인의 구속 기간이 상당하여 형벌적 효과도 어느 정도 달성되었다. 법원에서 선처해줄 여지가 충분히 생겼다. 집행유예 전과와 이 사건 범행 외에는 다른 전과가 없었다. 여기에 변호사의 글솜씨와 피고인의 법정 태도를 추가하면 된다. 변호사는 정성을 다하여 피고인을 위한 변론요지서를 작성하여 법원에 제출했다. 피고인은 법정에서 반성하는 빛을 적절하게 표현했다. 알코올로 인한 문제의 심각성을 인식하고 향후 알코올중독 치료를 받겠다는 의지를 보였다. 조심스럽게 벌금형을 예측했다. 이번 예측은 앞서와는 달리 빗나가길 바라며 하는 예측이 아니었다. 선고를 받는 순간까지 긴장의 끈을 늦출 수는 없었지만, 충분히 희망이 있었다.

법원은 벌금형에 처하는 판결을 내렸다. 변론활동 초기에는 의뢰인 가족의 경험 부족으로 인해 변호사와 미묘한 갈등이 있었다. 하지만 이를 극복하고 정확한 상황인식을 바탕으로 의뢰인과 변호사가 공동으로 노력하여 좋은 결과를 얻었다. 의뢰인과 의뢰인의 부인이 모두 만족했음은 두말할 나위 없다. 변호사도 안도했다. 다만 벌금 액수가 좀 높았다. 실형을 면하게 해주는 대신에 높은 금액의 벌금으로 처벌의 적정성을 도모한 것이다.

형사 변론 활동의 좋은 결과는 학연이나 지연과 같은 법조 인맥이나 불편한 타협을 통해 얻어지는 것이 결코 아니다. 변호사와 의뢰인 간의 신뢰를 바탕으로 한 아이디어와 노력으로 얻어진다. 이를 경험으로 알게 된 의뢰인의 부인은 고마움을 잊지 않고 있었다. 받아든 편지에는 그 마음이 진솔하게 담겨있었다. 변호사도 끝까지 믿고 따라준 의뢰인과 그의 부인이 고마울 따름이다. 고마움의 표현은 상대방을 기쁘게 한다. 서로가 감사함을 잊지 않을 때 살맛나는 세상이 성큼 다가온다.

〈호프만의 이야기〉 아리아 _뱃노래

〈탄호이저〉 아리아 _저녁별의 노래

사람들은 끊임없이 물질을 추구한다. 더 많은 돈을 벌고 더 높은 자리에 오르는 것을 성공한 인생이라 여긴다. 욕망은 태양처럼 뜨겁지만, 싸늘하게 식어버렸을 때 감내해야 하는 냉기가 만만치 않다. 그렇다고 그 욕망을 성취하면 인간은 정말 행복해질까. 우리는 행복이 이런 것에 있지 않음을 잘 알고 있다. 각자의 분수에 맞는 삶을 살아야 한다.

4장.
욕망의 끝

스마트폰에 낯선 번호가 떴다. 사람들은 입력되지 않은 번호를 경계하고 심지어는 받지 않는다. 그러나 변호사에게는 오히려 낯선 번호가 반갑다. 입력되지 않은 번호의 주인은 대부분 지인의 소개로 법률적 문제에 대해서 문의하려는 사람들이다. 낯선 번호는 사건 수임으로 이어질 가능성이 크다. 변호사는 낯선 번호에 친절해야 한다.

수신을 선택하자 중년 여자의 낮은 목소리가 들려왔다.

"안녕하세요. 저 기억하실지 모르겠어요. 차태수 씨 부인입니다. 예전에 한 번 뵌 적이 있지요."

"아, 네. 그동안 잘 지내셨어요. 그렇지 않아도 차 실장이 통 연락이 없어서 안부가 궁금했습니다."

그녀는 약 7년 전에 한 번 본 적이 있는 태수의 부인이었다.

태수는 오래전부터 인연이 있어서 알고 지내오는 사이였다. 그동안 연락이 없었는데 태수가 아니라 그의 부인으로부터 연락이 왔다. 그녀의 목소리에는 힘이 없었다. 가슴속에 돌덩이라도 넣어 놓은 듯 무겁게 느껴졌다. 태수 문제로 상의할 것이 있다면서 사무실 위치를 알려달라고 했다.

굳이 이야기를 들어보지 않아도 알 수 있다. 태수가 안 좋은 일에 휘말린 것이 분명하다. 변호사에게 오랜만에 연락해오는 사람은 대체로 힘든 상황에 부닥쳐있다. 변호사는 나쁜 소식의 종착지이다.

2시간 정도 후에 도착한 태수의 아내는 좋지 않은 일로 찾아와서 죄송하다는 말부터 했다. 특별히 죄송해야 할 일은 아니다. 변호사를 찾아오는 사람은 다들 좋지 않은 일에 얽혀있다. 그녀는 몹시 지친 모습이었다. 얼굴에 수심이 가득했다. 그간 마음고생이 심했음을 직감적으로 알 수 있었다.

"태수 씨가 지금 구속되어있어요. 저도 자세한 내용은 잘 모르는데요. 면회 갔더니 변호사님을 한번 찾아가 보라고 해서 왔어요."

구속되었다는 말이야 늘 듣는 일이어서 그리 놀랄 것도 아니었지만 그 대상이 태수라는 사실은 뜻밖이었다. 그랬구나! 그 사이에 무슨 일이 단단히 있었던 모양이다.

부인의 말에 따르면 태수는 사기죄로 구치소에서 재판을 기다리고 있었다. 며칠 후면 첫 기일이다. 한두 명 안면이 있는 변호사에게 변론을 부탁했지만 다들 사정이 있어서 해주기가 어렵다는 답변이 돌아왔다. 남편은 갇혀있고 변호사를 구해야 하는데 돈은 없다. 그녀는 힘든 시간을 보내고 있었다.

"변호사님께 태수 씨 변론을 부탁드리려고 왔어요. 염치없지만 무료로 변론해주실 수 있을까요?"

그녀가 찾아온 것은 남편을 위해 무료로 변론해줄 변호사를 찾기 위함이었다.

무료변론은 생각만큼 그리 간단한 문제가 아니다. 무료변론이라는 단어가 품고 있는 인도적 이미지와는 달리, 변호사 개인에게는 매우 힘든 일이다. 사건의 규모가 복잡하고 클수록 자연히 변호사가 감당해야 하는 노동의 강도는 세진다. 태수 사건은 얼핏 보아도 간단하게 넘어갈 수 있는 재판이 아니다. 금전적 보상 없는 노동의 감수는 상당한 심리적 헌신을 요구한다. 일단은 긍정적으로 검토하겠다며 태수의 부인을 달래서 보냈다.

잠시 태수에 대한 생각에 잠겼다. 그는 늘 새로운 사업을 꿈꿨다. 인생을 한 방에 역전시킬 수 있는 성공적인 사업 아이템을 찾아다녔다. 마지막으로 본 3년 전에도 화려한 신기루를 좇는 불나방 같았다. 말하는 사람은 사업에의 포부와 미래의 성취를 이야기하지만 듣는 사람은 그 속에서 위험의 냄새를 맡았다. 그 위험이라는 도화선에 불이 붙어서 이제는 끌 수조차 없는 화염이 되어 그를 덮고 있었다.

　사건의 실체를 상세하게 파악하기 위해 구치소로 접견을 갔다. 변론은 둘째치고 우선 그의 근황이 궁금했다. 무려 3년 만에 태수를 만났다. 비록 장소가 구치소였지만 반가운 사람은 반가웠다. 태수는 매우 초췌한 모습이었다. 그래도 얼굴에 옅은 미소를 지으며 애써 태연한 척했다. 그는 같은 지역 출신이라 오랫동안 편하게 지내온 사이였다. 시간이 흐른 뒤에 변호사와 피고인으로 구치소 접견실에서 마주하게 되리라곤 생각도 못 했다. 사람의 인연이 미래에 어떤 형태로 얽히게 될지 참으로 알 수 없다.

　태수는 사기죄와 불법 유사수신행위에 대한 혐의를 받고 있었다. 사기 피해 금액은 무려 300억 원이 넘었고 수많은 피해자가 발생했다. 규모가 매우 큰 사건이었다. 태수는 주범의 위치였다. 수습할 수 없는 지경에 이르자 그는 중국으로 도망쳤다.

　여행을 위한 외국 생활은 즐겁지만 도망을 위한 외국 생활은 걱정과 두려움 그 자체였다. 가족도 없고 친구도 없이 호텔에서 불안에 떨며 하루하루를 보내야 했다. 말이 호텔이지 북경 변두리에 있는 싸구려 숙박업소였다. 말도 잘 통하지 않는 곳에서 끼니를 해결하는 일조차 간단치가 않았다.

태수는 하루가 이렇게 긴 시간이라는 것을 처음으로 느꼈다. 삶을 사는 것이 아니라 의미 없이 소비하고 있었다. 어쩌다 이 지경에 이르렀는지 도무지 믿어지지 않았다. 마치 꿈을 꾸고 있는 듯했다. 그러면서도 시간은 흘러 한가위를 중국에서 맞았다. 하늘에 떠 있는 저 달은 서울의 밤하늘도 비추고 있겠지. 아내와 아이들이 보고 싶었다. 추석 명절에 집에 가지 못하고 범죄자가 되어 외국에 머물러 있어야 하는 신세가 처량했다.

　달빛 사이로 여러가지 기억이 머릿속을 지나갔다. 행복했던 시절도 있었다. 결혼 7주년을 기념해 이탈리아 여행을 갔던 일이 생각났다. 물의 도시 베네치아에서 곤돌라를 탔었다. 그때 들려오던, 오페라 〈호프만의 이야기〉●에 등장하는 아리아 '뱃노래'의 유려한 선율이 귓전을 맴돌았다. 물 위에 떠있는 많은 건물 사이를 유연하게 움직이는 곤돌라 위에서 뱃노래의 노랫말처럼 아름다운 밤, 사랑의 밤을 보내던 시간이 그리웠다. 그때는 그렇게 즐거웠는데, 지금은 너무 외롭고 힘들다. 시간은 사람의 환경을 극에서 극으로 바꿔 놓았다.

　태수는 중국에서 7개월을 버텼다. 하지만 도피 생활을 계속하기에는 가지고 있던 돈이 충분하지 못했다. 돈이 다 떨어지고 더는

● 독일 출신의 작곡가 자크 오펜바흐(1819~1880)의 작품으로 뉘른베르크, 로마, 베네치아를 배경으로 펼쳐지는 사랑과 헤어짐의 이야기다. 이 오페라의 아리아 '뱃노래'는 영화 〈인생은 아름다워〉에 사용되기도 하였다.

중국에서 지내기 어려워지자 다시 한국으로 귀국할 수밖에 없었다. 어차피 감내해야 할 일이라면 빨리 할수록 좋다. 고민 끝에 한국행 비행기에 몸을 실었다. 어떻게 되든 맞닥뜨려서 해결해보자는 심산이었다. 그의 의도는 비행기에서 미처 내리기도 전에 벽에 부딪히고 말았다. 비행기가 착륙하면서 트랩이 연결되자 잠시 대기를 요청하는 방송이 나왔다. 서둘러 내릴 준비를 하던 승객이 주춤거리는 사이에 방송에서 태수의 이름이 불렸다. 출입문 쪽으로 나와달라는 요구였다. 불안감으로 마음이 두근거렸다. 출입구 쪽으로 나가자 공항경찰이 기다리고 있었다.

그에게는 이미 체포영장이 발부되어있었다.

경찰은 체포에 앞서 절차상 '미란다 원칙'을 고지하였다. 미란다 원칙은 피의자를 체포하거나 구속하면서 변호사를 선임할 수 있으며 불리한 진술을 거부할 수 있다는 사실을 알려주는 것을 말한다. 말과 동시에 손에는 수갑이 채워졌다. 쇠붙이의 서늘한 느낌이 손목에 전달되는 순간, 이제는 정말 끝이구나 하는 절망이 밀려왔다. 생전 처음 차보는 수갑이었다.

비행기에서 내리면서부터, 입국 절차는 물론 입국장을 빠져나와 공항경찰 사무실에 이르기까지 수갑을 차고 다녔다. 주변 사람들이 힐끗힐끗 쳐다보았지만, 창피함을 느낄 겨를도 없었다. 공항경찰대로부터 사건 담당 경찰서로 넘겨졌다. 이미 수많은 사람으로부터 고소를 당했다. 중국에 머무르는 동안 고소인 숫자는 눈덩이

처럼 불어났다. 금전적으로 손해를 본 피해자들이 수백 명이었다.

태수는 많은 사람으로부터 투자금을 끌어모았다. 그 돈으로 안마의자가 갖춰진 대여 가게를 열었다. 안마의자 사용자들로부터 사용료를 받는 방법으로 수익을 창출해 투자자에게 돈을 돌려주는 구조였다. 안마의자 대여 가게가 삽시간에 전국적으로 촘촘히 설치되고 손님들로 문전성시를 이루면 혹시 모를까. 근본적으로 안마의자 이용료 수익금이 투자자들에게 돌려주어야 하는 원금과 이익금을 따라갈 수 없는 시스템이었다. 허술할 대로 허술한 구조였음에도 불구하고 사업을 이끌어가는 이들은 성공을 믿었고, 투자하는 사람들은 그 믿음을 믿었다. 제삼자의 눈으로 보면 훤히 보이는 모래성을 당사자들은 제대로 보지 못했다.

사기 사건의 바탕이 되는 심리적인 측면과 현실적인 상황을 들여다보면 크게 세 가지 요소가 버무려져 있다. 사기의 가해자들은 친절하고 자신감에 차있다. 몰라도 아는 체하고 없어도 있는 체한다. 더 나아가 고급스러운 분위기를 풍긴다. 반면에 피해자들은 맹목적일 정도로 그들을 신뢰한다. 사기가 이루어지는 데 필요한 첫 번째 요소가 신뢰라면 다음은 개개인이 가지고 있는 욕심이다. 좀 더 빨리, 좀 더 크게 이익을 보려는 욕망이 더 큰 손실을 부르는 요인으로 작용한다. 마지막 조건은 바로 그 타이밍에 절묘하게 보유하고 있는 현금이다. 아무리 신뢰와 욕심이 있어도 그 순간에 투자할 돈이 없으면 소용이 없다.

이 세 가지 요소가 화학작용을 일으켜 투자금 사기범죄의 피해자를 만들어낸다. 사기를 당하지 않으려면 자기 스스로가 누군가를 너무 신뢰하면서 욕심을 부리고 있는 것은 아닌지 점검해야 한다. 친절하고 자신감 있으면서 고급스러운 행동으로 무장하고, 높은 이자를 쳐준다며 투자하라는 사람을 경계해야 한다.

초반에는 하루에도 몇억씩 통장에 돈이 찍히는 때도 있었다. 태수는 흥분했다. 이렇게 손쉽게 돈을 버는 사업이 있나 싶었다. 어느 순간부터 장차 돌려주어야 할 돈이라는 사실조차 잊어버렸다. 남의 돈이라고 생각되지 않았다. 미혹이 또 다른 미혹을 불러서 헤어나지 못했다. 투자금 규모가 불어나자 태수는 회장님 소리를 들어가며 대우를 받았다. 직원 숫자를 늘렸다. 매일 같이 투자유치설명회를 열고 대여 가게를 둘러보면서 그럴듯하게 하루를 보냈다. 성공한 사업가의 달콤한 하루처럼 보였다.

투자금이 계속 들어왔다. 한 사람으로부터 적게는 몇천만 원에서부터 몇억 원씩 받았다. 높은 수익금을 나눠 받은 초기 투자자들이 새로운 투자자들을 소개했다. 투자금이 들어오는 만큼 돌려줘야 하는 돈도 점점 늘어나고 있었다. 투자자에게 고수익이 약속된 상태에서 이를 충당할 수 있는 수익금은 안마의자로부터 발생하는 이용료가 전부였다. 이용료 수입으로는 도저히 원금과 투자 수익금을 감당하지 못했다. 결국, 뒤에 투자받은 돈으로 앞에 투자받은 돈에 대해 이익금을 줄 수밖에 없었다. 파국은 점점 다가오고 있었다. 시기만이 문제일 뿐이었다.

한 1년은 잘 돌아갔다. 초기 투자자들에 대한 수익금 배분을 위해서는 후행 투자자가 계속 들어와야 하는데 점점 여의치 않아졌다. 균열의 조짐이 곳곳에서 엿보였다. 안마의자 대여 가게는 간신히 명맥만 유지되고 있었다. 투자금에 대한 수익금, 투자금 유치자들에게 가는 성과급, 직원들의 월급, 회사 운영자금, 국가에 내야 하는 세금 등으로 300억 원이 순식간에 없어졌다. 200억 원 정도는 원금환급금과 수익금 지급으로, 나머지 100억 원은 그 외의 비용으로 모두 사라졌다. 그 많은 돈이 신기루처럼 그의 손가락 사이로 빠져나가고 한 푼도 남지 않았다. 거품처럼 꺼지고, 안개처럼 걷히고, 아침이슬처럼 사라졌다.

태수는 마침내 두 손을 들었다. 성공에 대한 헛된 갈망은 많은 피해자를 양산한 채 그를 도망자로 만들었다. 끝내는 차가운 감옥까지 이끌려왔다. 욕망의 끝자락에서 장기간의 수감생활만이 그를 기다리고 있었다.

결국은 변호사에게 무료변론을 부탁해야 하는 지경까지 이르렀다. 변호사가 무료변론을 맡아서 하는 일은 말처럼 쉽지만은 않다. 이번처럼 피해자가 많고 내용이 복잡해 변론에 어려움이 따를 것이 예상되는 경우는 더욱 주저하게 된다. 그렇다고 곤궁에 처한 지인의 부탁을 냉정히 거절할 만큼 야박하지도 못했다. 변호사는 노동력 제공의 고달픔과 인정 사이에서 고민해야 했다. 그러나 이미 구치소를 찾아왔을 때부터 사건을 맡지 않고는 견딜 수 없음을 스스로 잘 알고 있었다.

변호사에게 요구되는 또 하나의 덕목은 불행한 사람들에 대한 연민과 동정이다. 변호사는 돈을 들고 찾아오는 의뢰인이 있으면 대가를 받는다. 반면에 돈이 없다고 하는 사람이 도움을 청하면 기꺼이 그를 위해 수고를 떠안을 줄도 알아야 한다. 몸을 움직임에 있어서 오로지 돈에만 좌우되거나 이익만을 따질 수는 없다. 딱한 처지에 있는 사람의 손을 잡아줄 수 있는 정도의 동정과 연민의 마음은 가지고 있어야 한다.

무료변론이라 해서 절대 소홀히 해서는 안 된다. 무료여서 적당히 했다는 말을 안 들으려면 최선을 다해야 한다. 다만 변호사가 무료변론에 시간을 많이 빼앗김으로써 유료 변론을 맡긴 의뢰인들을 위한 활동에 배당하는 시간을 줄이게 되면 의도치 않은 피해가 발생할 염려가 있다. 누구에게도 피해를 주지 않으려면 변호사가 개인적인 생활의 희생을 감수하고 시간을 투여할 수밖에 없다.

법원에 무료변론확인서를 제출했다. 반드시 무료변론이라는 사실을 법원에 알려야 하는 것은 아니다. 알리지 않는 경우가 더 많다. 무료변론하면서 생색내는 것 같기 때문이다. 하지만 태수의 사건은 피해 복구에 사용할 돈이 없어서 문제가 된 상황이다. 돈이 없다면서 변호사 선임 비용은 어떻게 마련했는지 피해자들에게 오해를 살 여지가 있다. 변호사 선임에 따로 돈이 들어가지 않았다는 사실에 대해 재판을 진행하는 판사에게 알리는 것은 전략적으로 필요한 일이다.

변호인 선임서와 무료변론확인서를 제출하면서 직원이 사건 기록을 복사해왔다. 예상대로 양이 매우 많았다. 기록 속에는 수많은 사람의 욕망이 꿈틀거리고 있었다. 일확천금을 노리는 사람과 거기에 편승해 한몫 잡아보려는 이들의 속마음이 그대로 드러나 있었다. 그들은 수십 년 신뢰 관계를 쌓아온 사람들처럼 아무런 의심도 없이 움직였다. 고수익을 보았다는 소문이 돌자 돈을 들고 와서 투자하겠다는 사람이 계속 증가했다. 수익금으로 지급되는 돈이 믿음을 만들어내고 있었다. 사업 성공에 대한 갈망과 고수익 창출에 대한 욕심이 그들의 눈을 철저히 가렸다.

처음 이야기를 들었을 때는 300억 원이라는 큰돈에서 남은 돈이 하나도 없다는 사실이 잘 믿어지지 않았다. 실제로 기록을 차근히 살펴보니 돈이 없을 만도 했다. 전산 기록에 의하면 약 200억 원이 넘는 돈이 투자자들에 대한 원금 반환과 이익금 지급을 위해 쓰였다. 나머지 100억 원은 실적에 따른 성과보수의 지급과 안마의자 구매비, 직원 급여 그리고 나라에 내는 부가가치세, 소득세 등으로 사용된 사실을 확인할 수 있었다. 전체 투자자의 절반 정도는 원금과 이자를 챙겨서 떠났다. 실질적인 피해자는 후반에 들어온 투자자 절반 정도였다.

아이러니하게도 이 사건으로 이득을 본 것은 국가였다. 그의 범죄행위로 인해 발생한 매출액에 각종 세금이 부과되었다. 부가가치세, 법인세, 소득세 등으로 납부된 돈은 그대로 국가에 귀속되었다. 엄밀히 따지자면 그 돈은 피해자들의 주머니에서 나왔다. 국가가 먼저 나서서 돈을 피해자들에게 돌려주어야 하는 것은 아닐까. 피고인을 사기죄로 처벌하면서 국가는 돈을 돌려주지 않고 모른체하고 있었다.

피해자들은 계속 태수를 의심했다. 300억 원이나 받았는데 정말 숨겨둔 돈이 하나도 없는 건가. 몸으로 때우고 나와서 숨겨둔 돈을 쓰려는 것이 아닌가. 물론 그럴 수도 있다. 외딴 마늘밭에서 비닐에 싸인 뭉칫돈이 발견되었다는 뉴스가 보도되는 세상이다. 아무리 변호사라도 의뢰인의 속내까지 속속들이 알지는 못한다. 다만 기록상으로는 그에게 남은 돈이 없어 보였다. 오죽하면 무료로 변론해 달라고 했겠는가. 태수는 인성 자체가 그렇게 사악한 사람은 아니었다. 그를 믿고 싶었다. 그렇지 않다면 변호사도 속고 있는 것이다.

첫 재판 날이 되었다. 많은 피해자가 재판의 추이를 지켜보기 위해 법정을 찾았다. 피고인은 공소사실을 모두 인정했다. 다만 그와 공동정범 내지는 종범 관계에 있는 사람들은 자신의 혐의를 모두 부인했다.

2인 이상이 공동하여 죄를 범한 때에는 각자를 그 죄의 정범으로 처벌하고, 타인의 범죄를 방조한 자는 종범으로 처벌한다. 종범의 형은 정범의 형보다 감경한다. 태수 외의 나머지 피고인들은 태수가 시키는 대로 했을 뿐이지 사기에 가담한 사실이 전혀 없다고 주장했다. 무죄 주장을 위한 변호사는 별도로 선임되어있었으며 무죄를 밝히는 것은 그 변호사들의 몫이었다.

피해자 명단에는 태수의 딸이 포함되어있었다. 금액이 2억 원이 넘었다. 회사가 어려워지자 막판에는 운영자금이 모자랐다. 태수의 개인 돈을 딸 명의의 투자금 형식으로 회사에 입금해 운영자금으로 사용했다. 이 돈이 피해 금액으로 잡혀있었다. 법적으로 '친족상도례'를 적용하여 공소금액에서 제외해야 하는 돈이다. 친족 간에 발생한 절도죄, 사기죄 등과 같은 재산범죄에 대하여는 형을 면제하거나, 고소가 있어야 공소를 제기할 수 있는데 이를 친족상도례라고 한다. 태수의 딸은 아버지를 고소하지 않았다. 그런데도 검찰은 전산 자료만 보고는 정확히 따져보지도 않고 일률적으로 피해 금액에 포함시켜 공소를 제기했다.

변호인이 이를 지적하자 재판부에서도 수긍했고 검찰에서는 그 금액 만큼에 대해서는 공소를 취하했다. 2억 원이라는 돈이 결코 작은 액수가 아니었지만, 전체 피해 금액이 워낙 큰 사건이어서 2억 원이 빠졌다 하여 범죄사실에 별다른 영향을 미치지는 않았다. 그래도 그런 것을 발견해 피고인에게 조금이나마 유리하게 적용되도록 하는 것이 변호사의 역할이다.

첫 재판을 끝내고 나오는데 방청했던 사람들이 수군거리는 소리가 들렸다.

"돈이 없다면서 변호사는 어떻게 산 거야? 어딘가에 빼돌린 게 분명해."

피해자 처지에서 보면 당연히 그렇게 여길 만하다. 합의 볼 돈이 없다는 피고가 변호사를 세우면 변호사 수임료가 어디서 났는지부터 의심하는 것이 보통 사람들의 생각이다. 나중에라도 무료변론임을 알려 오해를 없애줄 필요가 있었다.

피고인은 자신의 공소사실에 대한 책임을 기꺼이 감수하겠다는 자세를 취했다. 하지만 공범 관계로 기소된 다른 피고인들이 사기 가담 사실을 부인하는 바람에 증인신문을 위한 재판이 계속되었다. 다른 피고인들에 의해 선임된 변호사들은 법정에 나가서 할 역할이 각자 있었지만, 태수를 위해서는 딱히 더 할 일이 없었다. 그러나 변론이 분리되지 않아서 출석할 수밖에 없는 상황이었다.

형사소송법 제300조(변론의 분리와 병합)에 따르면 법원은 필요하다고 인정한 때에는 직권 또는 검사, 피고인이나 변호인의 신청에 따라 결정으로 변론을 분리하거나 병합할 수 있다. 태수 사건은 그가 주범으로 다른 피고인들에게 영향을 미치고 있었기에 분리할 수가 없었다. 계속 이어지는 출석은 변호사에게 또 다른 부담이었다.

재판이 어느덧 6개월을 넘겼다. 아직 변론을 다 마치지 못했는데, 피고인에 대한 구속 기간 만기가 다가왔다. 1심 재판을 위한 구속 기간은 최장 6개월이다. 기본적으로 2개월이고, 두 번까지 연장할 수 있으므로 6개월까지 구속할 수 있다. 가능하면 6개월 안에 재판을 마쳐야 하지만 마치지 못할 경우는 피고인을 석방해야 한다. 한 사건의 재판을 위하여 6개월 이상 구속할 수 없기 때문이다.

하지만 태수는 석방되지 못했다. 구속 기간이 만료될 무렵 근로기준법 위반으로 추가 기소되었다. 이미 구속된 태수에게 구속영장이 다시 청구되었다. 직원에 대해 급여 두 달 치를 안 준 것을 문제 삼았다. 보통의 경우에는 두 달분 급여를 안 주었다고 해서 사업자를 구속하지는 않는다. 근로기준법 위반으로 영장을 발부할 것인가에 대한 영장실질심사가 이루어졌다.

주된 사건에 대한 재판이 6개월 안에 마무리되지 않을 때를 대비해, 검찰은 추가 기소할 사안을 남겨둔다. 새로 기소하여 영장을 발부받아 계속 구금함으로써 기존 사건의 출석을 담보하려는 목적이다. A 범죄에 대한 구속 기간이 만료될 무렵에 B 범죄에 대해 구속을 하는 식이다. 살펴보면 대개는 B 범죄에 대해서는 공소사실에 대한 다툼이 없다. B 범죄 하나만 떼어놓고 보면 내용이 가벼울 뿐만 아니라 구속의 필요성이 없는 경우가 대부분이다. 실질적으로 A 범죄에 대한 재판 진행의 편의를 위해 B 범죄를 이용하고 있다. 당사자가 부인하고 있고, 실형이 선고될 것으로 예상하는 사건에서 이런 방법을 쓴다. 이는 A 범죄에 대해 실형이 예상될 때 풀어주지 않기 위한 수단에 불과하다. 일종의 편법이다. 편법이 통하는 사회는 좋은 사회가 아니다. 인권 보호에도 역행한다.

이러한 관행에는 구속된 피고인이 석방되어 불구속으로 재판을 받으면 도망의 염려가 있다는 불신이 전제되어 있다. 그러나 불구속 재판에서 모든 피고인은 도망의 염려가 있다. 구속되었다 풀려났다 해서 도망의 염려가 더 크다고 단정할 수는 없다. 법으로 6개월의 재판 기간을 둔 것은 그 안에 신속하게 재판을 마치라는 의미이며 그렇게 못 했을 때는 석방 하라는 명령이다. 석방했다가 실형을 선고하게 되면 법정구속하는 것이 법치주의에 부합한다.

결국 태수의 영장은 발부되었다. 어차피 구속된 사람이고 실형이 예상된다 하여 풀어주지 않고 영장을 발부한 것이다. 아무리 구속의 필요성이 없다고 주장해도 소용이 없었다. 판사 개인의 판단 문제가 아니라 전체적인 시스템의 문제이다. 재판 도중에 별건으로 구속하는 것은 정당하지 않다는 인식의 확산이 필요하다. 필요하다면 법률의 개정을 통해 해결해야 한다.

거의 10개월 이상 재판이 진행되었다. 공소사실을 인정하는 사건에 이렇게 오랫동안 재판을 진행하기도 드문 일이다. 공범 관계에 있는 피고인들에 대한 증인신문 절차가 길어졌기 때문이다.

결심재판이 있는 날, 변호인이 마지막 진술을 하면서 방청석을 향해 고개를 숙였다.

"피고인의 행위로 인해서 손해 입은 분들에게 변호인이 깊이 사과드립니다."

태수의 변호인으로서뿐만 아니라 태수라는 한 명의 인간을 알고 있는 사람으로서 진정으로 피해자들에게 위로의 말을 전하고 싶었다.

그러자 방청석에서 약간의 소란이 있었다.

"변호사가 왜 대신 사과를 해? 사과하려면 직접 해!"

그들은 변호사에 대해서도 적대감을 느끼고 있었다. 변호사를 선임해서 빠져나갈 궁리를 하면서 피해자들을 위한 배상은 왜 하지 않느냐는 마음을 갖는 것이 인지상정이다. 돈을 떼이고 못 받고 있으니 당연히 그럴 만도 했다. 마지막 변론 과정에서 피고인이 남은 돈이 없어서 합의를 보고 싶어도 보지 못하고 있으며, 변호인 역시 무료로 변론하고 있다는 사실을 공개적으로 이야기했다. 그렇게나마 방청석에 있는 사람들이 피고인과 변호인에게 가진 적대감이 어느 정도 완화되기를 바랐다.

드디어 선고를 며칠 앞두었다. 태수를 보기 위해 선고 전 마지막으로 구치소를 찾았다. 좋은 결과로 그의 짐을 덜어주고 싶지만, 상황은 여의치가 않았다.

사기 사건의 최대 양형 요소는 피해 복구 여부이다. 합의하지 못한 것은 치명적이다. 피해 금액이 상당한데도 기소 후에 회복이 이루어진 것이 전혀 없었다. 피해자들이 고스란히 피해 금액을 떠안아야 했다. 다만 범죄사실을 인정하고 깊이 반성하는 태도를 보이며, 다른 직원들에게 전가하지 않고 스스로 책임지려는 자세는 긍정적으로 평가받을 만했다.

실형을 예상하지만 몇 년이 떨어질지가 관건이었다. 태수는 조심스럽게 어느 정도의 형이 부과될지 물었다. 그러면서 4~5년 정도의 형을 받기를 바라고 있었다. 그의 바람은 그의 입장에 치우쳐 있었다.

평소 같으면 변호사는 몇 년을 예상한다는 그런 식의 이야기를 하지 않는다. 잘못 예측했다간 피고인의 마음만 무겁게 할 염려가 있다. 태수와의 관계에서는 그 정도는 충분히 이해될 여지가 있다는 생각이 들어서 의견을 표시했다. 변호인의 시각으로는 6~7년 정도의 형이라면 선처받는 것으로 여겨졌다. 이야기를 들은 태수는 알았다면서 그동안 변호사의 노고에 고마움을 나타냈다. 변호사에게 남는 것은 고맙다는 말 한마디뿐이다.

선고 날은 어김없이 다가왔고 7년 형을 선고받았다. 태수는 항소심에 대해서도 변론을 맡아달라고 했지만, 현실적으로 더 이상 그를 위해 해줄 것이 없었다. 항소심을 맡아서 하는 것은 별로 의미가 없었고, 무료변론은 원심으로 족했다. 원심에서 충분히 했으므로 국선변호사를 활용해도 될 것이라고 조언했다. 태수는 항소했지만 특별한 사정 변경이 없어서 형이 감형되지 않았다.

이제 태수는 7년을 감옥에서 보내야 한다. 7년의 세월은 짧지 않다. 그는 이미 많은 것을 잃었다. 막판에 회사를 살려보겠다며 개인 돈을 집어넣는 바람에 남아있는 돈이 하나도 없었다. 가정도 이일로 붕괴되었다. 나머지 가족들이 걱정이다. 7년 후에 그의 에너지, 건강, 희망이 모두 바람에 날아가 버리지 않을까 염려되었다.

300억 원이라는 돈은 일반인으로서는 상상을 초월하는 액수이다. 통장에 수억 원씩 매일 들어올 때는 꿈이 모두 성취된 듯 착각에 빠져 꽃길을 걷는 기분이었을 것이다. 이제 7년이라는 감옥 생활로 그 대가를 치러야 한다. 욕망의 그물에 걸려든 사람은 태수만이 아니었다. 피해자들은 또 어떤가. 그들 역시 더 높은 수익을 좇다가 헤어나기 어려운 늪에 빠져버렸다. 잃어버린 돈만큼 생활의 어려움을 감내해야만 한다. 가해자든 피해자든 각자가 이겨내야할 고통의 크기가 결코 작지 않았다.

어느 정도 시간이 흘러서 그에 대한 사건을 잊어갈 무렵 편지가한 장 도착했다. 교도소에 수감되어있는 태수로부터 온 서신이었다. 편지에는 그간의 안부를 전하면서 고맙다는 인사와 함께 영치금을 부탁하고 있었다. 마음이 아팠다. 열심히 살아보려는 사람이었는데 범죄자가 되고, 감옥 생활도 모자라 지인에게 영치금까지부탁해야 하는 처지라니. 오죽 곤궁했으면 그랬을까. 편지에 적힌

계좌로 돈을 보내주었다. 작게나마 위로가 되었으면 좋겠다.

그에게 바그너◆의 오페라 〈탄호이저〉에 나오는 '저녁별의 노래'를 들려주고 싶다. 탄호이저는 극 중 주인공 이름이다. 엘리자베스와의 정신적 사랑과 베누스와의 쾌락 사이에서 방황하는 천재 예술가이다. 베누스와의 쾌락에 탐닉했던 탄호이저가 엘리자베스의 죽음으로 구원을 받듯이, 돈의 쾌락에 탐닉했던 그가 수감생활이라는 고통의 순례를 통해 진정한 삶의 의미를 되새기기를 기원한다. 저녁 별빛이 태수가 가는 길을 안내해주리라.

사람들은 끊임없이 물질을 추구한다. 더 많은 돈을 벌고 더 높은 자리에 오르는 것을 성공한 인생이라 여긴다. 욕망은 태양처럼 뜨겁지만, 태수의 경우처럼 그 욕망이 싸늘하게 식어버렸을 때 감내해야 하는 냉기가 만만치 않다. 그렇다고 욕망을 성취하면 인간은 정말 행복해질까. 우리는 행복이 이런 것에 있지 않음을 잘 알고 있다. 각자의 분수에 맞는 삶을 살아야 한다.

서산대사의 시 중에 이런 구절이 있다.

소를 탄 사람

소를 타고

소를 찾는구나.

◆ 리하르트 바그너(1813~1883)는 독일 출신의 작곡가로 대표작 〈탄호이저〉 외에 〈니벨룽겐의 반지〉, 〈트리스탄과 이졸데〉 등이 있다.

이 시에서 말하는 것처럼 우리는 이미 세상에 나옴으로써 모든 것을 얻었건만 끊임없이 무엇을 찾고 있는지도 모르겠다. 욕망에서 벗어난 인간이야말로 진정 자유로운 인간이다.

〈사랑의 묘약〉 아리아 _ 남몰래 흐르는 눈물

〈잔니 스키키〉 아리아 _ 오! 사랑하는 나의 아버지

결과는 아무도 모르며 장담할 수 없다. 99%의 가능성도 1%의 빈틈에 의해서 무너질 수 있다. 반면에 1%의 가능성이 노력에 따라 100%의 성공으로 확대되기도 한다. 소송은 성장하는 어린아이와 같다. 어린아이의 미래가 다양한 가능성으로 열려있듯이 재판 역시 애초의 예상과는 달리 어떻게 성장, 변화할지 모른다. 좋은 변호사는 결과를 잘 예측하는 변호사가 아니라 결과를 바꿀 수 있는 변호사다.

5장.
소년이여 밥은 먹고 다니는가

날씨가 변덕스러웠다. 아침에는 비가 흩뿌리는 듯하더니, 오후가 되면서 그쳤다가 다시 또 약하게 내렸다. 비가 멈추었을 때는 간간이 구름을 뚫고 햇살이 비추기도 했다. 옅은 빗물 사이로 바람이 잔잔하게 불어왔다. 젖은 낙엽들이 늘어진 채로 길 가장자리에서 나뒹굴고 있었다.

창밖에는 비가 내리고 테이블에 마주 앉은 남녀가 사랑을 속삭인다. 그들 앞에 놓인 잔에서는 진한 커피향이 아지랑이처럼 퍼져나가고 그 사이로 아름다운 아리아가 흐르는 아늑한 카페의 정경이 그려졌다. 법정보다는 분위기 좋은 카페로 발길을 돌리고 싶다.

따끈한 커피 한 잔 마시면서 도니체티의 오페라 〈사랑의 묘약〉●에 나오는 아리아 '남몰래 흐르는 눈물'을 들으면 딱 어울릴 그런 가을날이었다. '남몰래 흐르는 눈물'은 그 선율이 부드러우면서도 서정적이다. 듣고 있노라면 금방이라도 눈물이 뚝 하고 떨어질 것만 같은 음색을 가지고 있다. 색깔로 치자면 아쿠아블루다.

법원의 주차장은 늘 주차하기가 쉽지 않다. 어떤 법원은 아예 정문에서부터 출입을 통제하여 한 대 나오면 한 대를 들여보내는 식으로 관리하기도 한다. 30분씩 기다려야 할 때도 있어서 처음부터 인근의 유료주차장을 이용하지 않은 것을 후회하기도 한다. 재판 시간이 다가오는데도 차 세울 곳이 마땅치 않으면 참으로 난감하다.

그래도 이 법원은 지은 지 얼마 안 된 신청사라 사정이 나은 편이다. 빈자리를 찾으며 안으로 들어가는데 막 주차 공간에서 나오는 차가 있었다. 운이 좋았다. 일상생활에서 경험하는 소소한 운에 기쁨을 느끼는 경우가 종종 있다. 여행을 갔는데 마침 음식 축제 기간이라 식사를 무료로 제공받거나, 추운 겨울날 버스 타러 나가자마자 기다림없이 버스가 와주기도 하고, 오페라 관람 갔는데 부여받은 좌석이 한 등급 높은 좌석의 바로 옆자리일 때 같은 경우가

● 이탈리아 출신의 작곡가 가에타노 도니체티(1797~1848)의 작품이다. 동네 지주의 딸인 아디나를 사랑하는 네모리노가 엉터리 약장수인 둘카마라가 파는 사랑의 묘약을 마시고 아디나의 사랑을 얻기 위해 애쓰는 내용이다.

그렇다.

　지상 주차장이라 계속되는 비를 피해야 했다. 주섬주섬 우산을 받쳐 들었다. 한 손에는 우산을, 다른 손에는 서류가 담긴 가방을 들어서 재판정으로 향하는 발길이 불편하다. 재판하러 가는 날은 날씨가 맑기를 바란다. 그러나 세상일이 뜻대로만 되지는 않는다. 날씨야 얼마든지 우중충해도 좋지만, 재판 결과만은 우중충하지 않기를 바랄 뿐이다. 조금이라도 비를 덜 맞으려고 서둘러 걸음을 옮겨 건물 안으로 들어섰다.

　소년과 소년의 부모는 이미 도착해있었다. 처음 재판을 받으러 온 사람들은 법원을 낯설어한다. 병원, 경찰서, 그리고 법원은 평생 한 번도 안 가고 살면 좋다고 하지 않는가. 변호사조차 법원 가는 일이 즐겁지만은 않은데, 일반인들의 마음이야 오죽하겠는가. 소년의 부모도 예외는 아니었다. 오히려 아들이 더 담담한 표정이다.

　본인보다 옆에서 지켜보는 사람이 더 애가 탈 때가 있다. 곤란한 처지에 빠진 어린 자식을 바라보아야 하는 부모의 마음이 그렇다. 자식은 부모를 외면할 수 있을지 몰라도 부모는 자식을 외면할 수 없다. 부모는 자신의 고통을 뒤로한 채 자식의 아픔을 먼저 돌본다. 소년의 어머니도 여느 어머니와 다르지 않았다. 걱정과 염려가 가득한 눈빛으로 아들을 바라보고 있었다. 그 옆의 아버지는 애써 태연한 척하지만, 속내는 어머니와 마찬가지다. 당사자인 아들보다 그들의 마음이 더 타들어가고 있다. 그러기에《부모은중경》에서는 자식의 왼쪽 어깨에 아버지를 업고, 오른쪽 어깨에 어머니를 업어서 수미산을 수천 번 돌더라도 그 은혜를 다 갚을 수 없다 했다.●

소년의 어머니는 오늘의 재판 결과가 어떻게 될지 불안한 기색이 역력하다. 조심스럽게 결과에 대해서 물어왔다. 물음 속에는 좋은 결과를 바라는 간절한 마음이 담겨있었다.

"변호사님, 어떻게 될 것 같아요? 우리 애한테 별일 없겠지요?"

당사자들은 늘 결과를 궁금해한다. 결과에 따라 짊어져야 할 삶의 무게가 달라지므로 당연한 일이다. 한편으로는 외부 조건에 영향을 받는 인간 정신작용의 한계이기도 하다. 일단은 긍정적인 예측으로 당사자를 안심시켰다.

"아, 예. 좀 더 두고 봐야겠지만 잘 될 겁니다."

사실 결과는 아무도 모른다. 장담은 더더욱 할 수 없다. 99%의 가능성도 1%의 빈틈에 의해서 무너질 수 있다. 반면에 1%의 가능성이 노력에 따라 100%의 성공으로 확대되기도 한다. 소송은 성장하는 어린아이와 같다. 어린아이의 미래가 다양한 가능성으로 열려있듯이 재판 역시 애초의 예상과는 달리 어떻게 성장, 변화할지 모른다.

부정적인 예측을 하면 책임은 줄어들지만 듣는 이의 마음을 우

●《부모은중경》은 불교 경전 중 하나로, 부모의 은혜가 한량없이 크고 깊음과 그 은혜 갚음에 대한 가르침을 담고 있다. 수미산은 불교의 세계를 나타내는 상상 속의 성스러운 산이다.

울하게 만든다. 긍정적인 예측을 하면 당장은 안심을 주지만 빗나갔을 때의 비난이 두렵다. 어느 한쪽으로 치우쳐서 말하기가 곤란하다. 의뢰인에게 마음의 평화를 주면서도 책임의 무거움을 덜 수 있는 대답의 묘수가 필요하다. 재판의 결과를 꿰뚫어 볼 수 있는 '예측의 묘약'이 있으면 마시고 싶다.

　다만 대체로 열심히 노력하는 학생이 좋은 성적을 얻듯이, 재판 역시 꼼꼼하게 준비한 사람이 좋은 성과를 얻을 수 있다. 문제 해결의 실마리는 늘 기록 속에 있다. 내용을 치밀하게 검토하고, 작은 부분까지 세심하게 신경을 써가며 완벽하게 준비하는 자세를 갖춰야 한다. 좋은 변호사는 결과를 잘 예측하는 변호사가 아니라 결과를 바꿀 수 있는 변호사다.

　소년이 받는 혐의는 공동상해로 죄명은 '폭력행위 등 처벌에 관한 법률 위반'이다. 다수가 합세하여 몇 명의 폭행 피해자를 만들었다. 폭력이 또 다른 폭력을 낳은 사건이었다. 재판 결과에 따라서는 소년분류심사원에 갈 수도 있었다. 공동상해의 경우 절차상 소년분류심사원에 위탁하는 보호조치가 가능하다.

　법원이 소년에 대한 일정한 처분을 결정하여 위탁하면 대상 소년을 수용하여 그 자질을 분류·심사하는 기관이 소년분류심사원이다. 소년부 판사는 사건을 조사 또는 심리하는 데에 필요하다고 인정하면 소년분류심사원에 소년의 감호를 위탁하는 조치를 할 수 있다(소년법 제18조). 심사원으로 가게 되면 최종 결정이 있을 때까지 갇혀 지내야 한다. 성인에게 있어서의 구속과 마찬가지다. 아들은 자유를 제한당할 위험에 처해있다. 이런 재판을 옆에서 지켜보아야 하는 부모의 마음은 초조하고 착잡하다. 갇힌다는 것은 소년 본인에게나 보호자에게나 고통스러운 일이다. 소년의 부모는 이런 결과를 두려워하고 있다.

평소에는 별생각 없이 지내다가 자유가 제한될 위기에 처하면 누구나 그 소중함을 느낀다. 원하는 곳에 가고, 하고 싶은 행동을 마음대로 할 수 있다는 것은 그 자체만으로도 감사할 일이다. 하지만 우리가 이를 늘 기억하고 사는 것은 아니다. 오히려 잊고 산다.

찬찬히 들여다보면 아침에 눈을 뜨고부터 밤에 잠들 때까지 각자의 처지에서 감사할 일이 한둘이 아니다. 앞에 끼어드는 다른 차에 감사하다, 좋은 일 하고 싶은 사람에게 양보할 기회를 주었으니까. 엘리베이터가 하나밖에 없는 건물 구조에 감사하다, 기다리기에 지쳐서 층계를 이용하다 보니 하체가 튼튼해졌으므로. 자주 가던 단골음식점이 마침 정기휴일인 것이 감사하다, 다른 식당의 음식을 맛볼 수 있게 해 줘서. 현상이 문제가 아니라 관점이 중요하다. 현상을 유리하게 해석하고 긍정적으로 바라보는 시각이 감사함을 만드는 핵심이다.

소년의 어머니는 심사원으로 가는 일만은 없도록 해달라며 눈물을 보였다. 남몰래 흐르는 눈물이 아니라 얼굴을 마주하고 흘리는 눈물이다. 간절한 마음의 한 조각이 변호사에게 전해졌다. 자식으로 인해 흘리는 눈물을 어떻게든 웃음으로 바꿔주어야 한다. 다독거림과 믿음이 필요한 순간이다.

이럴 때 변호사에게 가장 요구되는 덕목은 공감 능력이다. 의뢰인의 말과 행동에 대해서 짜증을 내거나 귀찮아해서는 안 된다. 공감 능력이 뛰어난 변호사는 사건을 수임하는 데에도 상당히 유리하다. 일반적인 상담자들은 냉철하게 법률적 해결 방법을 제시하는 변호사보다, 자신들의 어려운 처지에 대해 함께 안타까워하고 같은 편에서 고민해주는 변호사를 좋아한다. 공감하는 변호사에게 사건이 몰리는 것은 순리이다.

잘 될 거라는 위로의 말을 다시 한 번 해주었다. 일정한 시간이 지나면 틀림없이 어떤 결과든지 나온다. 결과가 나오기까지 불안과 걱정으로 보낸다고 결과가 바뀌는 것은 아니다. 심리 상태를 기준으로 보면 기다림과 결과 사이에는 몇 가지 조합이 존재한다.

① 불안한 기다림 + 좋은 결과
② 불안한 기다림 + 나쁜 결과
③ 편안한 기다림 + 좋은 결과
④ 편안한 기다림 + 나쁜 결과

이 네 가지의 조합 중, 결과는 본인이 제어할 수 있는 영역이 아니다. 반면에 기다리는 동안에 발생하는 감정은 스스로 얼마든지 제어할 수 있는 영역이다. 그렇다면 당연히 ①, ② 보다는 ③, ④를 선택해야 이롭다. 수학 공식처럼 당연한 일인데도 자꾸 ①, ②를 선택하게 된다. 기본적으로 감정은 합리성과는 반비례하는 경향이 있다. 재판의 결과뿐만 아니라 세상의 모든 일에 같은 이치가 적용된다. 어차피 결과는 나오게 되어있으므로 ③, ④를 선택하는 것이 좋다. 행복한 과정을 위해서는, 감정도 합리를 따르게 만들어야 한다.

소년 법원 대기실은 재판받으러 온 청소년으로 가득했다. 여학생도 적지 않았다. 여학생은 범죄 가해자가 될 것 같지 않다는 인상이 있지만, 현실에서는 여학생이라 해서 예외가 아니다.

2004년 개봉한 〈말죽거리 잔혹사〉라는 영화를 보면 1970~80년대 학교 내에서의 폭력을 낭만적으로 묘사하고 있다. 〈결혼은 미친 짓이다〉, 〈비열한 거리〉를 만든 유하 감독의 초기 작품이다. 영화에서는 싸움을 개인의 영역으로 묘사한다. 그러나 지금은 싸움이 개인의 영역에서 법의 영역으로 넘어와 있다. 청소년들의 다툼이라도 폭력이 동반되면 법으로 처벌을 받는다.

소년 역시 또래끼리 어울려 싸웠다. 소년의 친구가 페이스북에 올린 글이 발단이었다. 어른이나 아이나 페이스북에 올린 글이 문제가 되는 건 비슷하다. 한 여학생과 다른 학교 남학생들이 서로 어울려 술을 마신 일이 있었다. 그 여학생을 은근히 좋아하던 소년의 친구는 마음이 상한 나머지 페이스북에 "니네는 여자들이 그렇게 없냐, 술을 마시려면 니네들끼리 먹지. 왜 우리 학교 여자애까지 끼워서 먹냐?"라는 글을 남기고 "꼬우면 찾아와, 초딩 새끼들아."라고 거칠게 감정을 쏟아냈다.

이 글을 보고 화가 난 남학생들이 글을 올린 소년의 친구를 불러서 때렸다. 거기에 그치지 않고 무릎 꿇린 사진을 찍어서 소년에게 보냈다. 때리긴 해도 명예는 지켜줘야 했는데 그렇지 못했다. 육체적 아픔보다 모욕의 아픔이 더 크다. 친구의 굴욕적인 사진을 보고 소년은 도저히 가만히 있을 수 없었다. 결국은 친구를 무릎 꿇게 한 남학생들과 싸우게 되었다. 상대를 때렸고 맞지는 않았다. 싸움 실력이 제법 있었던 모양이다.

우정을 지킨 결과 소년은 선량한 시민의 지위를 잃었다. 친구를 위한 복수는 소년을 재판정에 서게 만들었다. 싸움은 잘할지 몰라도 재판은 처음이다. 재판을 기다리는 소년은 담담한 듯 보이지만 사실 긴장하고 있었다. 긴장감을 풀어줄 필요가 있었다.

"싸움 잘해? 기록을 보니 좀 하던데. 아저씨도 어렸을 때, 17대 1로 싸워서 이겼지. 17명 중의 한 명이 아저씨야."

긴장감을 푸는 데는 가벼운 농담이 최고다. 소년이 멋쩍게 웃었다. 유머에는 치유의 힘이 있다. 어렵고 힘든 사람에게 더욱 필요한 친구이다. 유머는 현실에서 잠시 빠져나와 유연하게 상황을 바라보는 눈을 갖게 해준다.

재판이 있기 몇 개월 전부터 꼼꼼하게 준비를 해왔다. 말을 부릴 때는 채찍을 사용하고 나무를 팰 때는 도끼를 써야 하지만 사람의 마음을 움직일 때는 지혜가 필요하다. 어떻게 하면 원하는 방향으로 판사의 마음을 움직일 수 있는지 그 방안을 찾아야 한다.

소년사건에서는 반성한다는 뜻을 재판부에 강력히 전달하는 것이 중요하다. 또 자식에 대한 부모의 진정성 있는 관심과 애정을 보여줘야 한다. 부모가 함께 재판에 참석하는 것은 이를 판사에게 보여주는 좋은 수단이다. 소년에 대한 어머니의 사랑은 각별했다. 아들의 일탈을 모두 자신의 잘못으로 돌리고 있었다. 부모의 자기 책임적 태도는 재판에 긍정적인 영향을 미친다.

재판 전까지 소년은 노인위탁시설에서 봉사활동을 했다. 자신의 이름으로 기부금을 냈다. 담임선생님은 선처를 바라는 탄원서를 작성해주었다. 과거에 받은 표창장을 모두 모아서 제출했다. 제출된 자료 속에는 앞으로 소년 보호에 심혈을 기울이겠다는 부모의 각오를 담은 편지도 있었다. 가족들이 단란하게 찍은 사진도 도움이 된다. 이런 사진은 소년이 부모와 유대감을 형성하고 행복한 가정의 보호 속에 있다는 점을 보여주기에 적합하다. 법원은 제출된 자료를 통해 같은 잘못을 반복하지 않도록 지도하겠다는 보호자의 의지와 소년의 품성을 확인할 수 있다.

검사, 피고인 또는 변호인은 공판기일 전에 서류나 물건을 증거로 법원에 제출할 수 있다. 이러한 자료는 재판 당일보다는 미리 법원에 낼수록 효과적이다. 그래야 사전에 살펴봄으로써 재판에 들어오기 전에 판사가 긍정적인 인상을 받게 할 수 있다. 이런 자료들은 모두 당사자가 스스로 준비해서 갖추어야 한다. 법원에서 어떻게 하라고 가르쳐주지 않는다.

한 가지 염려되는 점은 피해자 가족과 합의하지 않았다는 점이다. 피해자가 있는 사건에서는 합의가 재판 결과에 상당한 영향을 미친다. 좋은 결과를 얻기 위해 피해자와 합의가 필요하지만, 재판 날까지 끝내 합의를 끌어내지 못했다. 돈보다는 감정적인 이유가 작용하고 있었다. 피해자 부모는 가해자와의 접촉 자체를 차단해 버렸다. 합의를 보려고 하는데 피해자의 연락처를 모를 때는 곤란한 상황에 빠진다.

사건기록을 복사할 때는 피해자의 인적사항을 가리고 한다. 연락처를 파악하기 위해선 별도로 법원을 통해 피해자의 연락처 공개 여부를 문의해야 한다. 법원은 피해자에게 먼저 연락을 하여 알려주어도 되는지를 묻고 피해자가 거부하면 알려주지 않는다. 공개 여부를 피해자의 의사에 의존할 뿐, 법으로 강제할 방법은 없다. 보복범죄 등 2차적 피해를 막기 위한 불가피한 조치이지만 합의를 보아야 하는 처지에서는 답답할 때가 많다. 피해자와의 원천적 접촉 차단은 진정한 사과와 화해의 기회마저 아예 빼앗아가 버릴 수 있다. 피고인을 변호해야 하는 변호사의 입장에서 보면 아쉬운 부분이다. 피해자의 2차적 피해를 막으면서도 합의를 통한 우호적 해결이라는 두 개의 목적을 함께 충족시킬 수 있는 제도적 보완이 필요하다. 아무튼, 소년의 경우는 합의가 되지 않은 상태에서 재판을 받아야 하기에 끝까지 안심할 수 없었다. 최악의 상황을 염두에 두어야 한다.

재판이 지연되고 있다. 기다리는 일은 언제나 힘이 든다. 재판 순서를 기다리는 일은 더 힘이 든다. 대기 중인 소년들은 대부분 고개를 아래로 숙이고, 시선은 스마트폰을 향하고 있다. 지금 이 순간, 기다리는 지루함과 재판을 받아야 한다는 불안감을 달래주는 친구는 스마트폰뿐이다.

스마트폰이 일상생활의 해결사로 자리매김한 지 오래다. 변호사들도 법정에서 슬쩍슬쩍 스마트폰을 들여다보면서 시간을 보낸다. 소송기록을 펴서 주변 시선을 가리고 스마트폰에 열중하다 보면 법정에 있다는 사실조차 잊어버린다. 그만큼 스마트폰을 들여다보는 일은 재미가 있다. 어느새 시간이 가서 자신의 사건 순서를 호명하는 소리에 정신을 차린다. 재판 직전까지 스마트폰에 빠져있는 세상이 되었다. 오죽하면 스마트폰의 영향에서 벗어나기 위해 '스마트폰 없이 주말 보내기'와 같은 의도적인 스마트폰 떼어놓기 운동이 일어나겠는가.

기다리는 동안 소년에게 재판에 임하는 몇 가지 자세를 알려주었다. 판사님이 물으면 변명하지 말고 짧고 분명하게 잘못했다 말하라. 시선은 정면보다 약간 아래로 두어라. 재판을 받을 때는 될 수 있는 대로 말을 많이 하지 않는 것이 좋다. 변명으로 들릴 뿐만 아니라 본인은 잘한다고 하는 말이 점수를 까먹는 독이 되는 경우가 허다하다.

소년은 변호사의 말에 주의 깊게 귀를 기울였다. 이런 사려 깊은 태도가 재판에서도 필요하다.

고단한 시간이든 즐거운 시간이든 시간은 가게 마련이다. 마침내 차례가 왔다. 소년과 소년의 부모 그리고 변호사가 소년 법정에 들어가자 문은 닫히고 재판이 시작되었다.

보호소년사건은 일반 형사사건과 다르게 진행된다. 가장 눈에 띄는 차이점은 검사가 법정에 없다는 점이다. 소년사건에서는 변호사를 변호인이라 부르지 않고 보조인이라고 부르는 것도 색다르다. 사건본인이나 보호자는 소년부 판사의 허가를 받아 보조인을 선임할 수 있다. 변호사를 보조인으로 선임할 때는 판사의 허가를 받지 않아도 된다. 일반사건과는 달리 통상의 방청객은 법정 안에 들어올 수 없다. 비공개로 진행되지만, 소년의 부모는 참석할 수 있다. 소년부 판사는 적당하다고 인정하는 사람에게는 참석을 허가할 수 있는데 부모는 이에 해당한다.

소년사건 심리는 친절하고 온화하게 해야 한다(소년법 제24조).

재판을 받기 위해 법정에 선 사람들은 심리적으로 주눅이 들기 마련이다. 소년은 특히 더 위축될 수 있어서 부드럽게 재판을 진행하도록 법으로 규정하고 있다.

재판이 시작되자 판사가 이런저런 질문을 했다. 대답하는 소년도 지켜보는 부모도 모두 아슬아슬하다. 변호사도 아슬아슬하다. 이제 갓 데뷔한 남사당패 풋내기의 외줄타기를 보고 있는 듯하다. 언제 줄 위에서 떨어질지 모른다.

지켜보는 사람의 초조함과는 달리 소년은 여러 가지 질문에 대해 비교적 대답을 잘 하는 편이었다. 목소리도 침착했다. 잘못한 점을 솔직하게 인정하고 반성한다는 점을 강조했다. 앞으로는 열심히 공부하고 절대 싸우지 않겠다고 다짐했다. 모든 힘을 다해서 학교생활을 성실하게 하겠다는 각오도 보여주었다. 판사의 마음에 드는 소리만 하고 있다. 태도가 매우 공손하고 불량기라고는 찾아볼 수 없었다. 마치 재판받는 데 익숙한 사람처럼 모범답안을 찾아가고 있다. 알고 보니 싸움 실력뿐만 아니라 재판 실력도 꽤 괜찮았다. 무난하게 진행되고 있어서 일단 안심이다. 하지만 늘 고비는 있다. 신은 인간의 삶 속에 복병 하나쯤은 숨겨두고 있다. 재판 속에도 복병은 있다.

예상대로 합의가 이루어지지 않은 점이 문제였다. 3명이나 되는 사람에게 상해를 입히고 아직 합의도 안 본 것은 처분하는 데 있어서 중요한 고려 대상이라는 지적이다. 피해 입은 학생과 그 부모가 얼마나 상심이 크겠냐면서 소년의 잘못을 꾸짖었다. 판사로서는 당연히 짚고 넘어가야 할 부분이지만 듣는 사람의 심장은 덜컹거린다. 합의를 시도했지만, 상대방이 응해주지 않아서 어쩔 수 없었다고 변명했다. 어딘가 모르게 궁색하고 호소력이 약하다. 분위기가 무겁게 흘러가고 있다. 판사의 목소리가 딱딱하고 단호하다. 당장이라도 심사원으로 보낼 것만 같다. 조금 전의 안도감이 어느새 불안감으로 바뀌었다.

재판이라는 것이 참으로 묘해서 절대 편하게만 가지 않는다. 부드러운 분위기 속에서 원하는 결과를 얻으면 순조로울 텐데, 변덕이 심한 날씨처럼 재판도 흐렸다 개었다 한다.

'이런! 이러다가 정말 심사원 위탁 결정을 받는 것은 아닌가?'

재판 진행의 분위기에 따라 지켜보는 부모의 마음이 천당과 지옥을 오간다. 변호사의 마음도 마찬가지다. 의뢰인으로부터 사건을 수임하는 순간 의뢰인과 변호사는 한배를 탄 사람이다. 있을지 모를 난파의 고통과 항구에 무사히 도착했을 때의 기쁨을 함께한다. 같은 감정의 파고 속에 있다.

드디어 심리가 모두 끝났다. 결정을 내리는 순간이 왔다. 판사의 입에 모든 사람의 시선이 집중된다.

판사들은 주로 선처해줄 때 법정에서 엄하게 이야기한다. 선처할 때는 꾸짖음의 말로서, 엄하게 해야 할 때는 형벌로써 다스린다. 그러니 질책이 있었다 하여 반드시 안 좋은 선고가 이어지란

법은 없다. 군이 나쁜 쪽으로만 결과의 문을 열어둘 필요는 없다. 비록 합의는 없었지만, 선처의 요소가 많이 있다.

소년은 재판 전까지 자신의 의지로 장기간 봉사활동을 했다. 여러 자료에 부모를 비롯한 주변의 보호 노력이 많이 나타나 있다. 재판에 임하는 자세가 바르고 반성하는 빛이 뚜렷하다. 싸움의 동기 측면에서도 이해될 수 있는 부분이 있다. 친구가 굴욕을 당한 사진을 보고 분노하는 것은 그 또래 친구들 사이에서는 자연스러운 감정의 발로일 수 있다. 그리고 무엇보다 초범이다. 직접적인 싸움은 피해자 측에서 시작했다는 사실도 고려해야 할 요소이다. 이런 점들이 판단 과정에서 긍정적으로 작용할 것이다.

보통 1회 심리기일에 보호처분 결정이 함께 난다. 소년에게 주어지는 결과는 형벌이라 하지 않고 처분이라 한다. 소년법에 따르면 처분의 종류가 1호부터 10호까지 있다(소년법 제32조). 처분은 반드시 한 가지만 선택해야 하는 것은 아니다. 보호처분 중 여러 가지를 함께 할 수도 있다. 사건의 실체와 관련된 내용을 면밀하게 고려한 판사는 소년에게 1, 2, 3, 4호 처분을 함께 부과했다. 보호자에게 위탁하는 처분을 비롯해 수강명령, 사회봉사명령, 보호관찰관의 단기 보호관찰처분이 내려졌다. 그토록 걱정하던 심사원으로의 위탁처분은 없었다. 소년은 이제 집에 돌아갈 수 있다. 모두 조마조마하던 마음을 쓸어내렸다. 어머니와 아버지 그리고 아들은 안도감으로 표정이 밝아졌다. 변호사도 부담감에서 벗어났다. 배가 무사히 항구에 도착해 평화로운 감정을 공유하는 순간이다.

밖으로 나와 보니 비는 말끔히 그치고 날씨가 맑아져 있었다. 날씨와 함께 소년의 내일도 밝아졌다. 제대로 준비하지 않은 채 재판에 임했다면 소년분류심사원에 위탁될 수도 있었다. 소년의 부모는 연신 고맙다는 말과 함께 허리 숙여 감사를 표했다. 변호사가 가장 보람을 느끼는 순간이기도 하다.

이제 우산은 필요 없었다. 언제 비가 왔느냐는 듯이 하늘에서 내리쬐는 태양빛이 선명하다. 소년은 자신이 어떤 상황에 부닥쳤었는지 실감하기는 했을까. 잘 몰랐을 것이다. 소년에게 철저한 상황 인식을 기대하기는 어렵다. 소년이 지금의 상황을 너무 쉽게만 생각하지 않기를 바라면서 변호사가 소년에게 물었다.

"고생했다. 내가 한 가지 물어보자. 어려운 일을 해냈을 때 보람이 있겠어? 쉬운 일을 해냈을 때 보람이 있겠어?"

"어려운 일이요."

"보람 있는 일 한번 해보고 싶지?"

"네!"

"누가 너를 한 대 쳤을 때 같이 한 대 때리는 것이 어려운 일일까? 참고 물러나는 것이 어려운 일일까?"

"참는 것이요."

"잘 알고 있네. 그러면 어려운 일, 보람 있는 일 한번 해봐."

"네 알겠습니다."

소년의 대답은 씩씩했다. 대답한 것만큼만 실천이 따르면 좋으련만. 소년의 일탈과 그로 인해 겪었던 온 가족의 걱정은 일단 평화롭게 마무리되었다.

문득 법원 가는 길에 보았던 장의차가 떠올랐다. 재판 있는 날 법원에 가다가 장의차를 보면 결과가 나쁘지 않았다. 죽은 자가 떠나면서 그를 마지막으로 보는 살아있는 사람들에게 선물을 하나씩 남겨주는 건 아닐까. 장의차가 바로 예측의 묘약은 아닐까.

자식의 방황은 부모의 마음을 아프게 한다. 소년의 어머니와 아버지는 이 사건으로 마음고생을 심하게 했다. 변호사가 본 것만이 전부는 아닐 것이다. 오히려 보이지 않는 곳에서 더 걱정하고 마음 졸였음이 틀림없다.

두 사람에게 오페라 〈잔니 스키키〉●에 나오는 아름다운 선율의 아리아 '오! 사랑하는 나의 아버지'를 들려주고 싶다. 여주인공인 라우레타가 아버지인 잔니 스키키에게 연인 리누치오와 결혼을 허락하길 애원하며 부르는 노래이다. 품격 있고 우아한 느낌의 아리아다. 이 노래를 들으면 그동안 겪었던 마음의 상처에 위로가 될 것이다.

● 푸치니가 작곡한 오페라로 1918년 뉴욕에서 초연되었다. 도나티의 유산을 차지하기 위해 가족과 친척들이 유언장을 빼앗으려는 이야기다. 라우레타와 리누치오의 사랑 이야기도 곁들여 있다.

소년의 가족과 인사를 나누고 사무실을 향해 돌아서는 발걸음이 가벼웠다. 법원 앞에서 의뢰인과 헤어지는 기분이 항상 같은 것은 아니다. 발걸음이 가벼울 때도 있지만 좋지 않은 결과로 천근만근 무거울 때도 있다. 변호사란 직업인이 숙명처럼 감수해야 할 몫이다. 다시 한 번 멀어져 가는 소년의 뒷모습을 보면서 그의 평화로운 학교생활을 기원했다.

아침에 잠을 깨서 학교에 가고 공부를 하는 일상이 얼마나 소중한가. 사람들은 종종 일상으로부터의 탈출을 꿈꾸지만, 행복은 오히려 일상이 평화롭게 흘러가는 데 있다. 벗어난 곳에 모험과 흥분이 있을 것 같지만 그렇지 않다. 우리는 훨씬 많은 시간을 일상에 머무르며 산다. 내가 머무르는 곳에서 행복을 찾아야 한다. 창문을 통해 들어오는 시원한 바람을 맞는 순간에도 행복은 있고, 식탁에 둘러앉아 함께 먹는 밥 한 끼에도 사랑이 깃들어있다. 일상이 곧 행복이다.

무사히 넘어갔다는 안도감으로 경각심을 잃을까 걱정이 되긴 한다. 그래도 재판 받느라고 힘들었을 테니 앞으로의 삶에 약으로 작용할 것이다. 경험은 인생이라는 난로에 끊임없이 공급되는 땔감 같은 것이다. 이번 경험이 그의 인생에 좋은 연료가 될 것이다. 소년이여, 그대의 청춘도 아침이슬처럼 사라져버린다. 젊음을 낭비하지 말라. 어두운 곳을 서성여서는 안 된다. 어디에 가든 밥은 잘 먹고 다녔으면 좋겠다.

〈마술피리〉 아리아 _밤의 여왕 아리아

〈카르멘〉 아리아 _하바네라

어떤 일이든 타이밍이 중요하다. 따끈따끈할 때 이슈를 만들어야 한
다. 시간이 지나다 보면 기억은 희미해지고 감정의 온도는 떨어진다.
의지가 살아있을 때 실천에 옮겨야 한다.

6장.

일촉즉발의 순간

갈등의 분출

살며시 문을 열고 법정 안으로 들어갔다. 법정 문은 확 열어젖힐 수가 없다. 형사 법정은 더욱 조심스러워서 다른 사람이 신경 쓰지 않도록, 될 수 있는 대로 조용하게 들어가야 한다. 안에 있는 사람들은 모두 정면을 응시하며 집중하고 있다. 바늘 떨어지는 소리가 들릴 만큼 적막하기까지 하다.

형사 법정은 늘 긴장감이 돈다. 숱하게 드나들었는데도 들어갈 때마다 마음을 다시 가다듬는다. 수의를 입은 구속 피고인들이 선고를 받고 있었다. 선고하는 판사의 목소리만이 적막감을 끊어 놓았다. 조용히 들어가 앉아 몇 명에게 내려진 선고 결과를 지켜보며 판사의 양형 수위를 가늠한다.

형의 집행유예를 선고받은 사람은 석방된다는 안도감으로 퇴정하는 발걸음이 가볍다. 반면에 실형을 선고받은 사람은 실망이 이만저만이 아니다. 퇴정하는 뒷모습이 도살장으로 끌려 들어가는 소의 발걸음만큼이나 무거워 보인다. 속으로 울고 있을 것이다. 법정을 짓누르는 죽은 듯이 고요한 정적 속에서 짐승 같은 그들의 울음소리가 손에 잡힐 듯이 들려왔다.

법정이라는 같은 장소에서 희비가 극명하게 교차한다. 발걸음이 누구는 가볍고 누구는 무겁다. 어떤 이는 삶의 어두운 터널을 빠져나가는 순간이고, 어떤 이는 이제 막 그 어두운 터널로 들어가는 순간이다. 부과된 형의 양이 과연 죄의 두께에 정확히 비례하는지는 의문이다. 선고받은 사람들은 각자에게 부과된 형량이 과연 그럴만하다고 생각할까.

사람들은 돈은 늘 부족하다고 여기고, 부과된 형량은 늘 과하다고 여긴다. 우리나라 형사재판에서 1심 판결에 대한 불복률이 높은 것은 이런 감정의 발로이다. 항소하지 않고 수용하는 사람도 생각은 비슷하다. 형량이 적절하다고 생각해서 항소하지 않는 것이 아니라 2심으로 가더라도 변화될 가능성이 없다는 사실을 빨리 깨달았을 뿐이다.

구속 피고인은 어차피 구금된 상태에 있는 사람들이지만 불구속 피고인의 상황은 다르다. 불구속으로 재판받던 피고인이 선고일에 실형을 받고 그 자리에서 바로 구속되는 일이 종종 발생한다. 이를 법정구속이라고 한다. 무죄 추정의 원칙에 따라 불구속 상태에서 수사와 재판을 받는 관행이 정착되다 보니 상대적으로 법정구속이 많아졌다. 불구속 피고인은 대부분 '설마 실형이야 떨어지겠어?' 하는 마음으로 방심하고 있다가 법정구속을 당한다.

이럴 때는 그야말로 죽을 맛이다. 법정에서 나가는 문부터 들어올 때와 다르다. 선고가 끝난 즉시 교도관에 의해 법정에 직접 연결된 구속 피고인 대기실로 끌려간다. 그곳은 외부와 차단되어있다. 재판이 모두 종료되는 대로 대기실에 있던 다른 피고인들과 함께 호송차에 실려서 구치소로 간다. 그동안 누리던 자유는 이제 없다. 법정이 자유와 부자유를 가르는 교차역이 되었다.

법정 풍경을 보고 있는 사이에 재판을 진행할 차례가 되었다. 지금까지의 절차를 마무리 짓는 결심재판 날이었다. 피고인은 지인과의 동업 관계에서 횡령 혐의를 받고 불구속으로 기소되었다. 수사의 실마리는 믿었던 지인의 고소였다. 그러나 횡령으로 볼 수 없는 여러 가지 근거들이 있었다. 변호인의 관점에서 보면 피고인이 오히려 손해를 본 것 같은 인상도 있었다. 다만 형식적인 서류 처리의 미진이 피고인의 약점이었다. 제대로 된 피고인의무죄를 입증할 만한 문서를 갖춰놓지 못했다.

사람과의 관계가 좋을 때는 말로만 해도 무슨 약속이든 지켜진 다 믿는다. 그러나 서로 반목하게 되는 순간 말로 한 약속은 소용 이 없다. 주장을 입증할 수 있는, 문서로 된 서류가 필요하다. 말은 바뀌지만 서류의 내용은 바뀌지 않는다.

유지태와 이영애 주연의 영화 〈봄날은 간다〉에 의미심장한 대사 가 나온다. 헤어지자는 여자를 향해 남자가 말한다.

"사랑이 어떻게 변하니?"

이 대사에는 사랑은 변할 수 없다는 전제가 깔려있다. 하지만 현 실은 그렇지 않다. 전제를 바꾸어야 한다. 그래야 받아들이기 쉽다.

"그래, 사랑도 얼마든지 변할 수 있지."

영원을 맹세하던 사랑도 변한다. 하물며 비즈니스로 만난 사람 이 변하지 않으리라 기대하는 것은 내일 아침 달이 뜨는 것을 바라 는 것과 같다. 감정과 상황에 바탕을 둔 관계는 언제든 변할 수 있 다. 변하는 것이 나쁘다는 것이 아니라, 이것이 마음의 자연스러운 속성이다.

사랑의 약속이야 문서로 남겨도 헤어지는 단계에서는 크게 효력 이 없지만 비즈니스에서는 문서를 만들어놓으면 아주 유용하다. 서류 만드는 일을 게을리해서는 안 된다. 지금 문서를 만드는 작은 불편함이 나중에 찾아올 수 있는 더 큰 불편함을 덜어준다.

지난 6개월 가까이 진행된 공판에서 치열한 공방이 오고 갔다. 증거신청을 둘러싸고 판사와 신경전이 몇 차례 있었다. 전체적으로 재판이 좀 거칠게 진행되었다. 아무래도 판사가 유죄 쪽으로 심증을 굳혀가고 있다는 인상이다. 어쩌면 처음부터 유죄라고 단정하고 재판에 임했는지도 모를 일이다.

유죄가 인정되면 실형이 선고될 분위기였다. 바늘에 실이 따라오는 것처럼 실형에는 법정구속이 뒤따른다. 드문 일이긴 하지만 피고인의 방어권 보장을 위해 법정구속하지 않는 예도 있긴 하다. 재판 절차를 마치면서 검사는 사실과 법률 적용에 관한 의견을 진술한다. 이를 검사의 구형이라고 한다. 이어서 변호인에게 변론 기회가 주어진다. 변호인 자신도 무죄라는 생각이 강해서 전날부터 준비를 많이 했다. 미리 정리해온 무죄의 근거를 조목조목 나열했다. 혹시 몰라서 유죄가 인정되더라도 항소할 것이므로 피고인의 방어권 보장을 위해 법정구속을 유예하여 달라고 변론했다.

변호사의 변론 후에는 마지막으로 피고인이 법원에 하고 싶은 말을 한다. 이러한 순서는 모두 기계적으로 진행되는 절차이다. 일련의 절차를 마친 후 보통은 한 달 후로 선고기일을 지정하고 재판을 종료한다. 당연히 그렇게 진행되리라 예상했다.

그런데 돌연 판사가 변호사의 변론을 문제 삼았다.

"법정구속을 유예해달라니요. 그게 무슨 말인가요? 은전을 베풀어달라고 해야 하는 것 아닌가요."

무엇이 그토록 기분을 상하게 했는지 목소리에 날이 서 있었다. 시퍼런 날에 금방이라도 살이 베일 것 같았다. 게다가 쳐다보는 시선이 여간 매서운 것이 아니다.

'법정구속할 것인지, 말 것인지는 판사의 고유 권한인데 왜 변호인이 이래라저래라 하느냐. 당연히 유죄인 사건에 대해 무죄를 주장하여 피곤하다. 네 죄를 네가 알아야 할 것 아니냐.' 말투 속에 이런 질책이 강하게 담겨 있었다.

판사가 별로 탐탁하게 생각하지 않는 증거신청을 관철했던 기억이 났다. 그것에 대한 불만의 표출인가. 아무리 변호사가 마음에 안 들어도 그렇지 이건 좀 심하지 않은가. 법정구속 여부가 판사의 고유 권한이라면 변론 내용 역시 변호사의 고유 권한이다. 왜 변호사의 변론 활동을 문제 삼는가.

구속된 사람은 방어권을 행사하기가 불편하므로, 불구속 상태를 유지해달라는 변론은 변호인으로서는 충분히 할 수 있는 말이다. 어떤 판사도 변호사의 마지막 변론 내용을 가지고 법정에서 트집을 잡지는 않는다. 그것도 변호사의 말이 끝나자마자 날카로운 목소리로 추궁하는 것은 아무리 판사라도 지나치다. 일촉즉발의 순간이었다.

잠정적 후퇴

변호사는 판사의 돌연한 말에 당혹스러워하며 적절한 대답을 찾지 못했다. 어정쩡한 자세로 머뭇거리는 사이에 피고인의 마지막 진술이 있었고 판사는 선고기일을 지정했다. 다음 사건을 진행할 태세였다. 판사의 지적과 태도가 마음에 안 든다 하여 법정에서 바로 맞받아치며 싸울 수는 없는 일이다. 이 보 전진을 위한 일 보 후퇴. 잠정적 물러섬을 선택했다. 일단 재판이 종료되었기에 서류 봉투를 챙겨서 변호사석을 물러났다.

  법정에서 나와 주차장에 있던 차에 몸을 실었다. 조용히 물러나 긴 했지만 변호사의 마음 깊은 곳에 앙금이 남아 있었다. 모차르트의 오페라 〈마술피리〉●에 나오는 아리아 '지옥의 불길처럼 복수의 마음은 불타오르고'가 떠올랐다. 밤의 여왕이 파미나 공주에게 짜라스트로를 죽이라고 명령하면서 부르는 노래이다. 그래서 '밤의 여왕 아리아'라고도 한다. 이 아리아는 증오로 불타오르는 격정적인 감정을 생생하게 표현하고 있다. 지금 이 순간 마음속이 화로 가득 차 있는 것은 변호사나 밤의 여왕이나 마찬가지다. 잠시 머리를 식히려고 자동차 창문을 내리자 겨울의 찬바람이 한꺼번에 실내로 밀려 들어왔다. 지옥의 뜨거운 불길 같은 복수심이 아니라 겨울바람처럼 차가운 이성과 냉정함이 필요하다.

  마지막 순간에 있었던 일을 차근차근 되새겨보았다. 변호사의 변론에 대해 힐난하면서 '은전'이라는 용어를 쓴 것은 분명히 적절

● 〈피가로의 결혼〉, 〈돈 조반니〉와 함께 모차르트의 3대 오페라로 불린다. 그가 죽기 몇 달 전인 1791년 초연되어 대성공을 거뒀다. 모차르트는 자신의 오페라 중 〈마술피리〉를 특히 아껴서 마지막 순간에도 〈마술피리〉의 공연을 볼 수 없음을 안타까워했다고 한다.

치 않은 재판 진행 태도이다. 죄를 인정하는 경우에는 선처를 바라면서 은전이라는 말을 사용하는 변호인이 더러 있지만, 무죄를 주장하는 사건에서는 어울리지 않는 용어다. 무심코 입에 올렸을지 몰라도 은전이라는 단어에는 다양한 의미가 내재해있다. 생각하기에 따라서는 법률적으로 문제 될 여지가 많다.

우선 예단 금지의 원칙에 어긋난다.

은전이라는 단어는 유죄가 인정될 때 사용하는 단어이다. 잘못했으니 선처를 해달라는 뜻을 담고 있다. 판사는 재판 중에 자신의 유무죄에 대한 심증을 드러내면 안 되며, 오로지 판결로만 말해야 한다. 이를 '예단 금지 원칙'이라고 한다. 피고인이 무죄를 주장하는 사건임에도 불구하고 유죄를 전제로 한 단어를 사용했으니 적절치 않다.

박근혜 전 대통령에 대한 탄핵심판에서 헌법재판관들은 선고 방향에 대해서 끝까지 침묵하다가 주문으로만 그 생각을 보여주었다. 여기에서 주문이란 마법사가 마법을 쓸 때 중얼거리는 주문이 아니다. 헌법재판소와 법원의 판단에 관한 핵심적인 내용을 간결한 문장으로 만들어서 표현하는 형식이다. "대통령 박근혜를 파면한다."와 같은 것이다. 만약에 탄핵 사유가 없음을 주장하는 대통령 변호인단의 마지막 진술에 대해서 재판관이 "은전을 베풀어 달라고 해야 하는 것 아닌가요."라고 했다면 어떻게 되었겠는가. 그 경우를 상상해 보면 쉽게 이해가 된다. 그러니 은전이라는 말을 듣고 단순하게 넘어갈 수는 없다.

둘째 변호인에 대한 압박이다.

변호인이 최후변론에서 어떤 용어를 선택하든 그것은 전적으로 변호사의 재량이다. 무엇을 말할 것인지는 변호사의 자유의지에 의해 정리되고 표현된다. 이에 대해서 특정 용어의 선택을 강요한다면 심약한 변호사는 판사 무서워서 변론이나 제대로 하겠는가. 변호인에게 이런 식으로 말할 거라면, 검찰 구형에 대해서는 "5년 구형이라뇨? 10년을 구형해야 하는 것 아닌가요?"처럼 높은 구형량을 요구하거나, 반대로 "사형이라뇨? 무기를 구형해야 하는 것 아닌가요?"라고 낮은 구형량으로 유도해야 한다. 검찰의 구형은 내버려둔 채 변호인의 변론만을 문제 삼으면 변호사에 대한 일종의 탄압이다. 변호인의 입을 봉쇄하려는 행동이다.

마지막으로 은전이라는 단어 자체의 진부성과 구태의연함이다.

봉건적인 색채가 물씬 풍기고 상하의 구별을 전제해 놓은 개념이다. 퀴퀴한 냄새가 난다. 높은 사람이 낮은 사람에게 시혜를 주고, 받는 사람은 굴종의 마음으로 머리를 조아려야 할 것 같은 느낌이다. 봉건적인 시대에나 어울리는 말이지 현대의 관점에서는 진즉에 폐기처분되어야 했을 용어이다.

되새기면 되새길수록 순순히 물러날 수만은 없다는 생각이 들었다. 법정에서 한 방 얻어맞고 허둥대며 내려오긴 했지만, 은전이라는 말을 문제 삼아 반격이 가능해보였다. 이럴 때 변호사에게 요구되는 덕목은 상황을 유리하게 활용할 줄 아는 지혜이다.

'그래, 이번 상황을 통해 무언가 얻어내자. 당장 입을 막을 수는 있어도 영원히 생각을 막을 수는 없다.'

의지를 굳혀가는 사이 어느새 사무실에 도착했다.

조용한 반격

어떤 일이든 타이밍이 중요하다. 따끈따끈할 때 이슈를 만들어야 한다. 시간이 지나면 기억은 희미해지고 감정의 온도는 떨어진다. 의지가 살아있을 때 실천에 옮겨야 한다. 우선 판사에 대해 기피신청서를 작성하기로 마음먹었다. 형사소송법에는 재판부가 불공평한 재판을 할 염려가 있을 때는 기피신청을 하여 해당 법관이 재판에 관여하지 않도록 할 수 있다.

시국사건이 아닌 일반사건에서 기피신청은 매우 드물다. 피고인의 의사에 반할 수는 없기에 먼저 그의 양해를 구했다. 피고인은 그러다가 판사에게 밉보여 진짜 법정구속 되는 것 아니냐며 망설였다. 판사와 대립각을 세워서 좋을 것이 없다는 피고인의 걱정은 충분히 이해된다. 기피신청은 재판을 진행하는 판사에게 직접 해야 하므로 판사 모르게 진행할 수도 없다.

그러나 지금까지의 재판 과정에서 판사가 보여준 태도, 마지막 재판에서의 은전이라는 말로 보아서는, 이 판사는 이미 마음속으로 유죄라고 생각하고 있음이 분명했다. 더 나아가 법정구속하려고 작정하고 있었다. 그랬기에 변호사의 말을 받아서 무의식중에 은전이라는 말이 튀어나왔다고 봐야 한다. 말은 생각을 외부로 전달하는 도구이다.

여기서 반발한다고 해서 더 손해 볼 일이 없다. 비록 실형을 선고할지라도 이번 소동으로 발목이 잡혀 법정구속을 못 할 것이다. 결과에 대해서는 나름대로 믿는 구석이 있다. 이 싸움은 분명히 이기는 싸움이다. 판사 스스로 불필요한 말을 함으로써 자충수를 둔 셈이다. 기피신청을 하더라도 특별히 불리해질 것은 없다고, 주저하는 피고인을 안심시켰다.

이렇게 적극적으로 나서는 것은 변호사에게도 위험부담이 많다. 만약 선고 날에 이르러서 피고인이 법정구속이 되면 변호인의 행동이 원인이 된 것으로 오해받을 여지가 있다. 실망한 의뢰인은 비난의 화살을 변호사에게 돌리고, 변호인은 난감한 처지에 빠지게 된다. 이런 경우를 대비해서 의뢰인을 살펴가며 변론 방향을 잡아야 안전하다. 다행히 의뢰인은 변호사의 의도를 이해할 정도의 식견을 갖춘 사람이었다.

기피신청서 작성을 완료했다. 신청서에는 판사가 재판 중에 유죄의 예단을 내비쳤고, 부당하게 변호사를 압박함으로써 변론권을 침해했다는 내용이 담겨있었다. 불공정한 재판을 할 염려가 있다는 부분을 최대한 부각시켰다. 무슨 말로 어필하더라도 신청은 분명히 기각되리라. 받아들인다면 판사 스스로 불공정한 재판을 했다고 인정하는 셈이 되기 때문이다. 기각되더라도 기록에 남겨둠으로써 원심이 불공정했다는 인상을 항소법원까지 끌고 갈 수 있다. 1심 판사는 이런 것에 부담을 느낀다.

서류를 제출하기 전에 할 일이 있었다. 이 사건과 관련하여 판사의 태도에 대해 해당 변호인이 문제를 제기하고 있다는 사실을 알려야 한다. 변호인이 불만을 품고 이에 적극적으로 대응하려 한다는 사실이 다양한 채널을 통해서 담당 판사의 귀에 흘러 들어가도록 할 필요가 있었다.

수화기를 들어 해당 법원 법원장실로 전화를 걸었다. 부속실 직원이 법원장을 연결해주었다. 전화기 너머로 법원장의 낯선 목소리가 들려 왔다. 아! 이제 법원장과도 일전을 불사해야 한다. 이 전투에서 과연 승리하게 될 것인가? 진정 이번 전략이 먹혀들 것인가? 법원장은 재판 과정에서 벌어진 일에 대해 듣고서는 원장실로 자기를 만나러 와달라고 했다. 어차피 찾아갈 작정이었으니 거부할 이유가 없다.

작성된 기피신청서를 들고 찾아갔다. 대화할 때 보여줌으로써 전시효과를 얻으려는 의도가 있었다. 법원장은 친절한 사람이었다. 다른 사람의 이야기에 성실히 주의를 기울일 줄 알았으며 다소 격앙된 방문객을 달래주는 여유도 있었다. 그에게 변호인으로서 고려하고 있는 다양한 대응책에 관해 이야기했다.

명중된 화살

'판사의 재판 진행이 과연 적절한 것인가. 기피 신청서를 제출하겠다. 변협을 통해서 정식 항의 절차를 밟겠다. 기자에게 얘기해서 언론 보도가 나도록 하겠다. 동원할 수 있는 다양한 반발 수단을 고려 중이다.'

여러가지 실천적인 방안을 설명했지만 사실은 항의방문 그 자체가 목적이었다. 담당 판사도 곧 변호인의 행동에 대해 알게 된다. 아니 벌써 알고 있을 수도 있다. 법원장을 통해서 들어가든 주변 사람을 통해서 이야기가 들어가든 분명 변호인의 반발에 대해서 들었으리라. 이제 공은 그에게 넘어가 있다. 최종결정은 어디까지나 그의 영역이다.

판사의 심리를 따라가 보았다. 내심 실형을 선고하면서 법정구속시키려고 생각하고 있었음이 틀림없다. 아무 일 없었더라면 그 방향으로 갔다.

무심결에 뱉은 말이기는 하지만 법정에서 변호인의 마지막 진술을 되받아 한 말이 신중하지 못했다는 점은 나중에라도 감지했을 것이다. 이에 대해서 변호인이 재판 외적으로 이런저런 불만의 말을 하며 다니고 있다. 법원장실로 찾아와서 항의하고 갔다는 말까지 들었다. '그렇게까지 하고 다닐 일인가.'라며 변호사에게 섭섭한 마음이 생겼을 수도 있다.

변호사의 반발 자체가 걱정스러운 것은 아니겠지만, 법정구속을 해버리면 변호인의 반발에 대해 판사가 사적으로 보복한 듯한 인상을 주게 된다. 객관적으로는 정당한 판결이라도 사적 보복이라는 인상을 주면 판결의 권위를 잃게 된다. 판단하는 사람 자신도 부담을 가질 수밖에 없다. 판사들은 판결에 상처가 가해지는 것을 좋아하지 않는다. 성향이 대개 그렇다는 말이다. 이러한 사정이고 보면 이제 의뢰인을 구속하기는 심리적으로 만만치 않다.

상황을 분석해본 후, 작성해 놓은 기피신청서를 제출하지 않았다. 기피신청서는 의지의 견고함을 법원장에게 보여주는 데 사용됨으로써 역할을 다했다. 담당 판사가 충분히 내용을 들었을 텐데 신청서를 제출하는 것은 지나치게 자극하는 일이다. 굳이 거기까지 밀고 갈 필요는 없다. 법정구속을 안 할 수 있도록 여지를 남겨두어야 한다. 변호사의 의도가 성공할 수 있을까.

이제 선고 날까지 조용히 기다리는 일만 남았다. 시간은 언제나 무심하게 흘러간다. 고통스러운 기다림이든 희망에 찬 기다림이든 아랑곳하지 않고 시간은 그냥 흘러간다. 기다림의 시간을 고통으로 채우는 것만큼 어리석은 일은 없다.

드디어 선고일이 되었다. 피고인은 법정에 출석하여 피고인석에 서서 선고를 기다렸다. 예상대로 유죄판단이다. 실형이었다. 집행유예도 없었다. 긴장된 순간이다. 법정구속할 것인가? 만약 구속하면 다른 구속 피고인들의 재판 대기 장소인 옆방으로 바로 가야 한다. 벼랑 끝 외줄에 매달려 있다.

판결이 이어졌다.

"항소심에서도 다툴 것이 예상되므로 피고인의 방어권 보장을 위하여 법정구속은 하지 않는다."

예상은 적중했다. 절반의 성공이다. 유죄와 실형은 어느 정도 각오했었다. 달리 생각해 보면 법정구속을 면한 것은 완전한 성공일 수도 있었다. 화살은 과녁에 명중했고 목적을 달성했다. 이제 항소심에서 어떻게 할 것인가를 결정해야 한다. 법정구속을 면하기는 했어도 무죄를 끝까지 밀고 나가기에는 동력이 부족하다. 이미 유죄에 따른 실형을 선고받은 피고인은 불안할 수밖에 없다.

웬만해서는 1심 판단 내용이 항소심에서 바뀌지 않는다. 좀처럼 형이 줄어들지도 않는다. 언론에서 가끔 항소심의 유무죄 판단이 달라진 사건에 대해 보도한다. 판단이 달라지는 경우가 그만큼 특별한 일이기에 관심의 대상이 되는 것이다. 방향을 수정했다. 기존의 주장을 번복하여 유죄를 인정하고 선처를 호소했다. 무죄 주장과 달리 유죄 인정은 잘못을 뉘우치고 반성한다는 의미를 담고 있다. 원심보다는 긍정적인 양형 참작 요소가 추가된 셈이다.

항소심에서는 집행유예를 선고받았다. 결과적으로 피고인은 구속을 피하면서 집행유예를 선고받을 수 있었다. 만약 1심에서 법정구속이 되었다면 피고인은 어떤 선택을 했을까. 유죄를 인정하여 집행유예의 선고를 받더라도 재판 기간 내내 감내할 수밖에 없는 구속의 고통은 고스란히 피고인의 몫으로 남는다. 아니면 무죄의 주장을 계속 유지하다가 원심과 똑같은 형량의 실형 선고를 받았을 수도 있다. 이런저런 위험을 모두 피해갔다. 피고인에게는 참으로 다행스러운 일이었다.

뜻밖의 반전

세월이 흐른 어느 날, 민사사건 재판이 있었다. 첫 심리기일이었다. 순서를 기다리면서 다른 사건의 진행을 탐색하는 일은 언제나 재미있다. 2~3개 사건만 지켜보면 판사의 성향이 드러난다. 재판 진행을 일방적으로 하는지, 아니면 당사자의 의견을 경청하는지 말이다.

지금의 판사는 재판 진행을 똑소리 나게 잘 하고 있었다. 당사자의 호소를 무시하지 않고 모두 들어주면서도 사안을 쟁점별로 정리하며 깔끔하게 마무리했다. 충돌할 때는 하더라도 바람직한 모습을 보면 칭찬을 해야 한다. 훌륭하다는 생각이 들었다. 의뢰인으로서는 좋은 변호사도 만나야 하지만 좋은 판사를 만나는 것도 복이다.

그런데 이게 웬일인가. 얼굴이 낯설지가 않았다. 목소리도 귀에 익었다. 은전을 이야기하던 바로 그 판사였다. 원수는 외나무다리에서 만난다더니! 형사재판 당시에 있었던 마지막 순간의 일들이 바로 어제 일처럼 또렷하게 머릿속에 떠올랐다. 그때의 그가 지금은 민사재판을 담당하고 있었다.

'아, 어쩌다 이런 일이! 사건에 불리한 일이 생기지 않을까.'

은근히 걱정이 앞섰다. 그래도 사건을 처리하는 모습으로는 예전의 고압적인 판사가 아니었다. 그나마 다행이다. 이윽고 차례가 되어 사건 진행을 무난하게 마쳤다. 변호사를 기억하는지 못하는지, 아무런 내색 없이 다른 사건과 별반 다르지 않게 진행되었다. 하긴 그 자리에서 "당신. 여기서 또 만나다니 잘 걸렸어. 두고 봅시다."라고 할 수는 없을 것이다.

신청된 증거 중에 절차상 현장검증이 필요한 것이 있었다. 현장검증은 사건의 성질상 법원에서 현장을 직접 볼 필요가 있을 때 주로 당사자의 신청에 따라서 한다. 특정한 날짜를 정해서 현장에 나가 판사와 양 당사자가 필요한 사항을 점검한다.

현장검증 장소에서 이것저것 점검할 것을 점검하고, 따질 것을 따졌다. 현장검증이 거의 끝나갈 무렵, 참여자들은 각자의 길로 헤어질 준비를 하고 있었다. 이때 판사가 변호사 곁으로 다가오더니 슬쩍 말을 걸었다. 변호사로서는 판사와 특별히 더 할 이야기가 남아있지 않았기에, 잠깐이지만 경계의 끈을 당겼다.

'이번엔 유예라는 말의 유 자도 꺼내지 않았는데 무슨 일인가. 경고라도 하려고 그러는가. 현장검증을 해보니 내 쪽이 불리한 건가.'

이러한 변호사의 걱정은 기우에 지나지 않았다.

"지난번 일로 지금까지 마음 상하신 건 아니죠?"

그는 웃음을 띠고 부드럽게 물어왔다. 현재 진행되는 재판과는 아무런 관련이 없는 과거 재판의 일을 언급하고 있었다. 이 순간에 그때의 일을 이야기할 거라고는 전혀 예상하지 못했다. 상대방이 생각지 않은 말을 던지는 게 특기인가 보다.

"아, 아닙니다. 이번 재판 진행을 보니 훌륭하게 잘 하시던데요."

과거 일을 말하기가 불편해서 화제를 바꾸었다.

"예전에는 좀 성숙하지 못했었지요."

요즘 일로 화제를 돌리려는 변호사의 의도와는 달리 판사는 과거라는 주제에서 벗어나지 않고 있었다. 비록 과거의 이야기를 하고 있었지만, 예전에 힐난하던 판사의 모습과는 달랐다. 입가에는 여전히 웃음을 머금고 있었다. 무언가 그의 가치관에 변화가 생겼다는 느낌이 들었다. 모르긴 해도 그때의 일이 긍정적인 영향을 주었나 보다. 다른 사람을 이해할 줄 아는 사람으로 바뀌어있었다. 특별히 지난 일을 마음에 담아두고 있는 것은 아니었지만, 앙금 아닌 앙금이 녹아내렸다. 미세하게 잠복하고 있던 감정의 잔영조차 완전히 사라졌다.

은전 사건 이후, 판사가 변호사에게 좋지 않은 감정을 가지고 있으리라 여겼다. 다만 인연이 더는 계속되지 않았기에 잊고 있었다. 그런데 판사의 태도는 예상과는 전혀 달랐다. 굳이 지금 시점에서 들추지 않아도 되는 예전의 허물을 웃으면서 가볍게 인정하는 그의 마음 씀씀이가 커 보였다. 변호사는 의도대로 되었다면서 우쭐했던 당시의 행동이 부끄러웠다. 현장검증 장소에서의 대화는 뜻밖의 반전이었다. 반전은 늘 마지막에 이루어진다는 말은 틀리지 않았다.

긍정적인 변화를 만들어 낸 사람을 만나는 일은 신선하고 즐겁다. 태양도 유난히 따스하게 내리쬐었다. 비제의 오페라 〈카르멘〉에 나오는 아리아 '하바네라'●의 경쾌한 선율이 어울리는 기분 좋은 날이었다. 오페라 〈카르멘〉은 자유분방하며 매력적인 집시 여인 카르멘과 군인 돈 호세의 비극적인 사랑 이야기다. 메리메의 소설을 원작으로 한 오페라로 비제가 사망하는 해인 1875년에 초연되었다. 초연 당시에는 크게 환영받지는 못했으나 사망 후에 공전의 히트를 기록했다. 〈카르멘〉이 초연의 실패를 딛고 성공으로 마무리되었듯이, 판사와 변호사의 갈등이 오랜 시간을 돌아 화해로 마무리되는 순간이었다. 그 판사는 카르멘을 보았을까.

● 프랑스 작곡가 조르주 비제(1835~1875)의 〈카르멘〉에 등장하는 아리아 '하바네라'는 원래 무곡을 일컫는 말이다. 카르멘의 첫 장면에 등장하는 아리아가 대표적인 하바네라 형식의 곡이기에 위의 이름을 붙였다. '사랑은 길들일 수 없는 새' 또는 '사랑은 자유로운 새'라고 부르기도 한다.

〈투란도트〉 아리아 _공주는 잠 못 이루고

〈메피스토펠레〉 아리아 _어느 날 밤, 깊은 바닷속

너그러운 마음을 품으면 변호사로서 의뢰인과 갈등 할 일이 없다. 상처받은 사람이 이야기를 할 때는 상처받지 않은 사람은 귀 기울여주어야 한다. 그들이 그만하고자 할 때까지 묵묵히 옆에서 지켜보고 끝까지 들어주어야 한다. 재판을 받거나, 구속된 사람 그리고 피해자의 지위에 있는 사람을 안아주고 다독거릴 수 있는 별도의 공간을 변호사의 가슴 한 곳에 만들어 두어야 한다.

7장.
그에게서 오렌지 향기가 났다

그녀는 사고를 참 많이도 냈다. 내조의 여왕이라면 명예로울지 몰라도 사고의 여왕은 불명예다. 30대 중반이라 그렇게 운전이 서툴 나이는 아닌데도 연달아 사고를 냈다. 큰 사고는 아니었지만 짧은 기간에 횟수가 많았다.

공교롭게도 교통사고의 피해자는 대부분 친척이거나 지인이었다. 앞서가던 차를 들이받았는데 알고 보니 그 차의 운전자가 친구였다는 식이다. 피해자들은 보험회사로부터 치료비와 합의금으로 7,000만 원 넘는 돈을 받았다. 모든 것을 운전 미숙과 단순한 부주의로 돌리기에는 석연치 않은 점이 많았다. 짧은 기간에 집중된 잦은 사고 횟수, 피해자가 모두 아는 사람이라는 사실, 그리고 사고 형태의 유사성 등 보험회사나 수사기관으로부터 의심을 받을만한 요소가 많다. 우연이 계속되면 이것은 우연이 아니다. 일부의 사람들을 잠시 속일 수는 있지만 모든 사람을 영원히 속이기는 어렵다.

이를 수상히 여긴 보험회사의 고발이 있었고, 수사 끝에 사기죄로 기소되었다. 7,000만 원은 사기죄의 피해 금액으로 적은 액수가 아니다. 유죄가 인정될 경우 10년 이하의 징역이나 2천만 원 이하의 벌금형에 처해질 형편이다. 다행히 영장은 청구되지 않아 불구속 상태로 재판을 받게 되었다. 아무리 불구속 재판이라도 결과에 따라 실형의 가능성이 여전히 남아있어서 안심할 수 없었다.

그녀는 모든 사고가 우연히 발생한 일이라면서 무죄를 주장했다. 하지만 이를 입증하지 못하면 법정에서 구속될 위험이 있었다. 무죄를 주장하다가 유죄로 인정되는 것은 피고인에게 있어 최악의 경우다. 죄를 짓고서도 전혀 뉘우침이 없는 것으로 여겨져 죄를 인정할 때보다 처벌이 무거워지는 경향이 있다. 그래서 불필요한 무죄 주장은 소모적이다.

무죄 주장의 위험성을 자세히 설명했지만, 그녀는 꿈쩍도 하지 않았다. 그 밑바탕에는 자신이 유죄를 인정하면 보험금을 받은 지인들에게 불리한 영향을 미칠 수 있다는 걱정이 깔려있었다. 굳이 신의를 보이지 않아도 될 곳에 신의를 지키고 있었다. 건전한 신뢰가 아니다. 잘못된 믿음은 진실의 적이다.

푸치니의 오페라 《투란도트》●의 아리아 '공주는 잠 못 이루고' 처럼 그녀도 숱한 불면의 밤을 보내야 할 것 같았다. 투란도트 공주와 결혼하려면 그녀가 내는 3개의 수수께끼를 모두 맞혀야 한다. 오페라 속 남자 주인공인 칼리프는 공주가 내건 수수께끼의 답을 모두 맞혔지만, 결혼을 거부하는 투란도트 공주에게 밤사이에 자신의 이름을 알아내면 공주의 뜻에 따르겠다고 제안한다. 그의 이름을 알아낼 때까지 누구도 잠을 잘 수 없다는 포고령이 내려진 가운데, 칼리프는 '공주는 잠 못 이루고'를 부른다. 오페라 속 투란도트 공주가 내는 수수께끼 중의 하나가 "어둠을 비추고 다음 날 없어지는 것은 무엇인가?"이다. 그 답은 '희망'이다.

기대와는 달리 사기죄의 경우 무죄판결을 받기가 어렵다. 금전적 피해가 발생한 것을 전제로 하는 범죄이기에 일단 기소가 되면 웬만해서는 무죄가 잘 나지 않는다. 가야 할 길이 험난해 보였다. 그녀는 날이 밝으면 사라질지 모르는 희망이라는 가느다란 빛에 매달린 채 어둠 속을 걸어가고 있다.

그녀에게는 초등학생 아들과 유치원에 다니는 딸이 있었다. 만약 실형을 받아 법정에서 구속되면 당장 어린 자식을 돌보는 일이

● 푸치니의 오페라로 푸치니의 사후인 1926년 초연되었다. 푸치니가 완성하지 못한 것을 제자가 완성하여 공연하였다. 절세미인 투란도트 공주가 내는 3가지의 수수께끼에 도전하는 칼리프 왕자의 이야기다.

문제였다. 무죄를 주장하면서도 혹시 몰라서 두 자녀와 다정하게 찍은 사진을 법원에 제출했다. 어린아이들과 함께 활짝 웃고 있는 사진 속에는 자식을 사랑하는 지극히 평범한 엄마의 모습만 보일 뿐, 범죄의 그림자를 찾을 수 없었다. 사람들은 대개 어린아이에게 약한 법이다. 판사도 예외는 아니다. 아이에게 엄마가 절실하게 필요하다는 점을 강조해 실형을 면해보려는 전략이었다.

재판을 마무리 짓고 마침내 선고하는 날이 되었다. 선고하는 날은 사람의 명운이 걸려서인지 당사자들은 상당히 긴장한다. 변호사에게는 몇 개월간의 노력이 하나의 결과로 도출되는 순간이다. 결과에 따라 감내해야 하는 몫의 차이가 크다. 개개의 사건에 감정이입을 해서는 안 된다고 늘 자신에게 경고를 보내지만, 변호사도 사람인지라 사건 수행 과정에서 상처를 받기도 한다.

평소에는 직원이 법원에 가서 선고를 듣는다. 이 사건은 무죄 여부를 다투고 법정구속의 가능성까지 있어서 변호사가 직접 갔다. 선고하는 형사 법정은 늘 적막감이 흐른다. 구속 여부가 판가름 나는 갈림길에서 긴장하는 것이 당연할지도 모르겠다.

몇 개의 사건에 대한 선고가 있었고 드디어 그녀가 피고인석에 섰다. 변호사는 변호사석에 앉지 않는다. 이미 모든 재판 절차는 종결되었고 결과만 남아있어서 변론이 필요 없다. 선고하는 날에는 오로지 선고만 한다.

양형에 대해서 점검해봤다. 무죄가 선고될 가능성이 작아 보였다. 무죄를 주장하다 유죄라는 결론이 났을 때는 위험부담이 크다. 범죄사실을 부인하면 잘못에 대한 반성이 없는 것으로 판단하여 양형에 마이너스 요소로 작용한다. 이것이 바로 무죄 주장의 딜레마다. 게다가 사건의 성질상 금전적 피해와 관련 되었음에도 불구하고 피해 복구를 위한 노력이 보이지 않는다. 범죄를 인정하는 경우 대개는 보험회사에 일정한 금액을 주고 합의를 시도한다. 무죄를 주장하는 경우에는 피해를 준 사실이 없게 되므로 회복을 위한 행위 자체가 논리적으로 모순이 되기는 한다. 그렇더라도 피고인에게 의지가 있으면 합의할 수 있다. 유죄로 인정될 때에 대비해 선처의 여지를 만들어 두는 예비조치이다. 어떤 목적에서든 합의를 보려면 돈이 필요하지만, 그녀는 그 돈을 마련할 의지가 전혀 없었다.

여러 가지를 종합하면 그녀에게는 실형이 선고될 가능성이 컸다. 선고 즉시 구속되어 옆방에 마련된 유치인실로 들어갈 수도 있다. 형사 법정에는 별도로 유치인실이 마련되어있다. 일반인이 출입하는 출입구와는 다른 쪽으로 드나들도록 설계되어있다. 주로 구치소에서 재판받으러 오는 구속 피고인들이 대기하는 장소로 사용된다.

생각만으로도 마음이 무거워진다. 그런 일이 일어나지 않기를 바라면서 판사의 얼굴로 시선을 집중했다. 아! 과연 법정구속이 될 것인가. 피고인에 대한 인정신문을 마치고 판사가 잠시 방청석을 바라보았다. 앞자리에 앉아있던 변호사를 알아보고 눈길을 주었다. 어쩌면 진즉에 알아보고 신경을 쓰고 있었는지 모르겠다. 서로의 눈이 살짝 마주쳤다. 엉겁결에 고개를 숙이며 변호사가 먼저 인사하는 표시를 했다. 약간 어색함이 느껴지는 순간이었다.

변호사로부터 시선을 거둔 판사가 잠시 머뭇거렸다. 그러더니 돌연 피고인에 대한 선고를 연기했다. 이게 웬일인가. 변호사가 특별히 변론 재개 신청을 한다든가, 합의를 위한 시간이 더 필요하다고 사전에 선고 연기 신청을 하면 미뤄질 수 있으나 그런 신청을 한 일은 없었다.

판사는 선고 연기의 이유에 대해서는 별다른 언급 없이 다음 선고 날짜를 지정했다. 무죄를 주장하는 사건의 경우 법원 사정으로 선고가 연기되는 일이 가끔 있다. 기록의 양이 많고, 사건 내용이 복잡해 정해진 기일 안에 결론을 못 내릴 때가 있다. 판사가 기록 검토를 아직 마치지 못한 것인가. 아니면 어떤 형을 선고해야 할지 결정하지 못한 것인가. 그런 경우라면 미리 생각하고 법정에 들어오기 때문에 자연스럽게 연기가 이루어진다. 이번 건은 거의 선고를 할 것 같은 분위기였다가 판사가 갑자기 태도를 바꾸었다. 아무리 봐도 미리 의도된 행동으로는 보이지 않았다.

단지 변호사와 눈이 한 번 스치듯 마주쳤을 뿐인데. 이유가 뭘까. 무엇이 그를 머뭇거리게 한 것일까. 선고 연기가 이 사건 결과에 유리할 것인가, 아니면 불리할 것인가. 왜 연기가 되었느냐고 그 자리에서 물어볼 수도 없다. 갖가지 생각이 머릿속을 지나갔지만, 의문만 남을 뿐 정확한 사정은 알 수 없었다. 긴장하고 있다가 맥이 풀리는 바람에 허탈한 심정으로 법정을 나섰다.

법정 밖에서 다시 만난 그녀가 선고 연기의 이유를 물어왔지만 정확한 답변을 해줄 수가 없었다. 그래도 되도록 변호사는 당사자에게 긍정적인 방향으로 설명해야 한다. 변호사의 이야기에 따라 결과가 바뀌는 것이 아닐 뿐만 아니라, 다음 선고를 기다리는 동안 당사자의 마음을 그나마 편하게 해주기 위함이다. 긍정적 이야기로 안심시키고 발길을 돌렸다.

다음 날, 이유를 알 수 있었다. 여느 때처럼 출근해서 식물에 물을 주고 있었다. 사무실에는 온갖 종류의 식물이 자라고 있다. 변호사 사무실이 아니라 미니 식물원이라 할 만하다. 식물만이 가진 생생한 푸르름이 딱딱한 사무실 분위기를 한결 부드럽게 만들어준다. 법률사무소를 찾아오는 사람들은 모두 번뇌에 차 있다. 즐거운 일로 방문하는 의뢰인은 거의 없다. 녹색의 식물이 그들에게 잠시나마 위안을 준다면 좋은 일이다.

봄은 새 생명이 탄생하는 계절이다. 비록 작은 화분에 갇혀있지만, 사무실에 있는 식물들도 예외는 아니다. 와! 산세비에리아의 뿌리 옆에서 새로운 싹이 돋아나고 있었다. 삐죽이 얼굴을 내민 연한 녹색의 작은 몸체가 하도 신기해서 넋을 잃고 쳐다보았다. 새 생명의 탄생은 그것이 비록 식물일지라도 뜨거운 감동을 준다. 그때 직원이 법원에서 전화가 왔다면서 연결해주었다.

전날 선고를 연기한 바로 그 판사였다. 형사사건 담당 판사가 변호사에게 직접 전화하는 일은 거의 없다. 변호사도 좀처럼 전화하지 않는다. 모든 의사는 원칙적으로 서면을 제출하여 전달한다. 형사재판을 할 때 판사와 변호사와의 사이에 긴밀한 연락이 있다고 생각하는 사람도 있지만, 사실은 그렇지 않다. 이례적인 전화에 무슨 일인지 궁금하면서 은근히 걱정되기도 했다. 선고를 연기하더니 일이 크게 잘못된 것은 아닌가.

걱정과는 달리 전화의 내용이 상당히 호의적이었다. 선고 날에 변호사가 직접 법원에 온 것을 보고 높은 관심에 다소 놀랐다고 했다. 변호사를 하다가 법복을 입은지라 변호사의 고충을 누구보다 잘 이해한다고 했다. 선고 연기 후 법정을 나가는 변호사의 뒷모습에서 짠한 감정이 느껴졌다는 것이다.

매우 감성적인 사람임이 틀림없다. 법정을 나서는 변호사의 뒷모습에 안타까움을 읽었고, 그 안타까움이 동정심으로 이어졌다.

이야기를 들으면서 잠시 그의 행동과 생각의 추이를 따라가 보았다. 선고 날짜가 다가오자 판결문을 쓰려고 기록을 자세히 살펴보았을 것이다. 어떤 결정을 해야 하는가 고심의 시간을 가졌음이 틀림없다. 퇴근 시간도 잊은 채 사건의 실체를 파악하기 위해 몰두했을지도 모른다. 재판을 꼼꼼하게 진행하던 태도를 보면 심혈을 기울여 기록상의 많은 쟁점을 파악하고 분석했을 가능성이 크다.

각각의 사고는 시간상으로 멀지 않은 간격을 두고 일어났다. 짧은 기간에 연속적으로 사고가 일어난 점이 이상하다. 가해자는 언제나 피고인이고 피해자는 모두 가해자와 아는 사람이거나 친척이다. 직전 사고의 피해자가 후발 사고에서 또 피해자가 된 예도 있다. 서로 간에 모종의 의사 연결이 있었다고밖에 볼 수 없다. 고의성이 충분히 엿보였다.

게다가 보험 사기로 기소된 금액도 적지 않다. 보험금을 노리고 일부러 사고를 일으킨 정황이 곳곳에서 발견된다. 같이 어딘가를 가다가 발생한 일이라고 주장하지만, 매번 비슷한 사고가 난다는 사실이 쉽게 이해가 가지 않는다. 제삼자의 시각에서 보면 다수의 교통사고가 우연히 일어났다고 하기에는 무리가 있었다. 도저히 피고인과 변호인이 주장하는 것처럼 무죄로 볼 수는 없다. 유죄로 인정함이 마땅하다.

다음으로 유죄에 대한 양형을 결정해야 한다. 피고인은 현재 범행을 부인하고 있다. 범죄사실을 부인하는가 또는 인정하는가는 양형의 중요한 고려 사항이다. 반성의 기미가 없고, 지금까지 피해 복구를 위한 어떠한 조치도 취하지 않았다. 보험사의 손해는 보험료 상승을 불러와 결국 전 국민의 피해로 돌아간다.

보통의 경우라면 실형을 선고할 사안이지 집행유예의 선고를 할 수 있는 대상이 아니다. 그런데 막상 실형을 선고하자니 한 가지 마음에 걸리는 것이 있다. 피고인이 두 어린아이의 엄마라는 사실이다. 변호인이 엄마와 아이가 함께 찍은 사진까지 제출하면서 판단자의 감성을 자극하고 있다. 실형을 선고하여 구속하자니 당장 엄마의 보살핌을 잃게 될 아이들이 눈에 밟힌다. 아이들에게 엄마는 세상 전부다. 엄마가 바라보는 거울 속에는 늘 아이들이 있다.

그러나 개인의 주관적 사정에 경도되어 판결이 흔들려서는 안 된다. 판결을 통해 다수 국민의 피해를 예방하는 것이 법원의 역할이다. 판사는 그 역할의 개별적 실행자이다. 냉정해야 할 때는 냉정해져야 한다. 집행유예의 선고는 공소사실을 부인하고 있는 현재 상황에서는 너무 관대한 처벌이다. 다른 사건과의 형평성을 생각해서라도 집행유예 없이 실형을 선고하는 것이 맞다. 객관성이 우선이다. 고민 끝에 실형이 담긴 판결문을 들고 법정에 들어갔다.

그런데 뜻밖에도 변호사가 법정에 직접 나와서 재판 결과에 주목하고 있다. 지금까지 지켜본 바로는 변호사도 이 사건에 정성을 다하는 모습이다. 눈이 마주치자 가볍게 눈인사를 한다. 이대로 선고를 한다면 그가 보는 앞에서 피고인을 법정구속해야 한다. 변호사는 자기 앞에서 의뢰인이 구속될 때 가장 가슴이 아프다. 변호사를 한 경력이 있기에 그 마음을 잘 안다.

변호사와 눈이 마주치는 순간 실형에 대한 의지가 흔들렸다. 단호함이 무너져 준비해온 선고용지를 읽지 못했다.

'그래, 한 번만 더 기회를 줘보자.'

당장 판결을 하는 대신 좀 더 상황을 살펴보고 나서 판단해도 늦지 않다. 선고를 다음으로 연기하자. 선고를 미루자 변호사가 힘없이 일어나 법정을 나가는 모습이 시야에 잡혔다. 그의 뒷모습을 잠시 바라보자니 연민의 감정이 생긴다. 자신도 예전에 저랬었는데 하는 마음이었다. 선처해줄 여지를 적극적으로 찾아보기로 했다. 사람의 일이란 예기치 않은 곳에서 해결의 실마리를 발견할 때가 있다.

이런 일련의 생각이 선명하게 그려졌다. 전화기 건너편에서 그의 목소리가 계속 이어졌다. 범죄사실에 대한 지금까지의 태도를 바꾸어 자백할 의사가 있는지 물었다. 보살펴야 하는 어린아이도 둘이나 있지 않으냐고 했다. 직접 언급하지는 않았지만, 자백하면 집행유예의 선고로 선처할 수 있다는 우회적인 메시지였다. 변호사로는 당연히 반갑지만, 판사로서는 참으로 조심스러운 일이다. 굳이 안 해도 되는, 불편한 의사 타진이었다. 내면에 아무리 선한 의사를 갖고 한 일이라도 보는 시각에 따라 왜곡될 수 있다. 사람들은 왜곡하기를 좋아한다. 왜곡에는 자기만의 상상의 날개를 펼수 있는 쾌락이 따라온다. 사람들은 판사와 변호사 사이의 음험한 뒷거래를 끊임없이 의심하지만, 실제로는 그런 일이 거의 없다. 몇 번의 대형 법조비리 사건이 터지면서 부패 방지에 대한 공감대가 형성되어있어서 부적절한 행위는 서로가 피한다. 지금 만약 비리 사건이 발생한다면 구조적인 문제라기보다는 개인의 문제일 가능성이 더 크다.

참 인간적인 판사였다. 변호사에게 전화해 이런 의사를 전하는 일은 흔하지 않다. 이번 재판 외에는 일면식도 없는 관계였기에 특별히 변호사를 배려할 이유가 없다. 망설이다가 전화를 했다는 그의 말이 충분히 이해되었다. 불필요한 오해를 살 여지도 있어서 선뜻 수화기를 들지는 못했을 것이다. 어린아이에 대한 연민과 변호인에 대한 공감이 그에게 전화를 하게 만들었다. 자신의 맡은 바 직분에도 충실해야 했지만, 피고인의 딱한 사정에도 눈을 돌릴 줄 아는 사람이었다. 단죄하는 쪽보다는 포용하고 용서하는 쪽으로 그의 권한을 사용하고 있었다. 그의 마음에서 오렌지 향기가 났다. 사람의 마음은 좁게 쓰자면 얇은 종이 한 장 끼워 넣을 틈도 없지만 넓게 쓰자면 드넓은 바닷물을 전부 담을 수도 있다. 피고인과 의논해보겠다며 전화를 끊었다. 끊어진 전화 뒤로 설득의 과제가 변호사의 몫으로 남았다.

사람들은 좀처럼 생각을 바꾸지 않는다. 설득은 얼음을 만지면서 뜨겁다고 느끼게 하거나 불을 만지면서 차갑다고 느끼게 하기만큼이나 어렵다. 이렇게 어려운 일이니 설득을 못 시켰다고 해서 실망할 필요도 없다. 설득은 때로 설득하는 자의 문제가 아니라 설득당하는 자의 문제이다. 설득될 준비가 된 자만을 설득시킬 수 있다. 그녀는 설득될 준비가 되어있는가. 잘못을 인정할 줄 아는 용기가 절실한 시점이다. 당장은 손해일 것 같고 비난을 받게 되어도 이를 감내하는 그런 용기 말이다.

　살다 보면 타인을 위해 자신을 희생해서는 안 되는 경우가 있다. 희생이 아무런 의미가 없을 때 더욱 그렇다. 현재 공범자들을 위한 침묵은 아무런 가치가 없다. 그것을 제대로 깨달아야만 자신에게 긍정적인 결정을 내릴 수 있다. 그녀는 자신이 자백하면 다른 지인이나 친척의 처지가 어떻게 될 것인가에 대해 몹시 불안해했다. 스스로 쳐놓은 두려움과 걱정을 극복하지 못한 채, 타인과의 관계에서 비롯된 알량한 의리가 모든 것을 압도해버렸다. 불확실한 희망을 끝까지 부여잡고 놓지 못하다가, 끝내는 지금 상태로도 실형의 위험에서 벗어날 수 있을 것이라는 잘못된 확신에 빠져버렸다.

　눈을 뜨고 있으면 작은 반딧불도 앞길을 밝혀주지만, 눈을 감고 있으면 아무리 밝은 태양빛도 길을 밝혀주지 못한다. 그녀는 좀처럼 눈을 감고 뜨려 하지 않았다. 철로가 끊어져 있음을 알려주어도 믿지 않았다. 더 나아가면 절벽으로 추락할 수 있다는 사실을 받아들이지 않았다. 약간의 거리를 두고 자신의 상황을 바라보면 정확한 사실 인식과 합리적인 판단이 가능함에도, 그 일이 그토록 어려웠다. 끝내 설득에 실패했다. 판사에게 결과를 전해야 하는 변호사의 마음은 편치 않았다. 선의로 한 전화에 제대로 부응하지 못한 것 같아 미안한 생각이 들었다. 설득의 실패는 변호사나 그녀에게 고통으로 다가왔고, 잘못된 믿음은 대가를 치러야 했다. 다시 정해진 선고 날에 그녀는 끝내 실형을 선고받고 법정구속 되었다.

평생 처음 당해보는 법정구속은 그녀를 심리적 공황상태에 빠뜨렸다. 전날 밤까지만 해도 설마 법정에서 구속이야 되겠냐고 생각했다. 날이 밝고 나니 상황이 달라져버렸다. 투란도트에서 주어진 수수께끼처럼, 어둠을 비추고 다음 날 사라지는 것은 희망이라는 것을 알게 되었다. 미래는 아무도 모르는 영역이지만 사람들은 자신에게만은 유리하게 실현되리라 기대한다. 기대는 저버려지는 데 그 속성이 있다. 어둠이 지나간 다음 날 희망은 절망으로 바뀌었다. 새 생명이 돋아나는 계절이었지만 그녀에게 봄은 오지 않았다.

판사의 선고가 끝나자 그녀는 교도관들에 의해 법정 안에 따로 마련된 구속 피고인 대기실로 이끌려 들어갔다. 수의를 입은 몇몇 사람들이 우두커니 앉아있었다. 이제 이 사람들과 똑같은 신세가 되었다. 구치소에 갇혀지내야 할 걸 생각하니 눈앞이 캄캄해졌다. 앞으로 그녀가 살아야 할 곳은 태양이 빛나지 않는 곳, 밤이 머무는 어두운 곳이다. 다리에 힘이 풀리고 몸에서는 기운이 다 빠져나갔다. 어느 자리에 어떻게 앉았는지도 잘 모르겠다. 그저 이 순간이 어서 지나가기만을 바랐다.

제일 먼저 아이들 얼굴이 떠올랐다. 사랑하는 아이들을 당장 만

날 수 없다는 사실이 믿어지지 않았다. 아이들에게 이제 학교에 갈 때 챙겨주는 엄마가 없어졌다. 맛있는 음식을 만들어줄 엄마도 없어졌다. 가슴을 저미는 통증이 밀려왔다. 눈물이 나는 걸 너무 창피해서 꾹 참았다. '자백하면 어떻겠냐'는 변호사의 말을 듣지 않은 것이 후회되었지만 이제와서 돌이킬 수는 없었다. 너무 늦어버렸다.

그녀를 보기 위해서는 구치소로 가야 했다. '구치소' 하면 도시에서 멀리 떨어져 있을 것 같지만 요즘은 도심 한가운데 있는 경우도 꽤 있다. 과거에는 외곽이었으나 도시가 확장되면서 중심으로 편입되기도 하고, 아예 현대식 건물로 교통이 편리한 곳에 새로 짓기도 한다. 그녀가 수용된 곳은 문정역 근처에 있는 새로 지은 구치소였다.

외관상으로는 구치소라는 느낌을 전혀 주지 않았다. 다른 고층건물과 잘 어우러져 있어서, 건물에 붙은 명칭을 자세히 들여다보지 않는 한 구치소인지 알 수 조차없다. 지하철을 이용해서 찾아갈 수 있다. 접근성 하나만큼은 매우 뛰어나다. 변호사는 여러 가지 목적으로 구치소를 드나든다. 사건 선임을 위해 당사자를 만나러 가기도 하고, 사건 진행 중에는 재판 준비를 위해 찾아가기도 한다. 어떤 경우든 담장 안으로 향하는 발길이 가벼운 적은 별로 없다.

지금처럼 법정구속 후, 당사자를 만나러 가는 길은 더욱 곤혹스럽다. 불안에 지친 사람과의 대화에는 어려움이 따르게 마련이다. 불구속으로 있다가 법정에서 선고를 받고 바로 구속된 사람은 종종 원인을 변호사의 대응 잘못에 돌린다. 결과에 대한 책임을 제삼자에게로 전가함으로써 본인은 책임에서 벗어나고 싶은 것이 보통 사람의 심리다. 이렇게 구속 초기에는 변호사에게 책임을 돌리려는 심리가 강하지만 시간이 지나가면 그렇지 않다는 사실을 알게 된다. 변호사는 그 정도의 투정은 그냥 받아주어야 한다. 변호사로서 일하다 보면 모든 의뢰인으로부터 다 좋은 말을 들을 수는 없다. 감수할 것은 감수해야 한다.

예상대로 그녀는 원망의 화살을 변호사에게로 향했다. 감옥에 갇혀있어야 하는 현 상황을 받아들이기 힘들어했다. 변호사님만 믿고 있었는데 어떻게 이런 결과가 나올 수 있냐며 볼멘소리를 했다. 구속을 피할 수 있다는 설득을 받아들이지 않은 사람이 자신이라는 사실을 어느새 잊어버리고 있었다. 마음 같아서는 타임머신을 타고 과거로 돌아가서 설득하는 과정을 재연이라도 하고 싶다.

아무리 원론적 이야기를 해본들 전혀 그녀의 귀에 들어가지 않는다. 이럴 때일수록 변호사에게 요구되는 덕목은 너그러움이다. 너그러운 마음을 품으면 변호사로서 의뢰인과 갈등할 일이 없다. 그녀에게는 따뜻한 위로와 격려가 필요하다. 범죄로 인해 형벌을 받고 수용된 피고인이기 전에 한 사람의 상처받은 여자다. 아이들을 걱정하는 평범한 엄마에 지나지 않는다. 상처받은 사람이 이야기할 때는 상처받지 않은 사람은 귀 기울여주어야 한다. 그들이 그만하고자 할 때까지 묵묵히 옆에서 지켜보고 끝까지 들어주어야 한다. 재판을 받거나, 구속된 사람 그리고 피해자의 지위에 있는 사람을 안아주고 다독거릴 수 있는 별도의 공간을 변호사의 가슴 한 곳에 만들어 두어야 한다.

변호사는 잠시 후면 언제든지 구치소 밖으로 나갈 수 있지만, 그녀는 이곳을 당장 벗어날 수는 없다. 자유를 누리는 사람이 자유를 누리지 못하는 사람을 보듬어야 한다. 그녀는 보이토●의 오페라 〈메피스토펠레〉 속의 마르게리데처럼 감옥에 갇혀 절망에 싸여있다. 감옥 속에서 외로움과 그리움에 시달리는 두 여인의 처지가 비슷하다. 마르게리데는 극 중 파우스트가 사랑하는 여인으로, 그녀가 감옥에서 절규하며 부르는 아리아가 바로 '어느 날 밤, 깊은 바닷속'이다. 음색이 슬픔과 처연함으로 가득하다.

"나의 밤은 그대의 낮보다 아름답다"라는 말은 그녀에게는 적용되지 않는다. 낮에는 같이 수감생활을 하는 사람들과 이야기도 하고 TV도 보면서 시간을 보내지만, 번민은 어둠과 함께 찾아온다. 특히 규칙상 일찍 취침에 들어야 하는 까닭에 중간에 잠이 깨면 다시 잠들기가 어렵다. 갖가지 상념으로 뒤척이는 사이 새벽의 여명

● 아리고 보이토(1842~1918)는 이탈리아 출신의 작곡가이자 극작가이다. 그의 대표작 〈메피스토펠레〉는 1868년에 밀라노 스칼라 극장에서 초연되었다. 내용은 괴테의 파우스트와 비슷하다. 제목에서 알 수 있듯이 메피스토펠레를 주인공으로 내세웠다.

이 밝아오는 것을 본 적이 한두 번이 아니다. "나의 밤은 그대의 밤보다 고통스럽다"가 차라리 어울리는 생활이다. 이러한 그녀를 위로하고 달래주는 일이 변호사의 마지막 할 일이었다.

접견을 마치고 나오는 등 뒤로 육중한 문이 닫혔다. 오래된 곳이나 새로 지은 곳이나 구치소의 철문이 두껍기는 마찬가지다. 탈옥 방지에 일차적 목적이 있다지만 철문의 두께와 탈옥률이 과연 어떤 상관관계가 있는지 궁금하다. 철문의 두께만큼이나 강한 단절감이 수용자들과 사회를 갈라놓고 있다.

선량한 시민과 사회를 보호하고 범죄를 응징한다는 명분으로 수용자들을 일정한 장소에 가두고 있다. 그들을 격리한 사회는 과연 안전이 확보되었는지 의문이다. 살인, 강도, 강간 등 각종 범죄는 구치소 안이 아니라 구치소 밖에서 발생한다. 나쁜 이들을 모아 놓은 곳은 안전하고, 나쁜 이들을 전부 격리했다고 생각하는 곳은 안전하지 않다.

구치소를 나오면서 전화를 했던 판사를 떠올렸다. 전화한 뜻을 따랐더라면 그녀는 구치소 생활을 면할 수 있었다. 양보해야 할 때는 기꺼이 물러설 줄도 알아야 한다. 내 뜻만 관철시키려는 것은 욕심이다. 욕심은 화를 부른다. 비록 그녀에게는 효과가 없었지만, 판사의 애정 어린 전화가 앞으로도 계속되었으면 좋겠다. 법에도 눈물이 있다는 사실을 보여준 표본이었다.

외국의 어느 판사는 배가 고파서 빵을 훔친 노인에게 77달러의 벌금을 선고하고, 노인의 배고픔은 판사의 배부름의 대가라 하면서 그 벌금을 대신 내주었다고 한다. 법의 적용은 엄격하고 공정하게 이루어져야 하겠지만 오히려 엄격함을 비껴갈 때 감동을 낳곤 한다. 사람들은 여전히 법의 눈물에 목마르고 배고프다. 감동하게 하는 법의 적용이야말로 법률가들이 추구해야 할 궁극적 지향점이다.

〈피가로의 결혼〉아리아 _저녁 산들바람은 부드럽게

〈토스카〉아리아 _남자는 교수대로, 여자는 내 품으로

우리 사회는 직책과 자기 자신을 동일시하는 경향이 있다. 대통령의 자리에 앉으면 자신이 원래부터 대통령인 줄 알고, 판사나 검사의 자리에 있으면 자신이 원래부터 판사, 검사인 줄 안다. 사회적 약속에 따라 누군가 직책을 맡아서 해당 업무를 수행하는 것에 불과하며, 자신은 그 자리에 잠시 머물렀다 가는 것일 뿐이다.

8장.
재판의 품격

"뜨거운 햇볕에 뺨이 타는 듯했고 땀방울들이 눈썹 위에 고이는 것을 느꼈다."

알베르 카뮈●가 《이방인》에서 표현한 바로 그런 햇볕이었다. 살의를 일으킬 만큼 타오르는 뜨거움이 온몸으로 전해지는 날이었다. 이런 날에도 법정에는 가야 한다. 정해진 재판은 날씨와 상관없이 열린다. 가기 싫어도 가야 한다. 날씨도 날씨였지만 특히 이번 사건과 관련해서 법원에 가기 싫은 데는 다른 이유가 있었다.

● 알베르 카뮈(1913~1960)는 프랑스의 소설가이자 극작가이다. 1942년 큰 반향을 불러일으킨 《이방인》을 발표하여 세계적으로 유명해졌다.

첫 재판 날 있었던 불편했던 기억이 떠올랐다. 심리 중에 쟁점과 관련된 질문을 받고 열심히 설명하고 있었다. 말이 끝나기도 전에 질문했던 판사가 갑자기 말을 자르고 들어왔다.

"요점만 간단히 말하세요. 그렇게 장황하게 설명하면 어떻게 합니까."

문제는 그의 태도였다. 말투가 퉁명스럽고 억양에는 짜증이 묻어있었다. 별로 길게 한 것도 아닌데 중간에 말을 끊고 더는 설명을 들으려 하지 않았다. 듣지 않을 거면 왜 묻는단 말인가. 그러면서 판사는 계속해서 꾸짖듯 말을 이어갔다.

"원고가 쓴 소장에 대해서 피고가 반박하려면 내용을 항목별로 적어 내세요. 왜 그렇게 맘대로 써내는지 모르겠네."

준비서면으로 써낸 내용이 마음에 들지 않는다고 노골적으로 불만을 표시하였다.

준비서면은 진행되는 사건의 내용과 주장을 정리한 서면이다. 재판 기일 전에 법원에 제출함으로써 당사자가 주장하는 내용을 법원과 상대방에게 사전에 알려주는 역할을 한다. 변호사들은 사건과 관련된 내용과 주장을 글로 써서 표현한다. 문장을 통해 의견을 전달하고 법률적인 논리를 이끌어간다. 그에 대해 '이해하기 힘든 글, 제멋대로 써낸 글'이라는 평가를 들으니 얼굴이 화끈거렸다.

그렇다고 변호사까지 "아니! 무엇을 항목별로 안 적어 냈다는 겁니까? 서면을 제대로 읽기는 한 것인가요?" 하고 말할 수는 없다.

군이 첫날부터 판사와 서로 날을 세워서 좋을 것이 없다.

"네 알겠습니다. 자세한 내용은 준비서면으로 제출하겠습니다."

웃으면서 깍듯하게 답했다.

첫 재판에서 무엇을 그리 힐난하고 핀잔을 주는가. 같은 말을 해도 좀 부드럽게 하면 어디 덧난단 말인가. "말 끊어서 미안한데요. 재판이 좀 밀리고 있으니 다음번에 서면으로 충분히 써내시면 어떠시겠어요? 이왕이면 원고 주장에 대해서 항목별로 답변해주면 재판부에서 좀 이해하기 편하겠네요." 이렇게 말하면 듣기에 좋고 재판 분위기를 해치지도 않는다. 실제 그렇게 이야기하는 판사들도 많다.

특히 판사들은 누구보다도 말을 가려서 해야 한다. 당사자들은 판사의 말에 큰 영향을 받는다. 한마디 한마디가 사건에 유리한지 불리한지 따지게 된다. 이런 점을 살펴, 될 수 있는 대로 감정을 싣지 않고 무색무취하게 말해야 한다. 한쪽 당사자를 향해서만 짜증을 내면 판사가 다른 쪽 당사자와 무슨 특별한 관계에 있는 건 아닌지 오해할 수도 있다. 사법 불신이라는 것이 거창해 보이지만 아주 사소한 데서부터 시작한다.

1회 변론기일에 재판을 종결할 것이라면 모를까. 그렇지 않고 계속 진행할 거라면 부족한 내용은 다시 보충해서 써내면 된다. 법원의 재판 담당은 합의부와 단독으로 구분한다. 합의부는 3명의 판사로 구성된다. 부장판사를 중심으로 좌우에 1명씩 모두 3명의 판사가 재판에 참석하고 부장판사가 재판장을 맡는다. 단독 판사는 1명으로 구성되어있고 그가 재판장이다. 소송 목적의 값이 2억 원이 넘는 민사재판의 경우 합의부가 심판하도록 되어있다(민사 및 가사소송의 사물관할에 관한 규칙 제2조, 지방법원과 그 지원 합의부의 심판범위). 이번 재판은 합의부가 맡고 있다. 합의부가 담당하는 민사재판에서 1회 변론기일에 심리를 종결하는 일은 거의 없다. 진행하는 과정에서 계속하여 준비서면을 제출하는 것이 일반적인 절차다. 그러니 첫 재판에서 그렇게 다그칠 일이 아니다.

운동경기에서는 선수들끼리만 실력을 겨룬다. 심판은 직접 경기를 뛰지 않고 진행의 공정성만을 판단한다. 반면 재판은 판사가 중심이 되어 이끌어가고 결론까지 내버린다. 운동경기의 심판보다 역할이 훨씬 크고 권한이 막강하다. 그 권한은 헌법과 법에 의하여 판사라는 직업에 부여된 권한이지 판사 역할을 하는 자연인에게 부여된 권한이 아니다. 당연히 국민을 편안하게 하는 방향으로 행사되어야 한다.

우리 사회는 직책과 자기 자신을 동일시하는 경향이 있다. 대통령의 자리에 앉으면 자신이 원래부터 대통령인 줄 알고, 판사나 검사의 자리에 있으면 자신이 원래부터 판사, 검사인 줄 안다. 국회의원이나 장관의 자리에 앉아도 마찬가지다. 전직 장관을 지낸 유시민 작가는 TV 토론 프로그램에서 같은 출연자가 장관님이라고 호칭하자 그렇게 부르지 말고 작가라고 불러달라고 했다. 그가 과거에 장관의 직책에 있을 때야 장관이라는 호칭으로 불릴 수 있지만, 지금은 작가이니 작가라고 불려야 합당하다. 사회적 약속에 따라 누군가 직책을 맡아서 해당 업무를 수행하는 것에 불과하며, 자신은 그 자리에 잠시 머물렀다 가는 것일 뿐이다.

한참 기억에 잠겨있는데 직원이 재판을 가야 한다는 사실을 상기시켰다. 변호사가 출발할 기미를 안 보이자 은근히 걱정되었던 모양이다. 필요한 서류를 가방에 넣고 사무실을 나섰다. 재판 첫날에 있었던 거친 진행에 대한 기억과 무더운 날씨 탓에 발걸음이 가볍지만은 않았다. 1회 변론기일에는 재판부의 성향을 잘 몰랐으니 그랬다 치고, 이미 경험했으니 좀 더 유연하게 대응하면 된다. 경험으로 유연함을 만들어내야 한다.

법원으로 가는 차 안에서 라디오를 틀었다. 마침 모차르트의 오페라 〈피가로의 결혼〉●에 나오는 아리아 '저녁 산들바람은 부드럽게'가 흘러나오고 있었다.

극 중 인물인 로지나와 수잔나가 함께 부르는 감미로운 선율의 아리아다. 로지나가 말하는 내용을 그대로 수잔나가 편지에 받아 적으면서 부르는 형식이라 '편지의 이중창'이라고도 한다. 영화 〈쇼

● 모차르트가 작곡하여 1786년 빈에서 초연한 대표적인 오페라 부파(희극)로 〈세비야의 이발사〉의 후속편에 해당하는 내용이다. 두 오페라는 피가로, 알마비바 백작, 로지나 등 등장인물도 비슷하다.

생크 탈출〉에서 주인공 앤디 듀프레인이 교도소 수감자들을 위해 틀어준 바로 그 아리아다. 교도소장의 일을 돕다가 이 음반을 발견한 앤디는 수감자들이 전부 들을 수 있는 스피커를 통해 '저녁 산들바람은 부드럽게'를 내보낸다. 독방 징계와 맞바꾼 값진 노래이다. 수많은 재소자가 갑자기 이게 무슨 노래인가 하는 표정을 지으면서도 그 우아하고 아름다운 선율에 한동안 도취된다. 최소한 그 순간만은 그들이 있는 곳이 감옥이고, 두꺼운 담장으로 격리된 범죄자라는 사실조차 잊어버린다. 음악에는 그렇게 치유의 마법이 있다.

극 중 인물로 등장하는 모건 프리먼은 이런 독백으로 음악에 대한 감동을 표현한다.

"지금까지도 그 여자들이 부른 노래가 무슨 뜻인지 알지 못한다. 인제 와서 알고 싶지도 않다. 다만 너무 아름다웠고 가슴이 저렸던 기억이 남아있다."

두 여인이 함께 부르는 이 듀엣곡에는 언제 들어도 평화로움이 깃들어있다. 세상의 모든 일이 저녁에 불어오는 산들바람처럼 잔잔하고 여유로우면 좋으련만. 잠시 후 진행될 재판이 아리아의 부드러운 느낌만큼이나 순탄하기를 기대했다.

재판 시간보다 일찍 법원에 도착했다. 해당 법정을 찾아 들어가서 재판이 시작되기를 기다렸다. 아직 판사들이 법정에 들어오지 않은 상태였다. 배정된 법정이 유난히 좁았다. 법정이 부족해서 원래는 다른 용도로 쓰이던 방을 일반재판용으로 사용하는 모양이었다. 방청석이 몇 안 되는 탓에 사람들이 다닥다닥 붙어 앉아야 해서 불편했다. 에너지 절약 차원에서 법원 내 에어컨 가동을 자제하는지 공기도 후텁지근했다.

재판 시작 시간이 되자 세 명의 판사가 전용 문을 통해 입장했다.

"모두 일어서 주십시오."

법정 경위의 요구에 맞춰서 방청석에 있던 사람들이 일제히 일어섰다. 사람들이 잘 따른다. 어떤 때는 그대로 앉아있고 싶은 삐딱한 마음이 들기도 한다.

사람들이 서있는 사이에 그들은 준비된 자리에 가서 그냥 앉았다. 굳이 '그냥'이라는 말을 덧붙인 데는 나름의 이유가 있다. 재판부에 따라서는 판사석에 앉기 전에 방청석을 향해 정중히 인사를 한다. 합의부인 경우는 세 명이 함께, 단독 판사인 경우는 혼자서 인사를 한 후에 앉는다. 수많은 사람이 일어서 있는데 인사도 없이 앉아버리는 것은 그야말로 오만함의 극치이다. 그런데 그들은 인사를 하지 않은 채 그냥 앉았다.

이것은 단순히 인사를 하고 하지 않고의 문제가 아니라, 좀 더 근본적인 의식의 문제이다. 판사가 법정에 들어설 때 방청석에 있는 소송관계인이 모두 일어서는 것은 사법권을 행사하는 법원에 대한 존중의 의미를 담고 있다. 국가의 권력은 삼권분립의 원칙에 따라서 입법, 사법, 행정으로 분리되어있고, 사법권을 행사하는 사법부에 대한 신뢰와 믿음의 뜻으로 일어서서 예의를 표한다. 판사는 사법부를 대표하는 의미에서 인사의 대상이 되는 것이지 판사 개개인에 대한 경의의 표시가 결코 아니다.

오케스트라의 지휘자가 입장하면, 미리 와서 앉아있던 단원들이 일어서서 맞이한다. 지휘자 개인에 대한 예의 표시를 넘어서 오케스트라 단원 전체를 대표하는 지휘자를 존중하는 의미이다. 지휘자도 연주에 돌입하기 전에 청중을 향해 깊숙이 허리 숙여 인사한다. 청중은 박수로 맞이하며 그가 멋들어지게 지휘해주기를 기원한다.

재판정의 판사는 오케스트라의 지휘자에 비유될 수 있다. 지휘자의 감각적인 리드를 통해 연주가 성공에 이르듯이 판사의 부드럽고 친절한 진행에 따라 소송관계자들도 만족과 감동을 얻는다. 판사들이 입장할 때 소송관계자들이 일어서는 행위에는 그들이 재판 진행을 지휘자만큼 잘 해주기를 바라는 기대가 담겨 있다. 지휘자의 손끝에서 훌륭한 오케스트라의 하모니가 만들어지듯이, 판사의 말끝에서 훌륭한 법정의 하모니가 만들어진다.

재판 날 법정에 출석한 소송관계인들은 법원에 사법권을 위임한 국민의 일부이다. 판사는 법원의 권력을 직접 행사하는 담당자로서, 그들도 법정에 나와 있는 소송관계인들에게 인사를 해야 한다. 서로가 서로에게 인사를 하는 것은 상대방에 대한 존중의 의미를 담고 있다. 상대방으로부터 인사는 받으면서 자신이 해야 할 인사를 거르는 것은 상대방을 무시하고 깔보는 행동이다. 인사를 안 하는 판사들의 근본적인 의식 속에는 이런 무시와 깔봄이 은연중에 자리 잡고 있으리라 단언한다.

간혹 판사가 재판 중에 법정에 출석한 당사자나 증인을 향해 막말을 했다는 기사가 신문에 실린다. 한 기사에 따르면 재판 진행 중에 판사가, 60대 증인이 말을 제대로 못 하자 그에게 "늙으면 죽어야 해요."라고 말했다고 한다. 그렇게 막말을 한 판사가 재판을 시작하면서 방청석을 향해 정중히 인사를 했을 것 같지는 않다.

재판할 때마다 유심히 살펴본 바에 의하면 인사를 하는 법관이 재판을 원만하게 잘 이끈다. 그들의 의식 속에는 이미 국민에 대한 존중과 배려가 깊이 박혀있어서 그 생각이 매끄러운 재판 진행으로 나타난다. 재판 전 인사는 사소한 일 같지만 사소한 일이 아니며, 중요하지 않은 것 같지만 중요하다.

이 재판부는 인사를 하지 않았다. 첫 재판 때도 그렇더니 두 번째도 마찬가지다. 좌우에 있는 배석판사는 혼자만 튈 수 없는 처지라 부장판사의 행동을 따라갈 수밖에 없다. 좋은 스승으로부터 훌륭한 제자가 나온다고는 하지만, 부장판사의 행동을 반면교사로 삼아 배석판사가 장차 단독으로 재판을 진행하게 될 때는 인사하는 모습을 보여주었으면 좋겠다.

그들이 앉자 재판이 시작되었다. 아직 순서가 되지 않아 기다려야 했다. 자연스럽게 앞에서 진행되는 사건을 보게 되었다. 한 사건은 청구취지가 좀 엉성한 모양이다. 청구취지란 민사소송에서 소를 제기하는 원고가 어떤 종류의 판결을 구하는지를 간단명료하게 밝히는, 소의 결론에 해당하는 문장이다. 방청석에서 들은 것만 가지고 전체를 알 수는 없지만, 주장의 근거가 빈약해 보였다.

그런데 판사가 이런 청구로 어떻게 승소하기를 바라느냐며 변호사를 압박하고 있다. 청구를 기각할 것이라고 아예 대놓고 말하고 있는 것이나 다름없다. 내심 그렇게 생각할 수는 있지만 이를 재판 중에 드러내는 일은 바람직하지 않다. 나중에 판결할 때 증거에 따라서 판단하면 된다. 판사의 채근에 변호사가 할 말을 제대로 찾지 못하고 우물쭈물하다가 재판이 종료되었다. 지켜보고 있자니 그 이름 모를 변호사의 모습에서 동병상련이 느껴졌다.

가끔은 사실적 근거와 법리적 뒷받침이 빈약한 사건이 있다. 주장하면서도 근거가 부족하다는 사실을 변호사도 잘 알고 있다. 그런 경우에는 누구나 곤혹스럽다. 패소가 거의 확실시되는 사건의 밑바탕을 들여다보면 대부분은 증거가 없는 상태에서 소송해야 하는 피치 못할 이유가 숨겨져 있다. 이를 일일이 판사에게 설명하기도 적절치 않아서 입을 다물고 있을 뿐이다.

제삼자의 눈으로 보면 마치 이치에 맞지 않은 소송을 하는 것처럼 보인다. 비록 이런 사건을 접하더라도, 판사들은 소송을 제기하는 당사자들에게 짜증을 낼 것이 아니라 오히려 고마워해야 한다.

대한민국 모든 사람이 다툼에 직면해서 소송을 제기하지 않고 끝내버린다면 판사는 일자리를 잃게 될 것이다. 소송을 제기하는 사람들이 있어서 판사라는 자리가 유지된다. 소송을 제기하는 사람들을 어리석다 치부하고 사건을 귀찮아할 것이 아니라 진정 그들에게 감사해야 한다.

특히 논거가 심하게 부족한 사건을 접하면 더욱 감사하는 자세로 임해야 한다. 그런 사건일수록 실체를 파악하기도 쉽고 판결문을 쓰기 위해 크게 고민할 필요도 없다. 결론짓기가 쉽건 어렵건 똑같이 판사의 사건 처리 건수에 포함된다. 역설적이지만 판사들에게 얼마나 좋은 일인가. 그러니 논거가 빈약하다고 해서, 어째서 이런 터무니없는 소송을 제기했느냐, 당신이 법률 전문가인 변호사가 맞느냐 하는 식으로 몰아붙여서는 안 된다.

다른 사건을 보고 있자니 언제 질책의 화살을 맞게 될지 은근히 염려되었다. 말꼬투리를 잡히지 않도록 조심해야 한다. 몇 개의 사건이 진행되고 나서 마침내 차례가 되었다. 판사의 질문이 먼저 상대방인 원고 변호사에게 던져졌다. 원고 변호사가 열심히 답변한다고 하는데 부족하다고 느꼈는지 마뜩잖은 표정이다. 질문이 다시 피고 변호사에게로 이어졌다. 막 답을 하려고 하는데 당사자가 옆에 와서 앉겠다는 의사표시를 했다.

출석하여 방청석에 앉아있던 당사자가 다가와 피고석에 앉았다.

답변하는 당사자의 말이 장황하게 이어졌다. 끝까지 잠자코 기다려줄 판사가 아니었다. 중간에 끼어들어 물었다.

"그래, 그 내용이 계약서에 있습니까."

이 판사는 매사에 말투가 퉁명스럽다. 당사자가 말을 못 하고 잠시 머뭇거린다.

"아니, 계약서에 나오냐니까요?"

판사가 짜증 섞인 목소리로 재차 물었다. 판사는 당사자의 설명이 부족한 부분에 대해 얼마든지 질문하고 확인할 수 있다. 이를 석명권(釋明權)의 행사라고 하며 재판 진행을 위해 필요한 부분이다. 반복해서 말하지만, 문제는 권한을 행사하는 태도에 있다.

"계약서 내용에는 나오지 않습니다."

피고를 대신하여 변호사가 거들었다. 판사는 그러자 계약서에도 안 나오는 내용을 왜 주장하느냐며 언짢아했다.

"주장하려면 근거를 대고 주장해야지, 아니면 계약서에는 안 나오지만 어쩔 수 없이 이렇게 주장한다고 쓰든가. 우리가 또 계약서에 있는지 확인하기 위해서 일일이 찾아봐야 하잖아요."

말하는 내용은 물론 하다못해 의자에 앉아있는 자세까지도 하나같이 불량하다.

변호사도 계약서에 근거를 두고 주장하고 싶다. 하지만 계약서에 나오지 않으니까 궁여지책으로 주장하는 때도 있다. 계약서에 없다고 가만히 있을 수는 없잖은가. "계약서에 없으니 내 주장이

틀렸습니다. 원고 주장이 맞습니다." 이렇게 이야기할 수는 없다. 그러면 해볼 것도 없이 바로 패소다.

"재판장님! 어떻게 계약서대로만 주장할 수 있나요. 계약서에 모든 것이 제대로만 되어있다면 다툼이 없지요."

변호사가 답답해서 한마디 덧붙이자 판사가 슬쩍 얼굴을 쳐다본다. 누굴 가르치려 드는 거냐며 기분 나쁜 표정이다.

재판장은 윽박지르거나 다그쳐서는 안 되는데 그는 너무 신경질적이다. 국가공무원법에는 공무를 수행하는 공무원들의 국민을 대하는 자세로서 '친절 공정의 의무 규정'을 두고 있다. "공무원은 국민 전체의 봉사자로서 친절하고 공정하게 직무를 수행하여야 한다."라고 되어있다. 판사도 국가공무원이므로 당연히 이 법률의 적용을 받는다. 그는 이 조항을 모르나 보다. 옆에 있던 당사자가 계속 말을 이어가려 하자 이마저 막았다.

"됐고요. 서면으로 써내세요. 그리고 피고 대리인은 법정에서 쓸데없는 말, 하지 마세요."

변호사가 한 말이 판사에게 전달되면서 졸지에 쓸데없는 말이 되어버렸다. 법정에서 하는 말을 쓸데없는 말이라면서 일축해 버리는 것은 지나치다. 판사는 권위로 무장하고 불친절을 쏟아대고 있었다.

첫 번째 기일에서는 서면 내용을 가지고 타박을 하더니, 두 번째 날에는 법정에서 한 말을 가지고 또 타박이다. 소송관계인을 대하는 자세가 권위적이고 고압적이다. 재판하러 온 변호사나 당사자를 모두 자기 아래로 보고 있다. 말투에 존중이라고는 눈을 씻고 찾아봐도 발견하기 어렵다. 다른 사람의 이야기를 가장 주의 깊게 들어주어야 할 직업에 종사하건만 남의 말을 듣는 일에 가장 인색하다.

누구나 법정 좌석에 앉으면 하고 싶은 말이 많다. 반면에 담당 재판부에서는 하루에 처리해야 하는 사건이 수북하다. 그러다 보니 시간 제약 상 당사자들의 모든 말을 들어줄 수 없는 딜레마가 있다. 이런 판사의 고충은 충분히 이해한다. 그러나 제약된 상황에서도 될 수 있는 대로 당사자의 말에 귀를 기울이는 성의를 보여줘야 한다. 이것이야말로 법원이 국민으로부터 신뢰를 얻는 길이며 그 신뢰 속에서 법원의 존재 가치가 빛난다.

말하는 이가 자신의 입을 가지고, 하고 싶은 대로 말하는데 어찌 막을 수 있겠는가. 듣는 이는 역시 자신의 귀를 가지고, 듣고 싶은 대로 들으면 된다. 비록 선물이라도 받지 않으면 도로 가져가야 하듯이, 좋지 않은 말은 받지 않으면 말하는 사람의 몫으로 남는다. 상대방의 말에 나 자신이 휘둘리면 말하는 사람이 나의 주인이 된다. 그러니 상대방의 말에 마음을 내어서는 아니 된다는 것이 성현의 가르침이다. 모든 일이 가르침대로만 된다면야 세상에 갈등과 다툼이 존재하지 않을 것이다.

1회 변론에서의 경험이 유연함을 만들어내지 못했다. 변호사는 물러서지 않고 판사의 말이 끝나자 즉각 맞받아쳤다. 재판 진행에 대한 불만의 감정을 드러내고 말았다.

"무슨 쓸데없는 말을 했다는 겁니까. 당사자는 항상 억울한 점이 많아서 할 얘기가 많은 겁니다. 변호사는 당사자가 할 말을 대신해주는 사람입니다. 재판부에서 좀 들어주고 다독거려야 되는 거 아닌가요."

굳이 안 해도 될 말까지 하고 말았다. 어쨌든 하고 싶은 말을 하니 속은 시원하다. 아무도 판사에게 대항하지 않으니까 판사들은 법정에서 자기 마음대로 해도 된다고 착각한다. 자신의 힘이 법원이라는 조직에 근원을 두고 있으며 그 법원을 국민이 만들어주었다는 사실을 잊어버린다. 변호사는 법률적으로 자기보다 실력이 부족해서 아무 주장이나 마구 해대는 사람쯤으로 여긴다. 때로는 강력하게 맞서는 사람도 있어야 한다. 할 말을 과감하게 해버리는 용기가 필요하다. 그래야 조금이라도 변화의 실마리를 만들어낼 수 있다. 투박하고 모난 부분을 사포로 갈아서 유연하고 둥글게 만들어야 한다. 사포의 역할을 하는 것이 바로 용기이다. 용기야말로 변호사들이 갖추어야 할 덕목 중의 하나이다.

아무리 그렇다 해도 좀 많이 나갔다. 용기와는 별개로 감정이 담긴 말은 새로운 분쟁의 싹을 틔운다. 잠시 침묵이 흘렀다. 변호사를 쏘아보는 판사의 눈초리가 예사롭지 않았다. 무언가 할 말을 더 있는 듯 입을 떼려다가 참는 것이 보였다. 방청석을 의식한 것이다. 그렇게 아슬아슬한 긴장의 숲을 지나서 몇 번씩 삐걱거렸다.

이윽고 재판이 종료되었다. 날씨도, 재판도 사람을 힘들게 하는 날이다. 재판이 종료되었다 하여 갈등을 완전히 해소한 것은 아니다. 바다는 고요함 속에 언제 불어닥칠지 모르는 폭풍우를 숨기고 있다.

다음 날 아침, 출근해서 여느 때처럼 식물에 물을 주고 있었다. 식물도 사랑을 먹고 자란다. 잎 하나하나 빠뜨리지 않고 꼼꼼하게 물을 뿌려주었다. 주는 자의 정성이 항상 '잘 자람'으로 나타나면 좋으련만 죽어가는 식물은 하나둘씩 꼭 있다. 자세히 보니 아펠란드라가 전체적으로 시들시들하고, 커다란 잎이 더위를 먹었는지 힘없이 처져 있다. 눈을 가까이 대고 걱정스럽게 바라보는데 직원이 법원에서 전화가 왔다면서 연결해주었다.

전화를 건 사람은 전날의 그 부장판사였다. 예상치 못한 전화였기에 왠지 받기가 꺼려졌다. 별로 기분 좋은 일로 전화한 것 같지는 않아서였다. 수화기를 들어서 귀에 가까이 대었다.

몸과 마음의 상태는 목소리를 통해서 밖으로 드러난다. 전화기 너머로 들리는 그의 목소리는 불쾌한 감정을 충분히 드러낼 만큼 건조하고 냉랭했다. 그는 숨 돌릴 틈도 없이 전날 있었던 변호사의 행동을 책망했다. 재판정에서 왜 판사에게 그런 식으로 말하느냐, 자기를 가르치려 드느냐고 따졌다. 판사가 다 알아서 말하는데 변호사가 너무 나서는 거 아니냐고 몰아붙였다. 졸지에 불량 변호사로 낙인찍혔다.

　사법연수원 기수도 아래인 사람이 법정에서 너무 예의가 없다고
도 했다. 빌어먹을 연수원 기수는 무슨. 사법시험 출신들은 연수원
기수로 서열을 매기려고 하는 경향이 있다. 변호사는 연수원 기수
가 늦은 것에 대해 내심 콤플렉스를 가지고 있었다. 서정주의 시구
"아비는 종이었다."에 견주어 말해본다면 내 아비는 노동자였다.
식구들 건사하느라고 공부 시기를 놓쳐 동년배보다 연수원 기수
가 늦은 편이다. 그래서 어쩌란 말인가. 시험에 조금 먼저 합격하
고 나중에 합격한 것이 어떻게 사회의 서열인가. 연수원 기수가 앞
선다고 능력이 반드시 더 뛰어난 것도 아니다. 굳이 서열을 매겨야
한다면 적어도 마음의 크기, 인격의 깊이로 매겨야 한다.

　할 말을 다 했는지 다음 재판부터는 법정에서 주의를 당부한다
고 하면서 전화를 끊었다. 변호사는 제대로 대꾸도 하지 못한 채
끊어진 전화기에서 '뚜우뚜우'하는 소리를 멍하니 듣고 있었다. 상
대방에게는 말할 기회도 안 주다니. 다시 전화해서 따질 수도 없는
노릇이다.

　이런 전화는 정말 유쾌하지 않다. 푸치니가 작곡한 오페라 〈토스
카〉●에 나오는 아리아, '남자는 교수대로, 여자는 내 품으로'를 부

────────────

● 〈토스카〉에는 유명한 아리아가 많이 등장한다. 여자주인공 토스카가 부르는 아리아 '노래에 살
　고 사랑에 살고'가 있으며, 토스카의 애인이자 남자 주인공인 카바라도시가 부르는 아리아 '오묘
　한 조화'와 '별은 빛나건만'이 널리 알려져 있다.

르고 싶은 심정이다. 이 노래는 극 중의 경시총감인 스카르피아가 부르는 아리아로 제목 그대로 사랑의 적인 카바라도시를 제거하여 단두대로 보내겠다는 강한 의지를 담고 있다. 그렇다고 노래처럼 판사를 교수대로 보낼 수는 없다.

변호사는 판사의 부하직원이 아니라, 재판 과정에서의 필수적 동반자다. 변호사가 판사를 존중하듯이 그들 역시 변호사를 존중해야 한다. 그런데도 재판정에서 자신의 권위에 도전(사실 도전한 것도 아니지만)했다고 하여 전화로 이런 모욕을 주다니. 그래도 어쩌겠는가. 살다 보면 때때로 웃을 수 없는 일도 감수해야 한다.

자기 자신도 변화하기 어려운데 다른 사람을 변화시킨다는 것은 거의 불가능에 가깝다. 변호사는 변호사의 역할만 다하면 그만이다. 다른 사람의 변화까지 바라는 것은 욕심이다. 변화를 선택하는 것은 순전히 판사 자신의 몫이다. 다만 조심스럽게 그의 감정과 이성의 변화가 어떤 행동으로 나타날지 예측해 볼 뿐이다.

각도를 달리 생각해 보면 전화를 통한 감정의 배출은 심리적인 측면에서 잘된 일일 수도 있다. 판사는 법정에서 돌연한 변호사의 발언과 행동으로 인해 내적으로 상당한 손상을 입었음이 틀림없다. 지나간 인연을 놓아버려야 또 다른 인연을 맞을 수 있듯이 묵은 감정을 해결해야 새로운 감정을 담을 수 있다. 전화해서 하고 싶은 말을 쏟아부었으니 막혔던 화를 풀었을 것이다. 이제 새롭게 마음을 정리할 일만이 남아있다.

사람의 관계에서는 마지막으로 감정을 폭발시킨 사람이 불리한 법이다. 폭발된 감정은 시간이 지나면서 후회와 미안함으로 변화되는 속성이 있다. 감정이라는 것이 묘해서 정점을 찍고 나면 다시 고요함 쪽으로 방향을 트는 경향이 있다. 단언컨대 시간은 감정의 적이다. 그의 방어적 심리가 이와 같은 일이 다시 발생하지 않도록 하는 이성적 제어 역할을 해 줄 것이다. 상대방이 반발을 일으키는 것을 피하려는 의지가 강하게 작용하게 되면 앞으로의 재판이 저녁 산들바람처럼 부드러워질 가능성이 크다. 이번 일을 계기로 그의 재판 진행이 친절하고 세련된 쪽으로 방향을 잡아가리라 생각한다.

〈일 트로바토레〉아리아 _ 저 타오르는 불꽃을 보라

〈카르미나 부라나〉아리아 _ 오, 운명의 여신이여

유능한 변호사가 되려면 이야기를 만들어낼 수 있는 능력이 있어야
한다. 변호사라는 직업을 창조적이라고 한다면 선뜻 동의하지 않는
사람도 있을 수 있다. 단언컨대 변호사는 창조적 직업군에 속한다.
사물을 보는 관점을 달리하여 단서를 찾아내고, 창의적 아이디어를
제공해 사람 사이의 관계를 새로이 형성한다. 풀린 실타래처럼 얽혀
있는 사건을 해결하면서 무형의 가치를 창조해낸다.

9장.
마지막 진술을 하다

유 원장은 간판을 훼손했다는 혐의로 법원으로부터 약식명령을 받았다. 약식명령은 비교적 가벼운 사건을 대상으로 행해지는 간단한 재판 절차이다. 검사의 청구가 있어야 진행이 되고, 지방법원은 공판절차 없이 약식명령으로 피고인을 벌금, 과료 또는 몰수에 처할 수 있다. 유 원장에게 적용된 죄명은 재물손괴였다. 재물손괴죄는 타인의 재물을 망가뜨려 효용을 해한 사람에게 경중에 따라 3년 이하의 징역이나 700만 원 이하의 벌금으로 처벌하는 범죄이다.

약식명령은 공판절차를 거치지 않는다. 피고인이 재판정에 갈 일이 없다. 법원에 갈 일이 없으니 마냥 좋을 것 같지만 반드시 그렇지만도 않다. 법원은 검사가 제출한 자료를 기초로 책상 앞에 앉아서 서류로 판단한다. 죄가 되는지 아닌지와 청구된 금액이 적정한지 심사한 후, 약식명령이라는 이름으로 당사자에게 벌금의 형을 부과한다. 법률가들이 사건을 보는 눈은 거의 비슷비슷하다. 간혹 법원에서 직접 정식재판으로 넘기기도 하지만 대부분 검사가 청구한 금액대로 결정된다. 의자에 앉아서 판단한다는 것이 주요 포인트다. 공무원이 책상 앞에만 앉아있으면 억울한 사람이 생기기 마련이다. 약식절차에 관여하지 못한 피고인에게 변명할 기회를 줄 제도적 장치가 필요하다. 그에 따라 약식명령에 불복하는 사람들에게 법원에 정식재판을 청구할 수 있는 권리를 주고 있다.

다만 시간적 제약이 있다. 약식명령의 고지를 받은 날로부터 7일 이내에 정식재판을 청구하지 않으면 형이 확정된다. 미국을 따라 러키 세븐(lucky seven)을 좋아해서인지, 우리나라 법에는 7일 이내에 해야 하는 일들이 참으로 많다. 7일 이내에 항소해야 하고 7일 이내에 법원의 보정명령을 이행해야 한다. 행운을 가져다주기보다 주로 넘어서는 안 되는 금지선의 역할을 하는 7이다.

유 원장에게 부과된 벌금액수는 70만 원이었다. 큰 금액은 아니나 법원에 정식재판을 청구했다. 벌금액이 문제가 아니었다. 재물을 손괴하였다는 공소사실을 인정할 수 없었다. 자신에게 부과된 벌금이라는 형벌 자체가 부당하다는 생각이었다. 무죄 주장이다.

이제는 공판절차에 의해 심판해야 한다. 법원에 갈 일이 생겼다.

보통은 법원에 가지 않는 것이 좋은 일이지만, 유 원장에게는 그렇지만도 않다. 자신의 무죄를 밝힐 기회를 얻었기 때문이다.

벌금액으로 보면 큰 사건이 아니나 유 원장에게는 명예가 걸린 일이다. 명예를 지키는 데는 고단한 수고가 뒤따른다. 그의 정식재판 청구에는 물러설 수 없다는 강한 전투 의지가 담겨 있다. 베르디의 오페라 〈일 트로바토레〉에서 만리코가 루나 백작과의 일전을 앞두고 부르는 아리아 '저 타오르는 불꽃을 보라'의 씩씩한 선율처럼 결연한 자세로 재판에 임해야 한다.

〈일 트로바토레〉의 주인공 레오노라와 만리코는 연인 관계다. 그 둘 사이에는 레오노라를 짝사랑하는 루나 백작이 있다. 원래 루나 백작과 만리코는 형제였지만, 만리코는 출신을 모른 채 아추체나라는 여인의 손에 길러졌다. 아추체나는 루나 백작의 아버지에게 모친을 잃고서 복수심으로 어린 만리코를 데려다 키웠다. 결국, 서로 형제임을 모르는 루나 백작에 의해서 만리코는 죽임을 당한다. 만리코가 사랑을 위하여 일전을 불사했듯이 유 원장도 자신이 생각하는 정의를 위하여 물러설 수 없는 싸움을 해야 한다.

싸움에서 패하면 불명예로 남는 건 전쟁이나 재판이나 마찬가지다. 경제적 손실도 있다. 병원 진료를 못 하고 몇 번의 재판에 참여해야 한다. 휴업으로 인한 병원 진료비 손실과 변호사 선임비용을 생각하면 벌금액수보다 훨씬 더 큰 경제적 손실이 예상되지만 억울함을 밝히기 위해 감수하기로 했다. 돈보다 진실이 중요하다.

변호사에게 유 원장의 무죄를 밝혀내는 임무가 주어졌다. 유죄를 인정할 때의 재판 절차와 무죄를 주장할 때의 재판 절차는 완전히 다르다. 유죄를 인정하는 경우는 검찰과 피고인이 서로 다투지 않으므로 재판이 아주 빠르게 진행된다. 첫 번째 재판 날에 바로 증거조사를 마치고 다음 진행 날에 선고하면 된다. 합의를 위해 시간을 주는 경우는 있지만, 증거조사 과정에서의 치열한 법정공방은 없다. 피고인의 형량을 줄일 수 있는 다양한 자료의 수집이 가장 중요하다. 변호사와 피고인은 사실관계나 법리를 증명하기보다는 재판부의 마음을 움직일 수 있는 긍정적인 양형 자료의 수집을 위해 노력한다.

반면에 무죄를 주장할 때는 검찰이 제출한 증거에 대해서 피고인 측에서 동의하지 않는다. 이어서 수사 당시의 관련 진술자를 모두 법원으로 불러 증인 자격으로 신문해야 한다. 그래야 이를 유죄의 증거로 삼을 수 있다. 박근혜 전 대통령에 대한 재판이 오래가는 이유가 바로 여기에 있다. 피고인 박근혜는 공소사실을 부인하면서 검찰이 제출한 증거에 대해 동의하지 않았다. 절차상 수사기관에서 진술한 관련자가 모두 법원에 출석해 증언해야 하기에 물리적으로 시간이 많이 소요된다. 양형 자료의 수집보다는 주로 증거와 법리에 관한 싸움에 초점이 맞춰진다.

유 원장은 성형외과 의사다. 의사가 되기까지 유 원장에게도 나름대로 시련이 있었다. 고등학교 2학년 때 다니던 학교를 그만두었다. 제도권 교육은 그에게 잘 맞지 않았다. 음악, 영화, 독서에 치중하느라 학교 공부를 소홀히 했다. 기타 치느라 밤을 지새운 적은 있어도 공부하느라 밤을 새운 적은 없다. 공부를 소홀히 한 대가는 성적으로 정직하게 돌아왔다.

의대에 가겠다고 결심한 것은 고등학교 2학년이 거의 끝나갈 무렵이었다. 내신 비중이 큰 대학입시제도상 그때까지의 성적과 앞으로 얻을 내신 성적으로는 도저히 원하는 대학을 갈 수 없었다. 고등학교 학업성적을 나쁘게 받아버리면 졸업 후에는 만회할 기회가 전혀 없다. 한번 정해진 내신등급은 영원한 내신등급이었다. 고민 끝에 부족한 내신등급의 굴레에서 벗어나기 위해 스스로 학교를 나왔다. 고등학교를 졸업하지 못한 사람은 검정고시 성적으로 내신등급을 결정하도록 되어있다. 검정고시를 통해 내신등급을 올려놓았다. 재수까지 하면서 열심히 공부한 결과 의대에 진학할 수 있었다. 섬세한 손을 가지고 있던 유 원장은 성형외과를 선택했다. 외면을 보완함으로써 내면에 자신감을 불어넣어 준다는 나름의 성형 철학을 가지고 있었다. 큰 병원에서 근무하면서 경험을 쌓고, 자신감이 생겨서 직접 병원을 차리기로 했다.

그런데 그 출발선 앞에 제법 험난한 일이 숨어있었다. 작게 시작된 갈등이 커져 결국에는 경찰과 검찰의 조사에 이어 재판까지 받게 되었다. 형량의 무거움과 낮음을 떠나서 개업 전부터 의욕을 떨어뜨리는 일이었다. 사람들을 아름답게 만들어주는 일이 그의 직업이지만 시작하기도 전에 아름답지 못한 상황에 직면했다. 그가 청소년 시절에 겪었던 방황이 학습 동기의 부족에서 온 스스로와의 싸움이었다면, 지금 직면한 문제는 타인과의 불협화음에서 생겨난 갈등이다. 자신의 의지만으로 극복할 수 있는 것이 아니라 시스템에 의해 인정받아야 한다는 사실이 그의 입장을 어렵게 만들고 있었다.

유 원장이 병원 개원을 하기 위해 제일 먼저 한 일은 적절한 점포의 물색이었다. 그러다가 알맞은 장소를 찾긴 했다. 임대하고 실내장식을 하려고 보니 개설하려는 병원 출입문 옆에 먼저 입주한 다른 의사가 자신의 간판을 달고 있었다. 간판이라기보다는 표지판 정도의 수준이었다. 유 원장이 임대한 점포의 출입구는 엘리베이터에서 내리자마자 바로 보이는 곳이어서 사람들의 눈에 잘 띄었다. 바로 그 장소에 유 원장보다 앞서 입주한 다른 의사가 자기 병원의 안내 표지판을 붙여놓았다. 엘리베이터 앞 점포가 비어있는 동안은 문제가 없었다. 유 원장이 입주하면서부터 간판의 위치 문제가 갈등 요소가 되었다. 유 원장 입장에서 보면 당연히 철거해야 했지만, 이웃 의사는 잘 보이는 곳에 있는 표지판을 포기하기가 아까웠다.

이웃 의사가 동의하지 않는 한, 임의로 표지판을 없애버리면 형사적 법률문제를 일으킬 위험이 있었다. 우리나라는 자신의 권리를 침해당하고 있어도 원칙적으로 자구행위를 인정하지 않는다. 자구행위가 되려면 ①법적절차에 의하여 청구권을 보전하기 불가능한 경우여야 하고 ②청구권의 실행 불능 또는 현저한 실행 곤란을 피하기 위한 행위여야 하며 ③타당한 이유가 있어야 한다는 세 가지의 까다로운 요건을 충족해야 한다. 위 요건에 대입해 보면 유 원장이 이웃 병원의 간판을 임의로 철거해 버리는 것은 자구행위에 해당할 가능성이 별로 없었다. 결국, 이웃 의사와 철거 문제를 협의해야 했다. 몇 차례의 협의 결과, 표지판을 어디로 옮길지는 최종합의를 보지 못했지만 최소한 철거 자체에 대해서는 합의가 된 것으로 유 원장은 판단했다.

구두 합의를 했다고 여긴 유 원장은 업자를 통해 표지판을 철거하고 그 자리에 성형외과 안내 표지판을 달았다. 정해진 일정까지 실내장식을 마쳐야 했기 때문이었다. 그런데 그 이후 새로 설치될 이웃 간판의 위치에 대한 조정이 제대로 되지 않자 이웃 의사는 태도를 바꾸었다. 간판 철거에 합의한 사실이 없다고 주장했다. 여기서부터 두 의사의 의지가 정면충돌했다.

선제공격은 이웃 원장에게서 먼저 나왔다. 합의하지도 않았는데 간판을 철거했으므로 재물 손괴라고 고소했다. 고소장이 접수되자 경찰에서는 수사에 착수했다. 경찰은 가벼운 사건이기는 하지만 범죄가 성립한다고 판단하여 기소의견으로 검찰에 송치했다. 사건을 송치받은 검찰에서는 먼저 조정위원회를 통해 합의를 중재했다. 이웃 원장은 떼어낸 표지판을 원래의 자리로 복귀시켜 달라고 요구했다. 유 원장이 결코 수용할 수 없는 제안이었다. 검찰은 기소냐 아니냐에 대해 최종결정을 해야 했다. 유 원장은 동의하에 철거한 것이라고 주장했지만, 이는 결정 과정에서 반영되지 않았다. 형식화된 양해서나 동의서가 없었기에 주장을 뒷받침할 만한 근거가 부족했다. 말로 한 것은 나중에 번복하면 입증할 방법이 마땅하지 않다. 항상 문서화하는 습관을 길러야 한다. 재판에서 문서의 중요성은 아무리 강조를 해도 지나치지 않다. 검찰은 고소인의 진술에 기초하여 재물손괴라는 죄명으로 벌금 70만 원에 약식 기소했다.

유 원장은 어쩔 수 없이 정식재판을 통해 결백을 주장해야 하는 처지가 되었다. 사건에는 이제 두 원장 간의 자존심이 걸려있었다. 작든 크든 유죄가 인정되면 유 원장에게는 젊은 나이에 벌금 전과라는 오점이 생긴다. 유 원장은 타협하고 싶지 않았다. 어찌하여 남의 출입구 앞에 자신의 간판을 달겠다고 고집한단 말인가. 전과도 전과지만 이웃 원장의 몰지각한 행동을 사회가 용인한다는 사실을 받아들이기 어려웠다. 법원의 판결을 통해 이웃 원장의 주장이 억지임을 밝혀내고 싶었다. 이쯤 되면 이웃이 이웃이 아니다.
그렇다면 이웃 원장의 마음은 어떠했을까. 이웃 원장은 간판 위치를 선점해 사용하는 기득권을 누리고 있었다. 기득권자들은 기득권을 잃는 것에 대한 두려움과 저항감이 만만치 않다. 잃는 것이 정당하냐 아니냐는 따지지 않는다. 그냥 싫다. 유 원장이 새로이 입주한 이상 그의 병원 출입구에 자신의 간판을 다는 것은 무언가 어색하다는 것 정도는 인지하고 있다. 다만 유 원장의 태도가 마음에 안 든다.

만약 유 원장이 실내장식을 시작하면서 50만 원 정도를 넣은 봉투를 들고 이웃 원장을 찾아가서 간판 이전비로 지급하고, 공사에 대한 양해를 구했으면 더 쉽게 해결될 수도 있었다. 나중에 문제가 발생하더라도 간판에 대한 배상을 사전에 해준 상황이 되므로 유 원장에게 유리하게 작용하게 된다. 사람들은 돈이 중요한 것이 아니라고 말하지만 대부분 문제 해결의 열쇠는 돈에 있을 때가 많다. 미리 돈을 받은 자는 관대해진다. 사람의 심리가 그렇다는 말이다. 다만 부정한 목적을 위해 돈을 사용해 관대함을 끌어내는 일은 피해야 한다. 유 원장이 거기까지 고려해 행동하기에는 아직 너무 젊었다. 젊은이는 대개 용기와 대담성은 넘쳐나지만 신중함과 유연성은 부족한 편이다.

공판이 열리고 이웃 원장을 비롯한 몇 명의 증인에 대한 신문이 이루어졌다. 증인으로 출석한 이웃 원장은 간판 철거에 동의한 사실이 없다고 진술했다. 증인으로 출석하기 전까지 내내 그런 주장을 해온 사람이 법정에서 진술한다 하여 그 내용을 바꿀 리 없다.

형사사건에서 피해자의 진술을 법정에서 번복시키는 일은 어렵다. 다만 이웃 원장과 함께 일하는 동료 원장은 합의가 있었던 것처럼 약간 애매하게 진술했다. 명확하게 어느 말이 맞는지 가리기가 쉽지 않았다. 이럴 때 판사가 피고인의 견해를 들어주었으면 하는 것이 변호사들의 바람이지만 판사는 주로 피해를 주장하는 사람들의 편에 서 있다.

어떤 일이든 시작이 있으면 끝이 있다. 재판도 마찬가지여서 어느새 마지막 재판 날이 되었다. 결심공판에서는 판사가 그동안 진행되어 온 상황을 정리해 언급한다. 말을 마치면 피고인과 검찰을 향해 더 진행할 내용이 남아있는지 묻는다. 양 당사자가 없다고 답변하면 각자의 의견을 진술하게 한다. 검사는 사회적 이목이 쏠리는 대형사건에는 구형 이유를 밝히지만, 일반적인 사건에서는 요구하는 형의 종류와 정도만을 간략하게 먼저 말한다. 구형이 끝나면 판사가 변호사와 피고인에게 차례로 말할 기회를 준다. 변호사가 먼저 변론을 하고 피고인이 마지막으로 이야기한다.

형사재판은 피고인으로부터 시작해서 피고인이 마지막을 장식한다. 재판의 첫날에는 판사가 피고인의 동일성을 확인하기 위해 이름과 나이, 주소를 물어본다. 이것이 인정신문이라는 절차이다. 재판을 최종적으로 마치기 바로 전에는 피고인에게 마지막 진술 기회를 준다. 이를 최후진술이라고 한다. 예전에는 판사들이 엄숙한 목소리로 "피고인! 최후진술 하세요."라고 말했다. '최후'니 '마지막'이니 하는 말은 왠지 비장한 느낌이다. 마지막 수업, 마지막 잎새 역시 같은 뉘앙스다. 최후진술 후에는 더 이상의 미래는 없을 것 같다. 교도관에게 양팔을 붙잡힌 채 어디론가 어두침침한 곳으로 끌려갈 것 같고, 그곳에는 이미 사형집행관이 대기하고 있어서 곧바로 두꺼운 밧줄이 목에 걸리면서 사형을 당할 것만 같다.

최근에는 "피고인은 법원에 하고 싶은 말 있으면 하세요."라고 좀 더 부드럽게 말한다. 최소한 사형당할 것 같지는 않아졌다. 같은 뜻의 말이라도 어떤 단어를 사용하느냐에 따라서 받아들이는 느낌이 전혀 달라진다. 생각은 말에 의해서 표현된다. 순화된 말만큼이나 재판 진행 과정에서 당사자를 존중하는 문화가 정착되고 있다.

보통의 경우라면 변호사는 피고인에게 말을 너무 장황하게 하지 말 것을 당부한다. 피고인은 법률전문가가 아니므로 자기도 모르는 사이에 불리한 진술을 할 가능성이 언제나 존재한다. 불리함은 예기치 않은 곳에서 찾아온다. 그러나 유 원장의 경우에는 굳이 그럴 필요가 없어 보였다. 하고 싶은 말을 실컷 하라고 말했다. 마지막 진술이라도 마음대로 해야 그의 마음에 쌓인 억울함을 풀 수 있으리라고 여겼다. 또한, 피고인이 정식재판을 청구한 사건에서는 약식명령에서 부과했던 벌금의 액수보다 더 높은 형을 부과할 수 없게 되어있다. 바로 '불이익변경 금지의 원칙'이다. 이런 제도적 안전장치로 인해 피고인이 부담을 갖지 않고 정식재판을 청구할 수 있다. 이 제도는 책상 앞의 결정을 보완하는 역할을 하고 있다.

이 원칙이 정식재판 청구의 남용을 가져온다는 비판도 있다. 더 중한 형으로 처벌될 위험이 없으니까 일단 정식재판을 청구하는 사람이 많아진다는 논리이다. 그러나 헌법상 규정된 국민의 재판 청구권은 최대한 보장되어야 한다. 모든 국민은 헌법과 법률이 정한 법관에 의하여 법률에 따른 재판을 받을 권리가 있다. 불이익변경금지의 원칙이 적용되지 않으면 피고인이 편안하게 정식재판을 청구할 수 없다. 이는 개개인의 권리 보호를 위해서 바람직하지 않다. 따라서 불이익변경금지의 원칙은 유지되어야 한다.● 이 원칙으로 인해서 유 원장에게 최대 선고될 수 있는 형이 벌금 70만 원이다. 마지막 진술을 하다가 혹시 실수한다 하여 크게 불리해질 것도 없었다.

검사의 구형에 이어서 변호사의 변론이 있었다.

"병원의 출입구 옆에는 그 병원의 표지판이 달려야 하는 것이 경험칙에 부합합니다. 사건의 밑바탕에는 먼저 입주한 자의 잘못된 기득권 의식이 깔려있습니다. 만약 유 원장이 먼저 입주하고 고소

● 이 책을 집필하는 도중에 당사자가 정식재판을 청구한 경우라도 최초 약식명령으로 부과된 금액보다 더 높은 액수의 벌금을 부과할 수 있도록 변경되었다. 다만 벌금 대신에 실형을 선고하는 것을 금지함으로써 벌금과 다른 형종의 형은 부과할 수 없도록 제한을 두었다.

인이 나중에 입주했다면 이 사건이 발생했겠습니까. 그러면 이웃 원장은 자신이 주장하는 위치에 표지판을 달겠다는 고집을 부릴 수는 없을 것입니다. 표지판의 위치를 고수하겠다는 이웃 원장의 요구는 사리에 맞지 않습니다. 우리 법은 법익의 주체가 침해를 허락하는 경우에는 처벌하지 않는 '피해자의 승낙'●이라는 규정을 두고 있습니다. 이웃병원 원장과 협의를 했고, 옮기는 것 자체는 양해를 얻은 상태였습니다. 고소인의 병원에서 같이 일하는 다른 원장은 법원에 증인으로 출석해 증언하기를, 최소한 옮기는 것에 대한 합의는 있었다는 취지의 진술을 했습니다. 피고인의 행위는 피해자의 승낙에 기초했으므로 죄가 되지 않습니다."

변호사의 변론은 주로 사실관계와 법리적인 해석에 초점을 맞추고 있었다. 변호사의 변론이 끝나자 이번에는 재판장이 피고인에게 말할 기회를 주었다.

피고인들이 하는 마지막 진술의 내용은 거의 정해져 있다. "잘못했습니다. 깊이 반성하고 있으니 선처해주십시오."이거나, 무죄를 주장하는 때는 "억울합니다. 저는 잘못이 없습니다." 정도에 그친다. 유 원장은 과연 어떻게 마지막 진술을 할 것인가? 그가 자리에서 일어나서 말하기 시작했다.

"간판을 망가뜨렸다고 벌금 70만 원을 부과받았습니다. 정식재

● 형법 제24조(피해자의 승낙). 처분할 수 있는 자의 승낙에 의하여 그 법익을 훼손한 행위는 법률에 특별한 규정이 없는 한 벌하지 아니한다.

판을 청구한 이유는 70만 원이라는 돈이 아깝거나 내기 싫어서가 아닙니다. 범죄를 저질렀다면 당연히 그에 대한 벌을 받아야 합니다. 그러나 저는 벌금형을 받을만한 행위를 한 사실이 없습니다. 지금까지 살아오면서 남한테 피해를 주지 않으려 노력했습니다. 하라는 대로 하면 보호받을 수 있다고 생각했습니다. 법을 어길 만큼 강심장이 아니며 매우 소심한 성격입니다. 그런데 오늘 손괴죄라는 범죄 혐의를 받고 법정에서 마지막 말을 해야 하는 상황에 직면해 있습니다. 참으로 속상합니다. 그러나 이것도 삶의 한 부분으로 받아들이고 있습니다. 동종업계에 종사하는 이웃끼리의 문제를 지혜롭게 처리하지 못한 저 자신에게 책임을 돌려보기도 했습니다. 그렇더라도 억울한 마음은 여전히 남아있습니다."

음성은 잔잔하고 부드러웠으며 목소리의 크기도 적절했다. 억양이나 말의 빠르기, 내용이 모두 생각보다 훨씬 좋았다. 비교적 순탄한 시작이었다. 형사 법정에 선 사람들은 혐의를 받고 있어서 심리적으로 위축되기가 쉽다. 재판의 심리는 국가의 안전보장, 안녕질서 또는 선량한 풍속을 해칠 우려가 있지 아니하는 한 공개가 원칙이어서 방청석에는 많은 사람이 피고인의 이야기를 듣고 있다. 이런 상황에서 자신 있게 주장을 펴는 것은 보기보다 어렵다. 변호사도 잘 준비하지 않으면 더듬거린다. 세련된 변론을 하려면 나름의 훈련이 필요한 법인데 경험도 없는 그가 잘하고 있었다. 하고 싶은 이야기가 많아 보였다. 말을 짧게 하라고 조언하지 않길 다행이었다. 그가 정신을 집중하는지 잠시 호흡을 가다듬었다.

"다시 한 번 말씀드리지만 저는 형사적으로 처벌을 받을만한 잘못을 저지르지 않았습니다. 남의 물건에 함부로 손을 대는 그런 사람이 결코 아닙니다. 분명히 이웃 병원과 합의를 하고 표지판을 철거했습니다. 표지판의 위치는 제 병원의 출입문 바로 옆입니다.

자기가 운영하는 병원의 출입구에 본인 병원의 표지판을 다는 것은 너무나 상식적인 일입니다. 마치 1호 법정에는 1호 법정의 표지판이 달리고, 2호 법정에는 2호 법정이라는 표지판이 달리는 것과 같습니다. 오늘 저는 1호 법정이라는 표지판을 보고 이 법정을 찾아왔습니다.

요즘 생활 속에서 작은 트라우마를 겪고 있습니다. 지금 사는 아파트 엘리베이터 내부나 옆 벽에는 광고 스티커가 붙어있을 때가 있습니다. 이 스티커를 떼어버리면 혹시 손괴죄가 되는 것은 아닌지 두려운 마음으로 되돌아보게 됩니다. 지금까지는 손괴죄가 도대체 어떤 것인지도 잘 몰랐습니다. 이번에 처음으로 알게 된 손괴죄라는 녀석이 저의 평화로운 일상을 방해하고 있습니다.

간판값을 물어주라고 한다면 얼마든지 책임질 의사가 있습니다. 그러나 이웃 병원에서 원하는 것은 기존 위치에 자신들의 간판을 달게 해달라는 것입니다. 법이 남의 집 대문 앞에 자신의 문패를 달아놓고서 못 떼겠다고 우기는 사람의 편이라는 사실이 가슴이 아픕니다. 억지는 사회적 질병입니다. 적어도 법원에서는 억지가 통하지 않는다는 사실을 일깨워줄 수 있는 현명한 처방을 해주리라 믿습니다."

옆에 앉아있던 변호사는 깜짝 놀랐다. 지금까지 이 정도 수준의 마지막 진술을 구사하는 피고인은 본 적이 없었다. 진술 내용이나 말하는 태도가 변호사를 능가하는 수준이었다. 유 원장의 말을 듣고 나니 잘 만들어진 오페라 한 편을 보고 난 후의 감동 같은 것이 느껴졌다. 이야기의 전개에 전체적으로 기승전결이 살아있고, 억울한 자의 안타까움이 그대로 녹아있는 마지막 진술이었다. 듣는 사람이면 누구나 그 진솔함에 공감할 수 있을 만큼 호소력이 있었다. 특히 1호 법정에는 1호 법정의 표지판이 달리고, 2호 법정에는 2호 법정의 표지판이 달려야 한다는 비유는 일품이었다. 변호사조차 미처 생각해내지 못한 창의적 표현이었다. 법원의 판단을 처방이라는 말로 바꾸어서 말한 것도 신선했다. 변호사들도 종종 '현명한 판단'이라는 용어를 사용한다. 이것을 의사라는 자신의 직업적 특수성에 맞추어서 '현명한 처방'이라고 변형하여 활용했다. 유 원장의 적절한 단어 사용 감각이 돋보였다. 그의 비유와 용어 선택은 전체적으로 탁월했다.

변호사에게 요구되는 덕목 중의 하나가 바로 창의력이다. 유능한 변호사가 되려면 이야기를 만들어낼 수 있는 능력이 있어야 한다. 변호사라는 직업을 창조적이라고 한다면 선뜻 동의하지 않는 사람도 있을 수 있다. 단언컨대 변호사는 창조적 직업군에 속한다. 사물을 보는 관점을 달리해 단서를 찾아내고, 창의적 아이디어를 제공해 사람 사이의 관계를 새로이 형성한다. 풀린 실타래처럼 얽혀있는 사건을 해결하면서 무형의 가치를 창조해낸다. 그러기 위해서는 다른 사람이 경험한 사실을 마치 변호사 자신이 경험한 것처럼 생생하게 그려낼 수 있는 이야기 구성 능력이 필요하다. 경험하지 않았으되 경험한 사람처럼, 현장에 있지 않았으되 있었던 사람처럼 느낄 수 있는 유연한 상상력을 갖추어야 한다. 유 원장에게는 이러한 이야기 창조 능력이 있었다. 변호사가 이성적 측면을 공략했다면 피고인은 감성적 측면을 파고들었다고 보면 맞을까. 간단하게 하라고 했으면 이 세련된 진술을 못 들을 뻔했다.

재판을 마치고 법정 밖으로 나왔을 때 진술 내용이 너무 좋았다고 칭찬을 했다.

"미리 준비하신 것 같은데요?"

"네, 조금요."

"마지막 진술 아주 멋졌습니다. 특히 1호 법정에는 1호 법정의 표지판이 달려야 한다는 말 정말 괜찮았습니다."

"감사합니다."

"그동안 재판받느라고 고생하셨어요."

"변호사님도 수고했습니다."

유 원장은 말이 많지 않으며 매우 차분하고, 약간 수줍음을 타는 유순한 사람이었다. 변호사의 물음에 간단히 답만 할 뿐 별다른 반응이 없다. 사람들은 대체로 다음 날 중요한 일을 앞두고 있으면 잠이 잘 오지 않는다. 유 원장도 전날 밤에 불면 속에서 재판을 마칠 때 어떤 이야기를 할 것인가에 대해 많은 시간을 고민했음이 틀림없다. 노트에 써보기도 하고, 마음에 안 들면 다시 고치기도 했을 것이다.

잘 쓰고 잘 말하기 위해서는 연습이 선행되어야 한다. 어제의 치열한 연습이 오늘 수준 높은 진술의 바탕이 되었다. 항상 준비한 사람만이 원하는 상황을 만들어낸다. 재판이 종결되고 선고를 앞두면 대부분 사람은 결과에 대해 변호사의 예측을 듣고 싶어 한다. 긍정적인 예측은 당사자를 편안하게는 하지만 빗나갔을 때의 비난이 두렵다. 부정적인 예측은 책임을 경감시키기는 하지만 듣는 이의 마음을 무겁게 한다. 유 원장은 결과에 관해 묻지 않았다. 업무로 쌓아온 신뢰감이 질문을 필요 없게 만들었을까. 변호사야 그러기를 바라지만 유 원장의 생각은 다른 데 있었다.

지금의 그에게는 70만 원이라는 벌금형도, 승리라 할 수 있는 무죄의 판결도 그다지 중요해 보이지 않았다. 다툴 수 있는 데까지 다투어 보았고, 법정에서 하고 싶은 말도 다 했다는 생각에 위안이 되는 듯했다. 결과는 이제 의미가 없어 보였다. 툭툭 이 일을 털어버리고 평온한 삶으로 돌아가는 일만 남아있었다.

무엇이든 끝을 맺어야 새로운 시작이 가능하다. 마지막 진술은 불편했던 이웃 원장과의 갈등을 그의 마음속에서 종결짓는 역할을 해주었다. 이제 얼마 후면 결과가 나온다. 운명의 여신은 과연 유 원장에게 무죄라는 선물을 가져다줄 것인가. 칼 오르프가 작곡한 〈카르미나 부라나〉●에 나오는 합창곡 '오, 운명의 여신이여'의 역동적이고 웅장한 리듬 속에 그의 운명을 맡겨두어도 좋겠다. 그러면 운명의 여신이 행운의 선물을 보내오리라.

● 독일의 작곡가이자 지휘자인 칼 오르프(1895~1982)의 대표작이다. 칸타타 형식으로 1936년에 작곡되었다. 오르프의 오페라 중에서 오늘날 가장 인기를 누리는 작품이다.

〈라크메〉 아리아 _종(鐘)의 노래(Bell Song)

〈팔리아치〉 아리아 _의상을 입어라

변호사는 피고인이 어떤 혐의를 받고 있더라도 그를 위한 변론을 외면해서는 안 된다. 아무리 파렴치한 범죄자라고 손가락질 받고 있어도 친구는 필요하다. 변호사는 누구의 친구든 되어줄 준비를 하고 있어야 한다.

10장.
피고인이 된다는 것

양 선생은 미성년자에 대한 강제추행의 혐의를 받고 있었다. 폭행 또는 협박으로 사람에 대하여 추행을 한 자는 10년 이하의 징역 또는 1천500만 원 이하의 벌금에 처한다(형법 제298조). 특히 아동·청소년에 대하여 강제추행의 죄를 범한 자는 2년 이상의 유기징역 또는 1천만 원 이상 3천만 원 이하의 벌금에 처하도록 되어있다(아동·청소년의 성 보호에 관한 법률 제7조). 범죄사실만 놓고 보면 죄질이 좋지 않았음에도 수사를 마친 검찰은 뜻밖에도 약식명령으로 기소했다.● 약식명령은 비교적 가벼운 사건을 대상으로 행해지는 간단한 재판 절차이다. 검찰이 이렇게 사건을 마무리하자 양 선생은 안도의 숨을 쉬었다. 이의를 제기하지 않고 벌금만 내면 사건은 거기서 종결될 수 있었다. 그렇게 순조롭게 진행되는 듯했다.

복병은 어디에 숨어있을지 모르고, 행운의 여신이 호의를 보일 때 복수의 여신은 반격을 준비한다. 안심하고 있던 그에게 뜻밖의 통지가 날아들었다. 내용을 확인한 그는 당황하지 않을 수 없었다. 법원으로부터 정식재판에 회부되었다는 소식이 기재되어있었기 때문이다. 검사가 청구한 약식명령에 대해 법원이 정식재판 절차로 이행시켰다. 약식명령의 청구에 대하여 그 사건이 약식명령으로 할 수 없거나 약식명령으로 하는 것이 적당하지 아니하다고 인정한 때에는 공판절차에 의하여 심판하여야 한다(형사소송법 제450조). 법원에서 양 선생에 대한 사건기록을 검토한 후 약식명령으로 처리하기에는 적당하지 않다고 판단했다.

법원에서 직접 정식재판 절차로 넘기는 일이 흔하지는 않다. 약식명령은 공판절차 없이 진행하지만, 정식재판으로 넘어가면 공판절차를 거쳐야 한다. 어쨌든 정식재판으로 심판하도록 한 것은 피고인에게는 불리한 일이었다.

피고인이 정식재판을 청구할 때는 약식명령의 형보다 중한 형을 부과할 수 없다. 이를 '불이익변경금지의 원칙'이라고 한다. 피고

● 최근에는 아동 청소년의 성 보호에 관한 법률이 제정됨으로써 아동이나 청소년 대상 성범죄에 대한 처벌의 수위가 훨씬 높아졌다. 이 이야기의 배경은 이 법이 제정되기 전임을 밝힌다. 아동과 청소년으로 세분화하지 않고 미성년자라는 하나의 개념 속에 포괄적으로 대상을 일원화하고 있었다. 성범죄에 대하여 지금처럼 강화된 문제의식이 형성되지 않았던 시절이다.

인이 범죄사실을 인정하지 않거나 벌금액이 과하다고 여기는 경우 피고인 측에서 정식재판을 청구한다. 반면 법원에서 직권으로 정식재판에 넘겼을 경우 불이익변경금지의 원칙이 적용되지 않는다. 재판의 결과에 따라 얼마든지 중한 형에 처할 수 있다. 양 선생에게는 약식명령상의 벌금형을 그대로 유지하는 것이 훨씬 유리했다. 애초의 형이 변경되지 않도록 수비에 좀 더 치중해야 하는 처지가 되었다. 혹시 중한 처벌이 나오지 않을까 하는 두려움이 양 선생을 불안하게 만들었다.

처음 약식명령이 청구되고 벌금형에 그쳤다는 사실을 알았을 때 양 선생은 상당히 선처를 받았다고 여겼다. 경찰과 검찰의 조사에서 범죄사실을 모두 시인하면서 매우 협조적인 태도를 보였다. 수사를 받으면서도 너무 부끄럽고 미안한 마음에 모든 것을 인정하고 어서 이 시간이 지나가기를 바랐다. 피의자의 순종적 태도가 수사기관으로부터 동정을 끌어냈다. 술에 취해 우발적으로 저지른 일이라는 점도 참작되었다.

다만, 그러한 점을 고려하더라도 아동에 대한 강제추행 사건치고는 약식명령에 따른 벌금형은 상당히 가벼운 처벌이다. 더군다나 피해자 부모와 합의도 되지 않은 상태이다. 정식재판으로의 이행에는 공판절차를 통해 사실관계를 좀 더 따져보고 기존의 양형이 적당한지를 살펴보겠다는 법원의 의지가 담겨있었다. 아니면 피해자 측에서 법원에 탄원서를 제출해 엄하게 벌해달라고 요구했을지도 모른다. 합의가 안 된 경우에 약식절차로 종결되지 않도록 피해자 측에서 법원에 탄원서를 내는 경우가 가끔 있다. 어떤 경우든 양 선생에게 약식명령상의 벌금형이 그대로 유지될 것이라는 보장은 없다.

양 선생은 초등학교 교사였다. 사건은 설악산에 수련회를 간 날 밤에 발생했다. 아이들에게 모두 숙소를 배정한 후 선생님들끼리 술자리가 있었다. 양 선생은 원래 술이 약했다. 설악산이라는 장소가 주는 들뜬 기분과 동료 선생들의 권유까지 겹쳐지면서 주량 이상의 술을 마셨다.

술 권하는 사회는 한쪽 구석에 비극을 숨겨두고 있다. 그 비극이 이번에는 양 선생 앞에서 모습을 드러냈다. 술자리가 끝난 후 숙소를 찾아 들어가는 과정에서 문제가 생겼다. 양 선생의 진술로는 너무 술에 취해 방을 잘못 찾아 들어갔다는 것이다. 자신의 숙소인 줄 알고 들어간 곳이 아이들이 자는 방이었다.

거기서 그는 한 초등학생의 몸을 만졌다는 혐의를 받고 있었다. 피해자는 잠결에 자신의 몸을 더듬는 손길을 느꼈다. 잠자던 초등학생 피해자는 너무 놀란 나머지 일어나 큰 소리로 울었다. 고요하던 숙소는 자지러진 울음소리에 소동에 휩싸였다. 선생님들이 몰려오고 경찰이 출동했다.

양 선생은 경찰에 의해 현행범으로 체포되었다. 피의자가 술에 취한 상태라 당일에는 제대로 진술이 이루어지지 않고 다음날에야 정식으로 조사가 이루어졌다. 양 선생은 처음부터 조사에 성실하게 협조했다. 술에 취했던 탓에 전날 있었던 일이 명확하게 기억나지 않는다고 했지만, 혐의사실을 모두 인정했다.

초등학교 선생님이 제자를 상대로 성추행 범죄를 저질렀으니 사회적으로 온갖 비난이 쏟아졌다. 미성년자 성추행범으로 낙인찍혀 얼굴을 들고 다니기가 힘들었다. 학교는 벌써 그만둔 상태다.

사건 이후 아내와의 사이도 나빠졌다. 결혼한 지 얼마 안 되는 아내는 남편의 행위를 도저히 이해할 수 없었다. 마주하는 것이 불편해서 서로 피했다. 끝내 아내가 먼저 이혼을 요구했다. 양 선생은 아내를 설득할 자신이 없었다. 그녀의 요구를 수용하는 것 외에는 달리 방법이 없었다.

가정이 만들어지기까지는 복잡하고 오랜 시간이 걸렸는데 무너질 때는 한순간이었다. 믿음과 신뢰라는 것을 쌓기에는 큰 노력이 필요했지만 깨지는 데는 많은 시간이 필요하지 않았다. 그가 가지고 있었던 알량한 명예와 직장, 가족 모두를 잃었다.

사람은 돈을 잃었을 때 가장 절망한다. 하지만 돈만 손실을 보았다면 그것은 희생을 최소화한 것이지 최악의 상황은 아니다. 이전까지 그는 희망에 차있었다. 초등학교 교사라는 안정된 직장을 가지고 있었고 결혼하여 행복한 생활을 꿈꾸고 있었다. 그러나 그는 재판이 시작되기도 전에 직장과 가정에서 죗값을 톡톡히 치르고 있었다. 직장에서 쫓겨나고 가정이 붕괴됐으며 사람들의 비난을 받으며 어둠 속에 철저히 고립되었다. 평범한 일상을 구가하던 사람이 범죄의 피고인이 된다는 것은 '수많은 잃음'의 다른 말이다.

그나마 약식명령으로 마무리되면 다행이라 여겼는데 법원에서 직접 정식재판까지 받아야 한다. 그 앞에는 험난한 길이 놓여있다. 피하고 싶다고 피할 수 있는 일이 아니다. 상황을 보면 양 선생에 대한 형이 높아질 가능성이 아주 크다. 재판 결과에 따라서는 치명적일 수 있다. 선생으로서 자신이 책임지고 돌보아야 할 어린 학생을 추행의 희생양으로 삼았다. 죄질이 나쁘다고 평가할 수밖에 없고, 최악에는 법정구속의 가능성마저 염두에 두어야 한다. 혼자서 재판을 받다가 법정구속을 당하는 것은 아닌지 두려웠다. 어떻게 하면 좋을지 고민에 싸여있었다. 범죄의 내용으로 볼 때 그의 걱정대로 될 여지가 충분했다.

그가 변호사를 찾은 것은 이즈음이다. 상담 테이블을 마주하고 살펴본 그의 첫인상은 유순함 그 자체였다. 마른 체격에 말이 별로 없는 조용한 스타일의 사람이었다. 사건에 관련해서도 별다른 변명을 하지 않았다. 그저 순한 양 같았다. 이처럼 소심한 사람이 어떻게 그런 범죄를 저질렀을까 의문이 들 정도였다.

이제 그에게는 변호사가 유일한 희망이다. 죄는 미워하되 사람은 미워하지 말라고 했던가. 변호사는 피고인이 어떤 혐의를 받고 있더라도 그를 위한 변론을 외면해서는 안 된다. 아무리 파렴치한 범죄자라고 손가락질 받고 있어도 친구는 필요하다. 변호사는 누구의 친구든 되어줄 준비를 하고 있어야 한다.

사건이 설악산에서 발생했으므로 속초법원이 관할이었다. 속초로 재판을 받으러 가야 했다. 의뢰인들은 변호사가 먼 곳에 있는 지방법원 관할 사건을 잘 맡지 않을 거라고 지레짐작한다. 변호사에 따라서 다를 수도 있지만, 지방법원 관할 사건은 재판 외에 색다른 흥밋거리를 제공한다. 재판차 지방에 가는 길에 주변의 자연환경과 문화유적지를 둘러보면 따로 여행을 위한 시간을 낼 필요가 없다. 여주 재판 가면서 영릉을 둘러보고, 청주 재판 가서는 수암골의 벽화마을을 다녀오고, 전주 재판에서는 한옥마을을 구경하는 식이다. 무엇이든 한꺼번에 보면 싫증이 날 수 있지만 조금씩 나누어서 둘러보면 오히려 호기심과 집중력을 증가시킬 수 있다. 이런 의미에서 보면 재판 날 맛보는 자투리 여행의 재미가 의외로 쏠쏠하다.

한 해를 보낸 후, 연말 즈음에 올해는 무엇을 했는지 지난 시간을 돌이켜볼 때가 있다. 기억나는 것은 여행뿐이다. 더 오랜 과거를 돌이켜보아도 마찬가지다. 머릿속에 남아있는 것은 역시 여행으로 쌓은 추억이다. 여행은 봉투다. 물건을 봉투에 담듯이 여행을 통해 얻은 새로운 경험과 생각을 인생이라는 봉투에 담을 수 있다. 오래된 물건을 정리하다가 발견된 봉투 속에 무엇이 들어있는지 호기심으로 꺼내보듯 과거의 추억과 삶을 여행의 봉투 속에서 설레는 마음으로 꺼내볼 수 있다. 무엇이든 생각하기 나름이다. 사물을 보는 관점이 중요하지 현상이 중요한 것이 아니다. 어차피 받아들일 거라면 좋은 쪽으로 생각의 방향을 바꿔야 한다.

이 사건은 범죄사실을 인정하므로 따로 증인신문 같은 건 할 필요가 없었다. 1회 변론기일에 사건이 종결되고 선고 날이 잡힐 가능성이 컸다. 문제는 피해자와의 합의였다. 법원에서 정식재판에 넘긴 것으로 보아 합의가 되지 않으면 애초의 벌금보다 훨씬 중한 형벌이 주어질 가능성이 컸다. 피해자가 있는 범죄에서는 합의가 중요한 양형 요소이다. 피해자가 처벌을 원치 않으면 법원은 관대해진다. 양형을 낮추기 위해서는 합의를 보는 일이 우선이었다.

양 선생은 용서를 구하고자 피해자와 여러 번 접촉을 시도했다. 그러나 피해자가 자신을 만나려 하지 않으므로 변호사의 도움이 필요하다고 했다. 변호사가 당사자 사이에 직접 끼어들어 합의를 끌어내는 일은 결코 생각처럼 만만한 일이 아니다. 그래도 양 선생과 같은 처지의 피고인을 위해서는 변호사가 발 벗고 나서주어야 한다. 성범죄 피해자의 처지에서 보더라도 피고인을 직접 상대하기보다는 변호사와 접촉이 심정적으로 편안하다.

합의를 위해 변호사에게 요구되는 덕목은 설득력이다. 비단 합의를 위한 설득이 아니라도, 변호사에게는 설득력이 절실히 요구된다. 가장 먼저 의뢰인을 설득해야 한다. 더 나아가 법원의 판사를 설득해야 하며 어떤 때는 검사를 비롯한 수사기관을 설득해야 한다. 설득력이야말로 변호사가 반드시 갖추어야 할 필수 덕목이다.

설득을 잘 하려면 상대방의 심리를 꿰뚫고 있어야 한다. 특히 합의를 위한 설득에서 제일 필요한 것은 상대방에 대한 공감이다. 아이가 받은 충격과 심리적 고통 그리고 지켜보아야 하는 부모의 안쓰러움을 이해하는 자세를 가져야 한다. 마음을 열 때까지 인내심을 가지고 상대방을 이해하고 어루만져야 한다.

어렵게 피해자 가족과 통화가 되었다. 전화를 받은 사람은 피해자의 어머니였다. 피고인의 변호사라고 신분을 밝혔는데도 다행히 전화를 끊지는 않았다. 합의를 볼 마음이 전혀 없으면 통화 자체를 거부한다. 그래도 대화를 단절하지는 않는 것으로 보아 희망은 있었다. 예의 바르고 조심스럽게 접근해야 한다. 피해자 가족은 말 한마디 한마디에 민감하게 반응한다. 이야기를 들어주는 데 인색해서는 안 되고, 적극적인 공감의 표시가 중요하다. 그래야 서로 동질감을 형성할 수 있다. 때로는 대화를 하다 보면 피해자 가족이 변호사의 감정을 자극하는 때도 있다. 칼로 긁어내듯이 아프기도 하다. 변호사는 어디까지나 제삼자의 지위에 있다. 당사자와 똑같은 감정선상에 있다면 프로가 아니다. 변호사는 피해자의 말에 쉽게 자극받아서는 안 된다. 상당히 오랫동안 대화를 나누었지만, 합의를 끌어내지는 못했다. 첫 전화에 합의가 될 수는 없었다.

피해자 처지에서 보면 청천벽력 같은 일이다. 선생이라고 믿고 자녀를 수련원에 보냈는데 오히려 범죄의 피해자가 되었다. 아이가 받았을 정신적 충격과, 앞으로 살아가면서 겪게 될지 모르는 트라우마를 생각하면 합의 같은 건 일절 해주고 싶지 않다.

보통 피해자와 가족은 3단계의 심리적 과정을 경험한다. 처음에는 발생한 일이 믿어지지 않는 부정의 단계에 있다. 그 후 가해자와 사회를 미워하는 원망의 감정을 거친다. 마지막으로 이미 돌이킬 수 없는 일이니 받아들이게 되는 체념의 감정에 도달한다. 심리적으로 체념의 단계까지 가야 합의가 가능하다. 그러려면 시간이 필요하다. 이제 첫발을 떼었을 뿐이다. 비록 합의에까지 이르지는 못했어도 서로 소통할 수 있는 대화의 창구를 열어두었다는 데 의미가 있다. 결승점까지 인내를 가지고 나아가야 한다.

그 이후로도 몇 번의 통화가 더 있었다. 차라리 합의하고 납득할 수 있는 사과와 보상을 받는 것이 부모에게도 아이에게도 도움이 된다고 설득했다. 용서가 오히려 가족과 아이의 상처받은 기억을 치유할 수 있는 방법임을 이야기했다. 따로 시간을 내서 피해자의 부모와 만남의 시간을 갖기도 했다. 평범하고 선량한 사람들이었다. 어서 이 사건의 기억에서 벗어나기를 원하고 있었다.

합의한다는 것은 정신적으로 사건을 종결짓는다는 의미이다. 무엇이든 끝을 내야 새로운 시작이 가능하다. 끝나지 않은 분노는 정신을 갉아먹을 따름이다. 미움을 갖고 사는 것보다는 털어버리고 사는 것이 행복하다. 피해자의 부모는 과거를 잊고 미래로 나가고 싶어 했다. 상황을 이해하고 용서할 때 마음이 편해진다는 것을 잘 알고 있었다. 끈기를 가지고 지속적으로 소통한 결과 결국은 합의를 이끌어낼 수 있었다. 양 선생으로서는 참으로 다행스런 일이었지만, 상당한 합의금을 내야 했다.

사람들은 합의할 때마다 적정한 금액이 얼마냐고 묻지만 딱 정해진 금액은 없다. 사건의 심각성과 피해의 정도 그리고 일반적인 사회적 통념이 금액을 결정하는 기준이다. 합의금을 지불해야 하는 사람의 경제적 능력도 중요하다. 경제적 능력이 없다면 피해자 쪽에서 합의를 원해도 할 수 없다.

합의 과정에서 피해자가 자꾸 돈의 액수를 올리는 경우가 있다. 속마음을 헤아려보면 돈의 액수가 문제이지 합의할 의사는 있다는 뜻이므로 절충점을 찾아가야 한다. 오히려 피해자가 돈에 연연하지 않으면 합의가 더 어려워진다. 돈을 요구할 때가 그나마 좋을 때이다. 그 이상의 것이 개입하면 문제는 복잡해진다. 상대방에게 줄 수 있는 카드를 가지고 있을 때 협상이 쉬워지는 법이다.

합의를 이루었으니 한고비 넘겼다. 변론기일만 별일 없이 지나가면 된다.

드디어 재판 날이 되었다. 속초에 가는 김에 설악산 신흥사에 들르기로 했다. 불교를 알기 전에는 그냥 한눈으로 흘려보내던 사찰의 구석구석이 지금은 세밀한 관찰의 대상이 되었다. 고구려의 승려인 담징이 그렸다는 '호류사 금당벽화'라는 그림에 대해서 학창 시절에 배운 적이 있다. 왜 금당벽화라고 하는지 의문이 들었었다. 알아보니 절에서 가장 핵심이 되는 전각을 '금당'이라고 부른다고 했다. 주로 대웅전이나 대적광전이 금당 역할을 한다. '호류사 금당벽화'는 일본 나라에 있는 절 호류사(法隆寺)의 핵심 전각 벽에 그려진 그림이라는 의미를 가지고 있다. 이렇듯 금당을 비롯해 대웅전, 대적광전, 관음전, 지장전 같은 각종 사찰의 편액이 무엇을 뜻하는지 조금씩 알아가고 있다.

아침 일찍 출발했다. 신흥사는 가장 많이 가본 절 중의 하나이다. 설악산 초입에 있어서 설악산을 갈 때마다 들르곤 한다. 이번 방문이 7번째였다. 불교에 대해 어느 정도 이해하고 보는 사찰과 전혀 모르는 상태에서 보는 사찰은 감상의 맛이 다르다.

대한불교 조계종은 직할교구인 총무원을 비롯하여 25교구와 특별교구로 군종 특별교구와 해외 특별교구 2곳을 두고 있다. 교구마다 본사를 두었다. 본사로는 해인사, 통도사, 송광사와 같은 삼보 사찰에서부터, 속리산 법주사, 오대산 월정사 같은 명승지, 그리고 통일신라 시대에 창건된 경주 불국사나 후백제의 견훤이 유폐된 김제 금산사 등 역사적인 사찰이 지정되어 있다. 신흥사는 제3교구 본사로 내설악 매표소에서 별로 멀지 않은 곳에 있다. 설악산을 찾는 관광객들이 많아서 덩달아 방문객이 적지 않은 곳이다.

신흥사 경내에는 가을 정취가 물씬 배어있었다. 설악산의 수려한 가을 단풍이 신흥사의 모습을 더욱 돋보이게 했다. 대웅전 처마 밑에 달린 풍경이 가볍게 불어오는 산들바람을 만나서 찰랑찰랑 울림소리를 냈다. 한가로움과 여유로움의 극치이다. 그 사이로 들리브의 오페라 〈라크메〉●에 나오는 '종(鐘)의 노래(Bell Song)'가 들려오는 듯했다.

종의 노래는 극 중 인물인 라크메가 부르는 아리아로 콜로라투라 기법을 구사하는 노래로 유명하다. 상상 속에서 들려오는 노래의 처연하면서도 청아한 느낌이 가을 사찰의 풍경과 잘 어울린다. 안으로 들어가 참배했다.

참배할 때마다 되새기는 부처님의 가르침이 있다.

"대상에 집착하고 베푸는 것은 눈 있는 사람이 어두운 동굴에 들어가 아무것도 볼 수 없는 것과 같고, 대상에 집착하지 않고 베푸는 것은 눈 있는 사람에게 햇살이 밝게 비추면 갖가지 모양을 볼 수 있는 것과 같다."

금강경에 나오는 말이다.

대가를 바라는 마음에서 모든 고통이 초래된다. 가족, 이성, 친구 사이에서 끊임없이 무언가를 갈구하고 바란다. 일정한 기대치를

● 프랑스 출신의 작곡가 레오 들리브(1836~1891)의 작품으로 1883년에 초연되었다. 라크메는 극 중 등장하는 여주인공의 이름이다. 그녀의 아버지 닐라칸타는 인도 브라만교의 승려이다. 영국군 장교 제럴드와 라크메의 사랑이 주된 이야기다.

정해놓고 상대방이 이를 충족시켜주지 않으면 서운해하면서 관계를 악화시키고 마음의 번뇌를 키운다. 베푸는 것은 나의 몫이고 보답하는 것은 상대방의 몫이다. 상대방이 어떻게 하든 그것은 전적으로 상대방의 마음이다. 그의 의사결정을 내가 강제할 수는 없다. 베풀더라도 그 대가를 바라지 않는 것이 마음의 평화를 얻는 지름길이다.

흔히 드라마를 보다 보면, "네가 나한테 어떻게 이럴 수가 있어? 내가 너한테 어떻게 했는데."라는 대사를 자주 듣는다. 이런 말은 상대방에게 해준 것만큼 대가가 돌아오지 않는다고 여길 때 느끼는 실망감에서 나온다. 상대방이 나한테 어떻게 대하는가는 전적으로 그의 자유이다. 누구든지 나한테 이렇게 할 수 있다는 사실을 깔끔하게 인정해야 한다.

가을의 설악산은 단풍을 구경하는 사람들로 북적이는 곳이다. 신흥사 경내에도 사람이 꽤 많았다. 그 틈 사이에서 뜻밖에도 아는 얼굴을 발견했다. 대웅전 뜰에 서서 저 멀리 산을 바라보고 있는 사람은 다름 아닌 양 선생이었다. 신흥사 경내에서 양 선생을 만나리라고는 전혀 생각하지 못했다.

이런 우연이 있단 말인가. 양 선생이 이곳에 어쩐 일로! 재판을 가다가 이곳에 들른 것인가. 재판 시간을 계산하다 보니 서로 비슷한 시간에 신흥사에 있게 되었다. 그도 이곳에서 잠시 생각을 정리하려고 했던 모양이다. 절은 마음을 가다듬기에는 최적의 장소다. 특히 오래된 곳일수록 사찰 전체에서 뿜어져 나오는 고색창연함으로 인해 삶의 무게가 가벼워짐을 느끼게 된다.

그런데 어딘가 모르게 낯설게 느껴지는 모습이었다. 낯섦의 정체는 바로 머리였다. 머리를 박박 밀고 있었다. 옷만 장삼으로 바꿔 입으면 영락없는 스님이었다. 거리가 가까워지면서 자연스럽게 얼굴이 마주쳤다. 나중에야 변호사를 발견한 그도 놀라는 표정이었다. 어느 곳에서든 우연한 만남은 반갑다. 서로 웃으면서 인사를 나눴다.

"아니 양 선생 아닙니까?"

"네, 변호사님을 여기서 뵙네요."

"그런데 여긴 어쩐 일로?"

"그냥, 마음이 번잡해서 재판받으러 가는 길에 들렀습니다."

"그렇죠. 절에 오면 마음이 편해지긴 하지요."

"변호사님도 절에 다니는 걸 좋아하시나 봐요."

"네. 그렇지요. 오늘 재판 때문에 걱정이 많으시죠? 그런데 머리는?"

"……."

예기치 않은 만남에 반가운 인사를 나누기는 했지만 아무래도 머리를 밀고 있는 것이 마음에 걸렸다. 어째서 머리는 그렇게 깎았느냐고 물었지만, 그는 씩 웃기만 할 뿐 별다른 설명이 없었다. 본심을 보이지 않고 있다. 머리에 관한 이야기가 나오자 아예 입을 다물어 버렸다.

마음이 편치 않은 것은 이해가 간다. 그렇더라도 재판 날에 맞춰서 머리를 밀어버릴 것이 뭐란 말인가. 재판을 마치고 해도 늦지 않은 일이다. 굳이 깎고 싶으면 단정하게 할 것이지, 반항을 표시하는 어린아이도 아니고 박박 밀어버릴 필요까지 있겠는가. 재판정에서 피고인이 머리를 밀고 있는 모습을 보면 판사가 의아해할 것이다. 별로 좋은 인상을 줄 것 같지 않았다. 설마 무슨 극단적인 행동을 준비하고 있는 것은 아닌지 마음이 불안하다. 생각이 여기까지 미치자 처음 보았을 때 느꼈던 단순한 낯섦이 걱정으로 바뀌었다.

어느새 시간이 다 되어서 법원을 가야 했다. 같은 동네라고는 하지만 설악산에서 법원까지 이동하려면 제법 시간이 걸린다. 첫 재판부터 늦을 수는 없다. 지방 소도시의 법원은 서울과 달리 분주함의 냄새가 없다. 주차도 편했다. 재판은 별 기다림 없이 제시간에 시작되었다. 피해자와의 합의서도 이미 제출된 상태. 범죄사실을 인정하는 재판은 절차가 복잡하지 않다. 특별한 사정이 없으면 보통 첫 기일에 재판을 마치고 다음 기일을 잡아서 선고한다.

사실 확인을 끝내고 증거조사를 마쳤다. 피고인에게 마지막 진술 기회가 주어졌다. 양 선생이 힘없이 일어나서 이야기를 시작했다. 그는 고개를 제대로 들지 못한 채 시선을 아래를 향하고 있었다. 평생 처음 법정에 피고인의 자격으로 서 있다. 그것도 전직 학교 선생으로서 미성년자 강제추행범이라는, 듣기에도 민망한 혐의를 받고 있다. 법정의 방청석에는 다른 사람들이 앉아있다. 그들도 자신에게 손가락질할 것만 같다. 어디론가 도망가서 숨고 싶은 심정일 게다. 행동은 위축되고, 마음은 가시방석이다. 목소리까지 작아서 잘 알아들을 수도 없었다.

"부끄러워 드릴 말씀이 없습니다. 먼저 저의 행위로 상처 입은 아이와 부모님에게 진심으로 사과드립니다. 모두 제 잘못입니다. 제가 한 짓에 대해서는 처벌을 달게 받겠습니다. 어제 미용실에 가서 머리를 전부 잘랐습니다. 오늘 변호사님과 만났을 때, 제 머리를 보고 왜 머리를 잘랐느냐며 걱정스럽게 물으셨습니다. 변호사님 눈에는 제가 좀 이상하게 보일 수도 있습니다. 부끄러운 저 자신, 잘못으로 뒤엉킨 저 자신과 단절하자는 의미로 머리카락을 모두 잘랐습니다. 머리를 잘랐다 하여 저의 잘못이 없어지지는 않습니다. 다만 저 자신을 돌아보고 반성의 의지를 다진다는 의미가 있습니다. 바닥에 서 있는 심정으로 참회의 시간을 보내겠습니다."

범죄사실을 인정하는 사건에서의 마지막 진술은 대부분 이번만 선처해주면 다음부터는 잘못을 저지르지 않겠다는 다짐으로 끝난다. 양 선생의 마지막 진술은 그런 일반적인 패턴에서 벗어나 있었다. 그는 선처를 구하지 않았다. 마지막 진술은 짧고 간명했지만 진솔함이 담겨있었다.

어눌한 말투와 자신 없는 태도가 그가 처한 법정 상황과 어울렸다. 누가 보아도 피고인이 처한 상황이 떳떳하지는 못하다. 이와 같은 사건에서 피고인이 맵시 있게 말을 하면 오히려 호소력이 떨어질 수 있다. 동정심을 끌어내는 데는 서투름과 머뭇거림이 더 효과적일 때가 있다.

절에서 우연히 변호사를 만났을 때, 왜 머리를 잘랐냐는 질문에 그가 할 수 있는 답은 희미한 미소뿐이었다. 그의 옅은 웃음 뒤에는 슬픔이 감춰져 있었다. 모든 일이 자신의 잘못으로 비롯되었기에 떳떳하게 표출할 수도 없는 슬픔이다. 웃고 있었지만, 사실은 울고 있었다. 모르긴 해도 어제 눈물을 흘리며 머리를 잘랐을 것이다. 마치 레온카발로의 오페라 〈팔리아치〉●에 등장하는 주인공 카니오와 비슷하다. 그는 고통으로 마음이 무너지는데도 관객에게 웃음을 선사하기 위해 무대에 올라야 하는 희극배우의 쓰라린 심정을 '의상을 입어라'에 담아 노래한다. 이중적 상황에 처한 유랑극단 광대의 입장과 양 선생의 처지가 한 화면에 겹쳐졌다.

머리는 곧 자라난다. 머리가 다 자랄 때쯤이면 그의 방황과 고통도 막을 내릴 것인가. 아무리 떨쳐버리려 해도 미성년자 강제추행범이라는 꼬리표가 끈질기게 따라다니며 괴롭힐 것이다. 양 선생

● 이탈리아 출신의 작곡가 루제로 레온카발로(1858~1919)의 작품으로 1892년에 초연되었다. 팔리아치는 유랑극단의 광대들을 의미한다. 피에트로 마스카니의 〈까발레리아 루스티카나〉와 함께 베리스모(사실주의) 오페라의 대표작으로 불린다. 공연시간이 길지 않아 두 오페라를 함께 공연하는 형식으로 기획되기도 한다.

스스로도 자신을 용서하기가 쉽지 않을 수도 있다. 머리를 깎은 것은 무엇보다 자기 자신에 대한 경고의 의미를 담고 있을지도 모른다. 자신의 범죄행위에 대해 가장 이해하지 못한 사람은 아마도 본인이었을 테니까.

파도가 철썩이며 해변을 할퀴어도 쓸려가지 않는 모래가 있다. 양 선생이 많은 것을 잃었다지만 건강, 젊음, 미래까지 다 사라진 것은 아니다. 쓸려가지 않은 작은 모래들이 드넓은 해변을 지키듯이 그의 내면에 남아있는 의지를 모아 묵묵히 앞으로의 삶을 재건해야 한다. 자잘한 일상으로 하루하루를 채워가며 헝클어진 그의 삶을 다시 굳건하게 만들어야 한다. 평범한 생활에서의 탈출이 아닌 평범한 생활로의 환원이 그가 이루어내야 할 과제이다. 양 선생은 지금 '삶의 어두운 터널에서 벗어나기'를 필사적으로 실행 중이다.

재판을 마치고 법정 밖으로 나왔다. 합의를 했고 마지막 진술도 좋아서 기존의 형보다 나쁘게 선고될 것 같지는 않다. 발길을 돌리는 그의 등 뒤로 낙엽이 떨어지고 있었다. 잎이 떨어져야 나무에 새순이 돋듯이 겨울이 지나면 다시 봄이 온다. 이 재판을 끝으로 스산한 양 선생의 마음속에도 따뜻한 봄기운이 감돌기를 바란다.

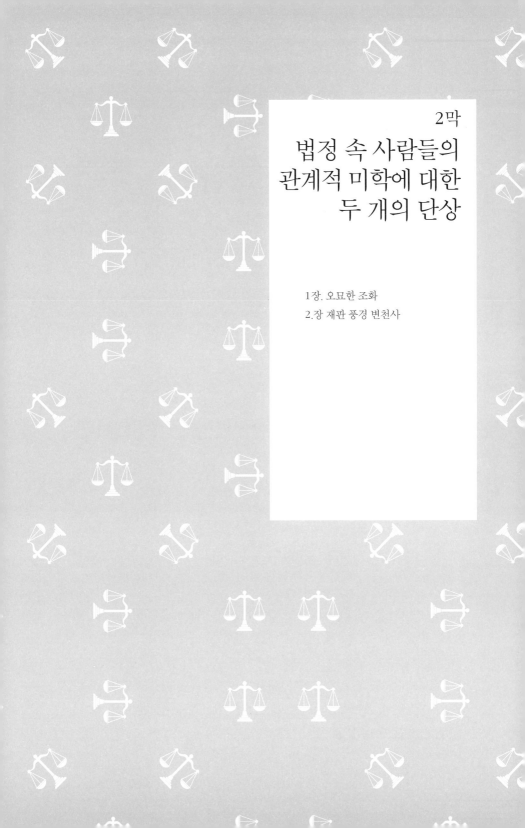

2막
법정 속 사람들의 관계적 미학에 대한 두 개의 단상

〈토스카〉 아리아 _오묘한 조화
〈삼손과 델릴라〉 아리아 _그대 음성이 내 마음 녹이고

부드러움을 바탕으로 한 새로운 관계의 설정은 재판을 즐겁게 이끌어가는 원동력이다. 세상에 나의 적이 될 사람은 아무도 없다. 내가 그를 적으로 만들 뿐이다. 더 나아가 살펴보면 내게 고맙지 않은 사람이 없다. 그 인연을 모를 뿐이다. 재판 관여자들의 관계적 측면을 모두 긍정적인 방향으로 승화시킬 때, 비로소 재판과 즐거움을 오묘하게 조화시킬 수 있다.

1장.
오묘한 조화

어떻게 하면 재판을 즐겁게 할 수 있을까? 재판이라는 단어와 즐겁다는 말은 한 눈으로 보아도 잘 어울리지 않는다. 양복 바지에 한복 저고리를 입은 모습이나, 상갓집에서 흘러나오는 커다란 웃음소리만큼이나 어색하다.

푸치니의 오페라 〈토스카〉에는 남자 주인공 카바라도시가 아리아 '오묘한 조화'를 부르는 장면이 있다. 화가인 그는 벽화 속 신비한 성모마리아와 세속의 존재인 토스카의 모습이 서로 다른 듯하지만 오묘하게 조화를 이루고 있다고 노래한다. 성스러움과 세속의 아름다움과의 어울림이 담겨 있다. 재판과 즐거움이라는 두 이질적인 요소가 노래에서처럼 오묘한 조화를 이룰 수 있을까.

사건 중심이 아닌 사람 중심으로 보면 재판 속에는 여러 인물의 다각적인 관계가 존재한다. 우선 재판 당사자들 사이의 관계가 있다. 판사와 당사자, 판사와 변호사와의 관계도 빼놓을 수 없다. 그리고 변호사와 당사자 더 나아가 변호사와 변호사와의 관계가 있다. 다양한 관계적 측면을 어떻게 인식하고 형성해가는가가 재판과 즐거움의 조화를 만들어내는 핵심이다. 예술이 서로 다른 두 개의 아름다움을 하나로 엮었듯이 관계를 바라보는 인식의 전환이 이질적인 두 요소를 하나로 융합시킬 수 있다. 관계 형성의 미학이 필요하다.

당사자와 당사자

소송을 제기하는 원고에게는 해결되지 않는 고민이 있다. 부당하게 입은 손해를 회복하지 못하고 있거나, 당연히 실현되어야 할 권리를 방해받고 있다. 최후의 수단으로 법원을 찾는다. 그 앞에 재판이라는 복잡하고 어려운 과정이 놓여있다. 여간해서는 즐겁기가 쉽지 않다. 상대방인 피고는 괜한 일로 법원까지 불려 다닌다고 불만이다. 피고 역시 즐거움과는 거리가 멀어 보인다.

재판은 사각의 링에 비유될 수 있다. 운동선수들이 아무리 링 밖에서 큰소리치고 다퉈봐야 아무런 결론이 나지 않는다. 링 안으로 올라가서 대결을 벌여야 어떻게든 승부가 난다. 무승부도 나쁘지 않다. 결론이 나면 대부분 수긍을 하고 조용해진다. 피할 수 없는 링이라면 즐거운 마음으로 오르는 게 낫고, 피할 수 없는 재판이라면 즐거운 마음으로 하는 게 낫다.

소송도 삶의 일부이다. 재판 중이라 하여 너무 인상 찌푸리고 괴로워하며 보낼 필요가 없다. 재판은 어둠의 터널을 지나기 위한 마지막 구간이다. 터널을 지나면 밝은 길이 기다리고 있듯이 재판 절차를 끝맺으면 어쨌든 갈등은 종결된다. 이긴 사람이야 더 좋겠지만 지더라도 결론이 나서 홀가분하다.

권투에 무승부가 있다면 재판에는 조정이 있다. 이것은 양 당사자가 판결에 의하지 않고 서로 양보하고 타협해 일정한 결론을 끌어내는 행위이다. 조정으로 끝났다면 양 당사자가 크게 불만이 없다.

무엇이든 끝나야 새로운 시작이 가능하다. 재판은 끝남과 새로움을 만들어주는 과정이다. 여기에 당사자들이 부여할 수 있는 재판의 긍정적 의미가 있다.

법원과 당사자

그러면 법원은 어떠한가. 스마트폰이 고장 나 해당 회사의 서비스센터를 이용해본 일이 있을 것이다.

"어서 오십시오. 고객님. 핸드폰에 어떤 이상이 있습니까? 네 알겠습니다. 잠시만 앉아서 기다리시면 곧 조치해드리겠습니다."

데스크 직원들은 상냥하기 그지없다. 친절 정신으로 무장한 그들의 서비스에 취해 고장으로 인해 불편했던 마음이 사라진다. 은행에 가보아도 마찬가지다. 귀빈실이니 개인자산 관리니 하는 시스템을 만들어 한 차원 더 높은 서비스를 제공한다. 법원에서 이 정도 서비스까지 기대하지는 않는다. 단지, 국민이 낸 세금으로 판사를 포함한 법원 직원들이 급여를 받는다는 사실을 기억했으면 한다. 세금을 내는 사람은 대우를 받을 권리가 있다.

어떤 법원에서 본 일이다. 사건 진행을 위해 판사가 원고·피고를 호명하고 있었다. '원고 ○○○ 님' '피고 ○○○ 님'이라고 이름 뒤에 '님' 자를 붙였다. 전국의 어느 법정에서나 쉽게 볼 수 있는 장면은 결코 아니다. 낯설었지만 신선했다. 보통은 이름 뒤에 아무런 붙임 없이 '원고 ○○○'이라고 하거나 혹은 '피고 ○○○ 씨'라고 부른다.

얼마 전까지만 해도 '님'은 특별한 존칭이었다. 처음에는 이름 뒤에 아무런 직함 없이 단순히 '님' 자를 붙이는 것이 어색했다. 그러나 자꾸 듣다 보니 자연스럽게 들린다. 이러한 트렌드를 판사가 재판 진행을 위한 당사자 호명에 적용했다. '님' 자를 붙여 불러주는데 싫다고 할 사람은 없다. 듣기에 좋고, 존중받는다는 느낌이다. 사람은 존중받을 때 자존감이 높아지고 행위에 대한 만족감이 커진다. 판사의 작은 실천으로 인해서 당사자들은 법원의 결론을 받아들이는데, 거부감이 적어진다. 혹시 패소하더라도 승복할 가능성이 크다.

본질적으로 보면, 판사들에게 원고와 피고는 정말 소중한 '님'이 아닐 수 없다. 중요한 건 마음가짐이다. 법원은 소송을 제기하는 사람들에게 언제나 고마운 마음을 가져야 한다. 고마운 사람에게는 충분히 즐거운 마음으로 대할 수 있다. 그들이 법원에 소송을 제기함으로 법원이 존재한다. 전 국민이 소송을 제기하는 것을 극도로 자제한다면 법원의 업무 부담은 줄어들 것이고, 그만큼 유휴 인력이 늘어나게 된다.

법원이라고 구조조정의 칼날 앞에 서지 말라는 법이 없다. 직장을 유지하게 해주고 생활의 방편을 제공해주는 사람들에게 '님' 자를 붙여주는 것은 너무나 당연하다. 따지고 보면 '님' 자를 붙여주는 행위가 특별하게 평가받을 일도 아니다.

이런 예도 있다. 민사판결 선고 날에는 출석이 의무가 아니어서 불출석하는 당사자가 꽤 있다. 대부분 판사는 출석 여부를 가리지 않고 미리 준비해온 순서대로 선고한다. 이와 다르게 선고를 들으러 온 사람이 있는지를 확인한 후에 출석한 사람부터 먼저 선고를 해주는 판사가 있다. 출석했건 말건 순서대로 할 경우는 바짝 긴장하고 기다리면서 자신의 사건번호가 불리는 순간까지 집중해야 한다. 그렇지 않으면 언제 지나갔는지 모르게 지나가 버려 선고결과를 모르는 때도 간혹 있다. 출석한 사람별로 특정하여 먼저 해주면 시간 면에서도 경제적이고, 정확하게 알아듣게 되는 장점이 있다. 다만 법원이 좀 불편할 뿐이다. 그러나 지나고 보면 크게 불편할 것도 없다.

법원을 찾는 이들에게는 공감하고 경청해주는 사람이 필요하다. 호명하면서 '님' 자를 붙여주거나, 선고할 때 출석을 확인하여 먼저 해주는 것은 공감의 표시이고 경청의 실천이다. 법원이 불편함을 감수하고 한 발짝 당사자에게 다가가는 순간 국민의 행복지수는 두 발짝 나아간다. 재판 진행과 관련된 관계 개선의 주도권은 법원이 가지고 있다. 그러니 법원에서 먼저 실천해야 한다.

판사와 변호사

한번은 재판정에서 순서를 기다리다가 재미있는 장면을 보았다. 대리인이 복대리인이었던 모양이다. 복대리인이란 원래의 대리인 역할을 하는 변호사에게 사정이 생겨서 재판 기일에 하루만 대신 출석하는 변호사를 말한다. 정밀한 시차진행제가 정착되기 전에는 한 변호사가 맡은 서로 다른 사건의 재판시간이 중복되는 경우가 많아서 어쩔 수 없이 복대리를 활용했다. 최근에는 재판 날짜를 정할 때 변호사와 의논하여 정하는 등 중복되지 않도록 많은 배려를 하고 있다. 부득이하게 겹치는 경우라도 정당한 사유가 있으면 기일변경이 가능하므로 점차 복대리는 사라지고 있다.

복대리인은 출석이라는 일시적 역할만을 하는 데 그치기 때문에 사건 기록을 검토하지 않아서 사건 내용을 잘 알지 못한다. 사건 내용에 대해 제대로 답변하지 못하는 변호사를 향해 판사가 이렇게 말했다.

"제가 제일 무서워하는 항변이 바로 복대리 항변입니다."

　항변은 소송을 제기당한 피고가 원고의 청구를 물리치기 위하여 갖가지 이유를 제시하여 방어하는 행위를 말한다. 복대리인이 사건 내용을 잘 몰라 진행에 어려움이 생기는 현실적인 상황을 항변이라는 재판용어에 빗대서 하는 말이다. 그의 목소리는 부드러웠으며 입가에는 웃음을 머금고 있었다. 난감해하는 변호사를 향해 분위기를 전환하려고 농담을 한 것이다. 유머를 아는 판사였다. 유머는 엄격함 속에서 행사될 때 더욱 돋보일 수 있다. 유머는 현실을 이해하고 상황을 긍정적으로 재구성해준다.

　어떤 판사는 복대리인 역시 당사자의 대리인 아니냐면서 대리인이 사건을 모르면 되느냐고 질책한다. 그러면 정말 할 말이 없다. 복대리인이라도 사건의 내용을 알아야 하는 것은 맞다. 복대리인이니 모를 수도 있다고 변명하려는 것이 아니다. 상황에 대한 대응 방법의 차이를 말하려 함이다. 부드러운 대응은 재판 분위기를 좋은 방향으로 이끌지만, 감정적인 대응은 분위기를 무겁게 만든다. 같은 상황이라면 이왕이면 재판에 긍정적인 영향을 주는 대응방법을 택하는 것이 지혜롭다.

이윽고 앞의 재판이 끝나고 차례가 되었다. 약 3주 전에 제출했던 준비서면이 아직 상대방에게 송달되지 않은 채 법정에서 전달되고 있었다. 법정에서 서면을 전달하면 받은 사람은 기재된 내용을 충분히 파악할 수 없다. 읽어보고 준비할 시간을 미리 갖지 못한 상대방에게 불편을 끼치게 된다. 그뿐만 아니라 검토 후 반박 준비서면을 제출하겠다고 하면 불필요하게 한 기일이 더 진행될 염려가 있다. 서면은 빨리 전달할수록 좋다.

어째서 3주 전에 제출된 서면이 아직 송달되지 않고 있었는지 물었다. 판사가 사무직원에게 확인하니 송달료가 떨어졌다는 대답이다. 송달료는 당사자들이 제출하는 서면이나 증거를 상대방이나 관계된 제삼자에게 전달하기 위하여 사용하는 우편료 등의 비용이다. 소를 제기하는 원고가 1명의 피고일 때를 기준으로 하여 보통 10만 원 전후의 금액을 법원에 낸다. 돈이 떨어지면 추가 비용을 내라고 당사자나 변호사에게 통지한다. 통지를 받으면 대체로 바로 납부한다. 어떤 이유인지는 몰라도 이 절차가 제대로 진행되지 않았다. 직원에게 이야기를 들은 판사가 변호사에게 말했다.

"송달료가 부족했던 모양이네요."

변호사가 말했다.

"변호사가 제일 무서워하는 송달료 부족의 항변을 하시는군요."

조금 전 들었던 판사의 농담을 그대로 인용했다. 말이 끝나자 주변에서 작은 웃음소리가 들렸다. 판사도 금방 알아듣고는 다른 이야기로 넘어갔다. 판사가 제일 무서워하는 복대리 항변과 변호사가 제일 무서워하는 송달료 부족의 항변이 자칫 무거워질 뻔한 재판을 미소의 장으로 전환해주었다.

유머 감각이야말로 변호사에게 필요한 덕목이다. 사건의 실체를 가지고 첨예하게 다투더라도 진행하는 과정에서는 얼마든지 여유로움을 보여줄 수 있다. 어차피 문제가 발생해서 법원으로 가져왔다. 문제를 푸는 방법까지 딱딱하게 하지 않아도 된다.

어느 날이었다. 법원에 가려고 고속도로에서 차를 운전하고 있었다. 도로가 막혀도 너무 막혔다. 정체를 예상하고 일찍 출발했는데도 시간을 맞추기가 쉽지 않을 것 같았다. 대한민국의 교통체증은 늘 예상 그 이상이다. 다른 시간도 아니고 재판 시간에 늦으면 낭패다. 상대방 변호사가 있는 사건이라 사무실로 연락했다. 차가 너무 막혀서 혹시 늦을지 모르니 조금만 기다려달라고 양해를 구했다.

앞 사건 진행이 늦어지면 전체적인 진행이 함께 늦어질 수 있다. 평소에는 기다리기 지루했는데 이럴 때는 오히려 늦어지길 바라고 있다. 역시 지연되는 것 자체는 좋을 것도 없고 나쁠 것도 없다. 각자가 처한 상황에 따라 다르게 느낄 뿐이다. 허겁지겁 재판정에 도착하니 10분 정도 늦었다. 이런! 벌써 진행하고 끝나 있었다. 도로와는 달리 재판은 하나도 밀리지 않은 모양이다. 법정에서 기다릴 때는 밀리고, 밀리기를 바랄 때는 빨리 끝이 났다. 세상일이라는 것이 바램과 반대 방향으로 가는가 보다.

판사가 늦게 도착한 변호사를 보더니 기일을 알려주면서 한마디 던졌다.

"사실조회 도착 전이라 이번 재판은 연기신청을 하셔도 되는데 지난번에 한 번 한 적이 있어서 미안한 생각에 못하셨나 봅니다."

그랬다. 그는 족집게 도사였다. 지난번 기일에는 사실조회 도착 전이라 연기신청을 했었다. 이번에도 아직 도착 전이라 연기신청을 하면 되었지만 두 번 연속 하기가 조심스러웠다. 재판장이 이런 상황에 대해 슬쩍 한마디 한 것이다.

변호사가 웃으면서 말했다.

"판사님이 투시력을 갖고 계시는가 봅니다. 변호사 마음까지 들여다보니 말입니다."

판사는 연기신청을 차마 못 했던 변호사의 마음을 헤아려주고 있다. 변호사는 판사의 투시 능력을 칭찬하고 있다. 헤아림과 칭찬이 오가는 교감의 현장이다. 대한민국의 모든 판사가 '님' 자를 붙여주고, 유머를 구사하고, 거기다가 투시력까지 발휘해준다면 법원 가는 길이 즐겁지 않겠는가.

변호사와 당사자

사건을 의뢰한 당사자를 비롯해 상대방인 원고나 피고에게, 더 나아가 고소인이나 피해자에 어떤 마음을 가져야 하는가. 당사자들이 부처님처럼 자비롭고 예수님처럼 사랑이 넘치는 사람이라면 소송까지 가지 않는다. 이해해서 받아들이고, 양보해서 포기하면 다툼은 없다. 쉽게 포기하지 않는 끈기를 가지고 있고 소송을 제기할 만큼 의욕이 강한 사람들이기에 변호사를 선임했다.

변호사는 그들로부터 돈을 받아서 생활비에 충당하고 아이를 교육한다. 퇴근 후 가질 수 있는 '소주 한잔'의 여유도 모두 그들의 주머니에서 나왔다. 이 정도면 당사자들에게 감사할 이유가 충분하다. 아이러니하게도 변호사가 주로 고마워해야 할 사람은 '법 없이도 사는 사람들'이 아니라 '법보다 주먹이 가까운 사람들'이라는 점이 재미있다.

고마움은 친절을 낳는다. 당사자가 법을 잘 모른다고 답답해할 것이 아니라 인내심을 갖고 친절하게 설명하고 알려줘야 한다. 상대는 모르기 때문에 비용을 내는데 비용은 비용대로 받고 모른다고 타박하면 예의가 아니다. 당사자의 모름이 변호사의 앎을 가치 있게 만들어주었다.

변호사가 갖추어야 할 또 하나의 덕목은 친절함이다. 변호사는 의뢰인에게 친절하고 또 친절해야 한다. 비록 의뢰인이 아닌 사람일지라도 친절해야 한다. 그들 역시 잠재적 의뢰인이다. 굳이 상업적 목적을 앞세우지 않더라도 친절은 인격을 높여주고 삶을 여유 있게 만들어주는 요소이다.

이러한 논리가 민사사건에만 적용되는 것은 아니다. 형사사건에서도 마찬가지다. 여기 1억 원의 손해를 보고 사기를 당했다고 주장하는 사람이 있다. 어떻게든 돈을 받고자 형사고소 했다. 고소당한 사람은 변호인을 선임하여 사기가 아니라고 주장한다. 금전적으로 피해를 보았다 하여 그것이 모두 처벌 대상인 사기죄에 해당하지는 않는다. 별도로 사기죄가 성립하기 위한 요건을 갖추어야 한다.

사람들은 금전적 피해가 있다고 생각하면 일단 사기죄로 고소하려는 경향이 있다. 투망식으로 그물을 던져보려는 심리이다. 던져진 그물망이 촘촘하지 못해 기본적으로 무죄의 가능성을 내포하고 있다. 상대방 변호인은 무죄를 받아내기 위해 법률적 측면을 면밀하게 살펴본다. 재판이 시작되면 검찰의 기소 내용에 대해 공소사실을 부인한다. 그 과정에서 증거에 부동의 하고 검찰에서는 고소인을 증인으로 신청한다. 후속 절차에 의해 고소인은 법정에 증인으로 소환된다.

대부분은 이때 피고인의 변호인과 증인으로 출석한 고소인이 처음으로 마주한다. 상대방을 경계하는 가운데 증인신문이 진행된다. 고소인은 증인으로서 피고인의 유죄를 밝히려 하고, 변호인은 의뢰인을 대신해 무죄를 입증하기 위해 필사적이다. 잡으려는 자와 피해가려는 자의 교묘한 심리전이 치열하게 전개된다. 질문과 답변이 오가는 과정에서 눈에는 불꽃이 튀고, 비록 주먹은 오가지 않지만 말의 펀치가 교차한다. 이 순간 양자는 이해관계가 첨예하게 대립하는 적으로 대치한다.

만약 무죄가 된다면 일단 변호사의 승리다. 무죄는 변호인에게는 훈장이나 다름없다. 반면에 고소인 자격으로 경찰과 검찰에서 진술하고 법정까지 나와 증언한 고소인으로서는 허탈할 수밖에 없다. 최종적으로 돈을 받고자 하는 중요한 목표가 좌절되었다. 책임을 전가할 대상을 물색하게 된다.

고소인은 변호사라는 장애물이 그의 중요한 목표의 달성을 방해했다고 여긴다. 자기 돈을 떼어먹은 사람을 보호하는 이 사회에 대해서도 원망의 감정이 생긴다. 피고인의 행위가 사기죄의 구성요건에 해당하느냐 안 하느냐 하는 법리 논쟁은 별 관심이 없다. 피고인의 권리 보호에 치중하느라 피해자의 권리 보호를 외면하는 재판 시스템이 혐오스럽고, 증인신문 과정에서 자신을 몰아붙인 변호사가 미워진다.

승리가 항상 선물만을 가져오는 것은 아니다. 최근 보도에 따르면 1심에서 무죄판결을 끌어낸 변호사가 항소심 재판이 끝나고 법정 밖에서 사기 고소인으로부터 폭행을 당하는 일이 있었다. 법조계에서는 변론권에 대한 심각한 침해이고, 헌법에 보장된 변호인의 조력을 받을 권리를 짓밟은 중대한 범죄행위라고 분노했다. 맞다. 이런 폭력은 어떤 경우에도 정당화될 수 없다. 변론권의 침해

이며 헌법상 보장된 피고인의 권리에 대한 도전이다. 절대 발생해서는 안 되는 일이다.

다만 여기서 한 가지만 짚고 넘어갈 일이 있다. 증인신문 과정에서 대립한 고소인은 과연 변호사의 적일까. 변호인의 의뢰인을 곤경에 빠뜨린 사람이니 단순하게 그를 적으로 바라보아야 할까. 사기 고소인은 어쨌든 피고인으로 인해서 금전적 손실을 본 사람인 경우가 많다. 피고인의 행위가 처벌까지 받을 정도는 아니더라도 고소인은 피고인과의 관계에서 손해를 본 사람임은 틀림없다.

변호사는 고소인에 대한 이해의 마음도 함께 가져야 한다. 의뢰인을 위해 열정적으로 변론해주는 것과는 별개의 시각으로 사기 고소인을 바라보아야 한다. 발상의 전환이 필요하다. 좀 극단적으로 말하면 사기 고소인은 변호사에게 매우 고마운 사람이다. 변호사가 쓰는 생활비, 교육비가 원천적으로 그의 행위에 기초해 조달되었음을 알아야 한다. 수임료는 의뢰인으로부터 받았는데 무슨 소리냐고 반문할 수도 있겠다. 이는 모르는 소리이다. 고소했기에 피고인이 변호인을 선임해 비용을 냈다. 고소가 없었으면 변호인은 필요 없다.

이익을 준 사람에게 적대적으로 대할 이유가 없다. 증인신문에 앞서, 그를 압박하기 보다는 부드러운 목소리로 "바쁘신 가운데 재판의 증인으로 출석해주셔서 고맙습니다. 돈을 못 받고 있어서 많이 속상하실 겁니다. 안타깝게 생각합니다. 그래도 재판에서는 사실대로 말씀해주십시오."라고 말하는 것이 좋다. 판사를 비롯한 법원 관계자들이 지켜보고 있고, 피고인이 함께하는 자리라서 약간 낯간지러울 수 있다. 아직 공감하는 법정 문화가 형성되지 않았기에 느껴지는 이질감이다. 자주 하면 익숙해지고 편안해진다.

고소인은 변호사에 대해 강한 경계심을 갖고 있다가도 작은 어루만짐에 경계의 끈을 늦추게 된다. 변호사에 대한 공격의 본능을 섣불리 드러내지 않는다. 이해하고 동조할 때 오히려 유리한 증언을 끌어내고 무죄를 받을 가능성이 더 커진다. 그러니 친절하고 부드럽게 대해야 한다. 변호사가 공감의 자세를 취하면 무죄와는 별개로 사기 고소인과도 친구가 될 수 있다.

변호사와 변호사

마지막으로 즐거운 재판을 위해서는 변호사들의 태도가 중요하다. 변호사는 공공성을 지닌 법률전문가로서 독립적으로 자유롭게 직무를 수행하는 사람들이다. 변호사는 소송에 대한 성공적인 결과를 담보하는 사람이 아니라 수행 과정의 성실한 협조자이다. 그렇더라도 결과로부터 완전히 자유로울 수는 없다. 결과가 좋지 않으면 당사자로부터 불만을 사게 되므로 즐거울 수만은 없다. 결과에 집착하게 되면 변호사들끼리 대립각을 세우게 되고, 오가는 말이 거칠어진다. 서로가 상대방을 이겨야 자기가 사는 처지니 이해

못 할 바는 아니다. 적어도 전문가라면 변호사에 대해 '거꾸러뜨려야 할 상대방을 돕는 적의 조력자'라는 수준의 인식에 머물러서는 안 된다.

표면적인 상황 판단에 그칠 것이 아니라 상대방 변호사에 대한 인식의 색깔을 새롭게 입혀야 한다. 생각하기에 따라서 많은 것이 바뀐다. 서로에게 고마운 사람이라는 마음 새김이 필요하다. 피고 변호사 입장에서 원고 변호사는 현실적으로 따져보아도 상당히 고마운 사람이다. 원고의 상담을 들어주고 그의 의사결정을 유도하여 결국은 소송을 제기하게 만드는 역할을 했다. 원고에게 변호사가 있을 때, 소장을 받아든 피고가 변호사를 찾을 확률이 훨씬 높아진다.

상대는 전문가인데 혼자 대응하다가는 패소할 수 있다는 생각에 일반 당사자는 두려움이 커진다. 그 두려움이 변호사 선임으로 이어진다. 원고 변호사가 능력을 발휘하여 소송을 수임했기에 피고 변호사에게도 기회가 생겼다. 덕분에 피고 변호사에게 일이 맡겨지고 매출이 발생했다. 경우에 따라서는 성공보수를 덤으로 얻게 될지도 모른다. 이렇듯 피고 변호사가 원고 변호사에게 감사해야 할 이유는 명백하다.

원고 변호사의 관점에서 피고 변호사를 바라보아도 고마운 것은 마찬가지이다. 헤비급 권투선수가 미들급 권투선수에게 패했다고 치자. 얼마나 실력 없으면 헤비급이 미들급에 패하겠느냐고 비난받는다. 소송으로 치자면 변호사는 헤비급이고 일반 당사자는 미들급 이하다. 변호사가 소송을 벌여서 변호사가 없는 일반 당사자에게 지게 되면 비슷한 소리를 듣게 된다. 오죽 실력이 없으면 일반 당사자가 혼자서 수행하는 사건에도 패하느냐고.

명백하게 패소할 사건은 당사자가 직접 하든 변호사가 있든 질 수밖에 없다. 이런 경우에 피고에게 변호사가 있다면 헤비급이 미들급에 패했을 때와 같은 비난은 면하게 된다. 변호사를 상대로 지는 것이 그나마 실력을 덜 의심받는 일이다. 승리했을 때도 같은 논리가 성립한다. 헤비급 선수가 미들급 선수를 상대로 이기는 것보다는 헤비급 선수를 상대로 승리해야 실력을 제대로 평가받을 수 있다. 승소가 명백한 사건은 당사자가 직접 하든 변호사가 있든 이긴다. 상대방에게 변호사가 있을 때 승소하는 것이 실력을 더 인정받는다.

양 당사자에게 변호사가 있어야 기일 변경을 위한 합의가 편리하다. 조정 가능성도 커진다. 한쪽 당사자만이 변호사가 있게 되면 변호사가 없는 쪽에서는 일방적으로 불리하게 당하는 것은 아닌가 하고 의심을 하게 마련이다. 이러한 의심은 조정을 어렵게 만든다. 반면 변호사의 조언을 받으면 자기가 크게 당하는 것은 아니라고 여겨서 조정안을 수용할 가능성이 커진다. 사람 심리의 작용이 그렇다는 말이다.

소송 중에 만난 변호사는 대리전에 투입된 전사들이지만 내적으로 보면 서로에게 고마운 존재임이 분명하다. 고마움은 친절뿐만 아니라 존중을 낳는다. 존중하는 사이에 서로 비난하고 큰소리 낼 일이 없다. 생각해보면 세상에 고맙지 않은 사람이 없다. 단지 그 인연을 모를 뿐이다. 상대방 변호사를 마주하면 속으로 '감사합니다. 져주시면 더욱 고맙겠습니다.' 하고 인사하자.

사람이 갖춰야 할 덕목으로 '미칭유'라는 3가지가 있다. 미소와 칭찬과 유머이다. 법정에서라고 이를 발휘하지 말라는 법이 있겠는가. 변호사는 재판을 통해 다른 이와 다투는 숙명을 타고 났다. 어차피 피할 수 없는 일이라면 즐기라는 말이 있다. 차가운 승부의 세계인 '재판의 링' 위에서조차 즐거움을 발견하는 눈이야말로 변호사와 같은 숙명적 싸움꾼들에게 진정으로 필요한 '위대한 싸움의 기술'이다.

이 '위대한 싸움의 기술'을 발휘하기 위해서는 입가에는 미소를 띠고 부드러운 목소리로 말해야 한다. 상대방을 칭찬해 가면서, 가끔은 유머를 섞는 것도 잊지 않으면 더욱 좋다. 생상스●의 오페라 〈삼손과 델릴라〉에는 극 중 인물인 델릴라가 삼손을 향해 부르는 '그대 음성이 내 마음 녹이고'라는 아리아가 나온다. 솜사탕을 핥

● 카미유 생상스(1835~1921)는 프랑스 출신의 작곡가로 작품 중 〈동물의 사육제〉가 유명하다. 오페라로는 〈삼손과 데릴라〉를 남겼다. 그가 작곡한 〈죽음의 무도〉는 세계적인 피겨스타 김연아의 공연곡으로 사용되기도 하였다.

는 것처럼 선율이 부드럽다. 생각은 말에 의해 표현되고 말은 목소리를 통해 전달된다. 가사처럼 부드러운 목소리는 상대방의 마음을 여는 동기가 되어준다.

부드러움을 바탕으로 한 새로운 관계의 설정은 재판을 즐겁게 이끌어가는 원동력이다. 세상에 나의 적이 될 사람은 아무도 없다. 내가 그를 적으로 만들 뿐이다. 더 나아가 살펴보면 내게 고맙지 않은 사람이 없다. 그 인연을 모를 뿐이다. 재판 관여자들의 관계를 모두 긍정적인 방향으로 승화시킬 때 비로소 재판과 즐거움을 오묘하게 조화시킬 수 있다.

〈카발레리아 루스티카나〉 아리아 _ 오렌지 향기는 바람에 날리고

〈라보엠〉 아리아 _ 무제타의 왈츠

법조계를 통틀어 법조삼륜이라 일컫는다. 법원, 검찰, 변호사가 법조
계를 움직이는 세 바퀴라는 이야기다. 법조삼륜 가운데 변호사의 위
치는 가장 뒤쪽이지 앞쪽은 아니다. 변호사는 군이 법조삼륜의 일원
이 되기 위해 애쓸 필요가 없다. 소외된 사람, 억울한 사람과 삼륜을
이루어야 한다. 법원, 검찰과 대척점에 서서 기본적 인권을 옹호하고
사회정의를 실현하기 위해 고군분투하는 것이 변호사 본연의 자세
이다.

2장.
재판 풍경 변천사

 첫 기일이었다. 여기에서 기일은 제사 지내는 날이 아니라 법정에서 재판이 진행되는 날을 의미한다. '첫사랑', '첫 경험' 같은 단어에는 기대와 흥분이 따르지만, 첫 기일은 같은 '첫' 자가 들어가도 느낌이 전혀 다르다. 설렘과 재미는 별로 없다. 재판의 기일은 법원이 직접 정하거나 당사자의 신청에 따라 정해진다. 민사소송은 원고의 소장 제출과 함께 시작된다. 소장을 접수한 법원은 피고에게 소장 등 관련 서류를 보내어 30일 이내에 답변서를 제출하라고 알려준다.

 이를 받아 든 피고는 원고의 주장을 반박하는 내용으로 된 답변서를 제출한다. 법원은 피고로부터 제출받은 답변서를 원고에게 보내준다. 부지런한 변호사들은 소장과 답변서 외에 자신들의 주장을 정리한 준비서면을 한 두 번 정도는 더 주고받는다. 주장과 항변을 기재한 서면을 준비서면이라고 한다.

치열한 공방이 종이와 활자를 통해 이루어진다. 이러한 절차를 거친 후, 대개는 법원이 첫 기일을 지정한다. 기일 지정이 늦어진 다 싶으면 기일을 지정해달라고 신청할 수도 있다. 소장이 제출된 이후 첫 기일이 지정되기까지는 보통 2~3개월은 족히 걸린다.

첫 기일에는 종이 뒤에 숨어있던 재판 관여자들이 처음으로 모습을 드러낸다. 각자의 주장을 진술하고 증거신청을 한다. 상황을 유리하게 이끌기 위한 긴밀한 탐색과 관찰이 오간다. 재판을 담당한 판사와 상대방 변호사의 성향을 파악한다.

판사에 따라 재판 진행의 방법에 차이가 있어서 결과에 영향을 준다. 되도록 조정으로 사건을 풀어가기를 권하는 판사가 있고 명확한 판결을 우선하는 판사가 있다. 당사자들이 어느 정도의 증거를 쥐고 있느냐에 따라 선호가 다르다. 불리해 보이는 당사자가 조정을 선호하는 판사를 만난다면 무언가 얻어갈 희망이 있다. 유리한 증거를 가진 쪽은 냉철하게 진행해서 칼같이 판단해주기를 원한다. 판결은 오직 증거에 따른 결론이어서 승자와 패자가 명백히 갈리지만, 조정은 당사자들의 양보와 타협을 전제로 중간 지대에서 길을 찾는 분쟁 해결방법이다.

의뢰인으로서는 일차적으로 변호사 복이 있어야 하지만 판사 복도 따르면 좋다. 1회 변론기일만으로 재판이 종료되는 것은 아니고 추후 몇 번의 기일 진행이 더 있다. 그사이에 주장을 보완하고 추가 증거가 있으면 제출한다. 사건의 내용에 따라 다르지만 5~6회 정도의 진행은 기본이다. 사건에 관한 내용을 파악하고 증거조사를 마무리하면 최종적으로 판결한다. 재판의 결과는 당사자들의 협력과 반발의 산물이다.

차례를 기다리는 중에 옆 벽면에 걸린 스크린에 눈길이 갔다. 요즘은 법정에 웬만하면 스크린을 갖추고 있다. 당사자를 비롯하여 변호사와 판사 그리고 법원 관계자가 소송 서류를 모두 함께 보기 위한 장치이다. 스크린과 더불어 원고와 피고가 앉는 책상 사이에는 서류를 비출 수 있는 장비가 마련되어있다. 그 위에 원하는 서류를 올려놓으면 스크린을 통해 내용을 확인할 수 있다.

대형 화면에는 표가 띄워져 있었다. 재판 진행 순서가 커다란 표 형식으로 만들어져있었다. 처음 보는 화면이었다. 사건의 시작 시각과 함께 사건번호와 당사자 이름이 보인다. 현재 진행되고 있는 사건은 노란색으로 반짝이고 있었다. 이름은 전체를 쓰지 않고 가운데 부분은 동그라미로 대체했다. 사건 당사자의 이름이 활자화되어 알려지는 것을 방지하기 위함이다.

위치상 방청석에 앉은 사람은 누구나 고개만 살짝 돌리면 볼 수 있다. 같은 법원이라도 모든 재판부가 진행표 화면을 보여주는 것은 아니다. 법정에서 순서를 기다리다 보면 도대체 내 사건은 언제쯤 시작하나 궁금증이 생긴다. 진행이 느려지면 더욱 그런 생각이 든다. 해당 법정의 출입문 옆에 재판 진행 순서를 기재한 안내 게시판이 있기는 하다. 이를 보고 법정을 제대로 찾아왔나 확인한다.

순서표를 촬영해서 법정 안에서 보는 사람도 있지만, 매번 그러기에는 귀찮고 번거롭다. 법정 안에 설치된 진행표 화면은 이러한 불편을 덜어준다. 사건과 당사자의 이름을 부름으로써 재판을 시작도록 되어있어서 판사는 언제나 이 절차를 지킨다. 호명되는 사건번호와 당사자의 이름을 통해, 자신의 재판이 언제쯤 진행될지 예상할 수 있다. 예상이 가능한 사회는 투명한 사회다. 조작의 여지가 줄어들수록 세상은 깨끗해진다. 순서를 미리 짐작할 수 있어서 기다리다 지루하면 살짝 바깥으로 나가도 된다. 페이스북이나 인스타그램에 사진 몇 장쯤은 올리는 여유를 부릴 수 있다.

마스카니가 작곡한 오페라 〈카발레리아 루스티카나〉●에 나오는 아리아 '오렌지 향기는 바람에 날리고'의 포근한 선율과 같은 훈훈함이 느껴지는 배려였다. 이 아리아는 널리 알려져서 작곡가와 출처인 오페라 제목을 잘 모를 뿐이지 멜로디는 귀에 익숙하다. 도입

● 이탈리아 출신 작곡가 피에르도 마스카니(1863~1945)의 대표작으로, 26세의 마스카니가 오페라 공모전에 출품하여 1등에 당선된 작품이다. 이탈리아의 시칠리아를 배경으로 평범한 사람들의 사랑과 배신을 그렸다. 이 오페라에 쓰인 장엄한 간주곡은 영화 〈대부 3〉의 음악으로 사용되기도 했다.

부에 들려오는 은은한 종소리가 평화로운 시골 마을에 자리 잡은 아담한 교회를 연상케 한다. 부드럽고 감미로운 선율로 인해 누구라도 이 곡을 들으면 선한 마음이 깃들 분위기다. 온 세상이 따뜻하게 느껴지고 착한 일을 하고픈 마음이 든다.

진행표를 사진으로 찍어서 글의 소재로 삼고 싶었다. 자료로 활용하려면 될 수 있는 대로 사진을 남기는 편이 좋다. 법정 안에서의 촬영은 원칙적으로 금지되어있다. 몰래 하다 걸리면 아주 낭패다. 불법 행위를 하는 것으로 오해할 수 있다. 정공법을 택했다. 때로는 정면으로 솔직하게 이야기하는 것이 문제 해결의 가장 좋은 방법이다. 다음 재판 기일을 정하면 변호사는 서류를 정리하고 자리에서 일어나야 한다. 일어나기 전에 화면을 가리키며 판사에게 직접 얘기했다.

"법정 안에서 사건 진행 순서를 안내하는 화면을 보여주니 참 좋습니다. 글쓰기 자료로 사용하려고 합니다만, 사진을 좀 찍어도 될까요?"

변호사가 자리를 비키지 않고 사적인 이야기를 하자 판사가 약간 의아해하는 기색이다. 그런 요청을 받는 일은 흔하지 않기 때문이다. 어쨌든 변호사의 의도를 알고는 흔쾌히 허가해주었다. 이왕이면 잘 찍으라고 덕담까지 했다. 막상 법정 안에서 사진을 찍으려니 뭔가 좀 어색했다. 서툰 솜씨로 몇 장 찍고 나오면서 격세지감을 느꼈다. 비록 법정 안에서의 재판 진행 순서 안내라는 작은 일이지만 국민에게 한 발 더 다가가려는 법원의 노력을 느낄 수 있었다. 적어도 법원은 국민 눈높이에 맞추어 다양한 시도를 하고 있다. 민원인을 위한 각종 편의 시설이 확충되고 있으며 민원인을 대하는 법원 종사자들의 태도가 친절 쪽으로 방향을 잡아가고 있다.

우선 시설의 변화가 눈에 띈다. 얼마 전까지만 해도 법원 청사는 오로지 그곳에서 근무하는 사람만을 위한 공간이었다. 국민의 세금으로 잘 지은 건물 속에서 그들만의 철옹성을 쌓고 있었다. 청사를 이용하는 수많은 민원인에 대한 고려는 거의 없었다. 법원에 오는 민원인은 기본적으로 할 말이 많은 사람들이다. 그런데도 그들이 서로 만나 편안하게 이야기를 나눌 만한 휴게 공간 하나 제대로 마련되어 있지 않았다. 그러던 것이 차츰 법원 청사 내에 민원인을 위한 공간이 하나둘씩 늘어났다. 유휴 공간을 활용하여 당사자들의 쉼터로 변신시키고 있다. 청사 내에 카페를 만들어서 민원인이 차 마시며 이야기할 수 있는 공간으로 제공하고 있다. 직원을 위해 사용되던 테니스장을 철거해 공원으로 만들기도 했다. 삭막함이 사라지고 친근감이 살아나고 있다. 법원은 일부러 머물고 싶은 장소는 될 수 없더라도 어서 벗어나고픈 장소는 되지 말아야 한다. 당사자들이 머물면서 대화하고 화해할 수 있는 공간의 역할을 해주어야 한다.

변호사와 법원 이용자들의 피부에 와닿는 변화 중의 하나가 재판 진행 순서의 개선이다. 개선을 거듭하다가 이제는 진행표를 법정 안에서 보여주는 단계에까지 이르렀다. 재판 진행의 순서는 중요 사건과 일반 사건이 다르다. 각각의 개인에게 있어서는 모든 사건이 중요하지만, 편의상 여기에서 중요 사건은 그 재판 과정과 결과가 사건 당사자뿐만 아니라 일반 국민에게까지 상당한 영향을 미치는 사건쯤으로 정의해두자. 또는 세간의 관심이 큰 대형사건 정도로 의미를 부여해도 되겠다. 중요 사건은 기록의 양이 많아 살펴볼 내용이 적지 않으며 사건의 관계자들이 다수인 경우가 대부분이다. 공소사실을 부인하면 필요한 증인들을 일일이 법원으로 불러서 증언을 들어야 하므로 시간이 많이 걸린다.

이런 사건에는 심리를 집중시키는 '집중심리제도'가 적용된다. 심리에 2일 이상이 필요한 경우에는 부득이한 사정이 없는 한 매일 법정을 열어야 한다. 일주일에 3~4번 정도 열리고, 재판하는 날에는 오로지 그 사건만 진행한다. 한 사건뿐이므로 재판정에 출석해서 순서를 기다릴 필요가 전혀 없다. 시간에 맞춰 도착하면 바로 재판이 시작된다. 박근혜·최순실과 관련된 국정 농단 사건의 재판 진행을 생각하면 쉽게 이해된다. 집중심리제도가 적용되어 박근혜 피고인이 법정에 도착하고 판사가 입장하면 바로 정해진 시간에 재판이 진행된다. 반면에 대다수의 평범한 사건의 경우는 한 달에 한 번 정도씩 재판을 진행한다. 피고인을 구속한 형사사건은 구속 기간의 제한 때문에 다음 기일과의 간격을 한 달보다 짧게 잡기도 한다.

이에비하여 일반 사건의 경우는 사정이 다르다. 한 재판부에서 하루에 여러 건을 진행하다 보니 어느 사건을 먼저 할 것인가 하는 진행 순서가 문제 된다. 과거에는 거의 모든 사건의 재판 진행 시각이 오전에는 10시로, 오후에는 2시로 통일되어있었다. 정말 바람직하지 않은 통일이었다. 남북통일은 염원해도 재판 시간 통일을 염원한 적은 없다. 한 재판부에서 보통 오전과 오후에 각 20~30건의 재판이 진행된다. 사건의 시작 시각이 10시 내지는 2시로 정해져 있어서 그날 재판받는 사람들은 모두 그 시각에 맞춰 법원에 와서 순서를 기다려야 했다. 언제 자기 차례가 될지 모르기에 적당히 늦게 도착할 수가 없다. 일시적으로 사람이 몰릴 경우에는 자리가 부족해서 법정 뒤편에 서 있어야 했다. 가뜩이나 정신적으로 피곤한 사람들에게 육체적 피로까지 감수하게 했다.

법정이 사람들로 가득하고 붐볐지만, 은행처럼 번호표를 나눠주는 것도 아니었다. 본인 사건의 진행 순서를 놓치지 않기 위해서는 될 수 있는 대로 법정 안에서 대기해야 했다. 사람에 따라서는 오래 기다리게 되기도 했다. 기약 없이 기다리다보면 지칠 수밖에 없다. 매도 먼저 맞는 것이 낫다. 어쩌다 맨 뒤쪽으로 밀리면 죽을 맛이다. 빨리 끝내고 법원을 벗어나고 싶지만, 순서가 뒤로 밀리는 만큼 법원에 머물러야 하는 시간도 길어진다. 머묾과 함께 불편함의 시간도 늘어난다. 변호사도 재판 끝나면 어서 법원을 나서고 싶은 마음이 굴뚝같은데 보통 사람의 심정이야 더 설명할 필요도 없다. 불만이 가득했지만 괜한 소리 했다가 자신의 재판에 불리하게 작용할까 봐 꾹 참았다.

대체로 변호사가 선임되지 않는 사건보다 변호사가 선임된 사건을 먼저 진행했다. 당사자가 직접 수행하는 사건과 비교하면 변호사들에 대한 약간의 우대는 있었던 셈이다. 변호사들은 자신들에게 우선권이 주어지니까 은근슬쩍 모른 체하며 먼저 진행했다. 이것도 당사자의 처지에서는 변호사에 대한 특별대우로 보이고, 자신에 대한 차별로 인식되었다. 돈 없어서 변호사 선임 못 한 사람 서러워서 살겠냐는 푸념이 저절로 나왔다. 자연히 법원뿐만 아니라 변호사들에 대한 불만도 함께 쌓여갔다.

지금은 변호사가 선임된 사건이라고 먼저 진행하지 않는다. 사건마다 시간별로 순서를 정해놓고 그 순서대로 진행한다. 변호사가 선임되었거나 선임되지 않았거나 적어도 진행 순서에서는 차별 없는 세상이 되었다.

그러면 변호사들끼리는 어땠을까. 민사사건에서는 양 당사자에게 모두 변호사가 선임된 경우가 많다. 대리인이 둘 다 출석해야만 재판을 진행할 수 있다. 혼자만 빨리 왔다고 능사가 아니다. 상대방 변호사가 도착했는지를 알아보기 위해 다른 변호사의 기록 봉투에 기재된 당사자 이름을 슬쩍 살펴보곤 했다. 변호사들은 서로가 확인하기 쉽도록 당사자 이름이 적힌 기록 봉투를 꺼내어 책상 위나 무릎 위에 보기 좋게 올려놓았다. 먼저 확인한 쪽에서 살짝 눈짓으로 신호를 보낸다.

둘 다 출석했으면 일단 재판을 시작할 준비가 되었다. 판사가 방청석을 향해, "준비된 사건 진행하시죠."라고 말한다. 이 말은 '먼저 온 변호사 있으면 그 사건부터 재판 진행할 테니 알아서들 앞으로 나오세요.'라는 뜻이다. 대기하던 '준비된' 변호사가 사건번호를 호명하며 재판을 시작했다. 판사와 변호사 사이에 명시적으로 합의되지는 않았지만 지켜지기는 하는 약간은 어정쩡한 약속이었다.

변호사들끼리의 선후는 재판정에 온 순서에 따라 정해졌다. 대기표를 받는 것이 아니어서 그 순서가 명확하지는 않았다. 어떤 변호사는 앞 사건이 종료될 것 같은 눈치가 보이면 신속하게 기록 봉투를 들고 자리에서 일어나 서 있으면서 '다음 순서는 나다.'라고 미리 못을 박아두기도 했다. 누가 먼저 왔는지 애매할 때 선수를 치기 위한 효과적인 방법이었다. 다음 재판을 위해서 빨리 자리를 떠야 하는 변호사가 앞 순서로 추정되는 변호사에게 먼저 진행을 하게 해달라고 허락을 구하는 일도 종종 있었다. 그러면 야박하게 안 된다고 할 수도 없어서 그렇게 하도록 고개를 끄덕이곤 했다.

어찌 되었든 이는 양보를 전제로 했다. 변호사에게 요구되는 덕목 중의 하나가 여유이다. 바쁜 사람이여 먼저 진행하시라. 여유 있는 사람이 기다려주리라. 변호사는 바쁜 척하지 말아야 한다. 의뢰인이 '저 사람 너무 바빠서 내 사건 제대로 해 주겠는가.' 하는 생각을 들게 만든다. 변호사뿐만 아니라 바쁘다는 말을 입에 달고 사는 것은 그다지 바람직하지 않다. 그런 말을 하든 안 하든 객관적인 상황은 똑같다. 굳이 바쁘다는 말로 자신의 여유 없음을 광고할 필요가 없다.

그 와중에 얄미운 변호사도 더러 있었다. 늦게 와서는 기다리던 변호사를 무시하고 먼저 진행하는 것이다. 아무런 양해도 없이 불쑥 순서를 앞질러 진행하는 것은 염치없는 행위이다. 법조 경력이 어느 정도 되고 현직에 있다가 나와서 판사들과 잘 안다는 사람이 주로 그런 행동을 했다. 기분이 언짢았지만 법정에서 싸울 수도 없기에 그냥 넘어가고 만다. 양보한 자여 그대에게 축복 있으라.

같은 법원 다른 재판부에 비슷한 시간에 또 다른 사건이 있는 경우에 약간의 딜레마가 있었다. 아예 거리가 먼 다른 법원이라면 출석을 포기하고 복대리라도 선임하면 된다. 그것조차 여의치 않으면 기일변경신청을 한다. 다만 이런 절차들을 거치려면 번거롭기도 하고, 같은 법원인 경우에는 물리적으로 두 사건 모두 진행이 가능하기도 하여 요령껏 동시 진행을 시도했다.

요령을 피운다고 다 성공하는 것은 아니다. 이쪽 법정에서 진행하고 빨리 저쪽 법정으로 넘어가야 하는데 한쪽이 밀리고 있으면 초조해진다. 살짝 다른 법정으로 먼저 가보지만 그쪽도 밀려 있으면 진퇴양난이다. 진땀을 흘려가면서 노심초사하다가 한쪽 사건에서는 불출석으로 처리되기도 했다.

　이런저런 눈치 안 보고 첫 번째로 진행하고자 9시 30분이나 1시 30분에 미리 가기도 했다. 그런 생각을 하는 변호사들이 점점 늘어나서 일찍 간다고 갔는데도 먼저 와 있는 변호사를 만나기가 다반사였다. 일종의 악순환이었다. 이렇게 1~2시간을 기다려서 재판은 고작 5~10분 정도 하고 간다. 시간 분배의 비효율성이 극에 달했다. 피곤하고 허탈한 일이었다. 기다리다 지친다 하여 변호사들끼리 법원을 '대기역'이라고 부르기도 했다. 정밀한 시간제 진행에 따라 이제는 볼 수 없는 하나의 추억어린 풍경이 되었다.

　판사 입장에서는 같은 시간에 여러 재판을 한꺼번에 배정한다 해도 불편할 것이 없었다. 오히려 시간이 하나로 정해져 있으니 이것저것 신경 쓰지 않고 지정하기 편리했다. 당사자들이 기다린다고 판사들이 일하는 시간이 증가하는 것도 아니다. 재판이 지연되어도 방청석에다 양해 바란다는 말 한마디 않았다. 법원 절대 우위의 사고에 빠져있었다. 변호사들도 법원의 눈치를 보았다.

　불편함이 계속되면 언젠가는 편리한 쪽으로 방향을 틀게 마련이다. 정치적 변화와 맞물려 국민의 의식함양이 이루어지고, 변호사 단체의 노력과 법원의 자성이 합쳐져서 드디어 변화의 물꼬가 트이기 시작했다. 김대중, 노무현 정부를 거치면서 점차로 법원이 민주화되어갔다. 지금은 장시간의 기다림에서 벗어날 수 있는 시간

별 진행제도가 시행되고 있다.

10시와 2시에 일률적으로 와서 당신 순서까지 무조건 기다리라던 법원은 이제 없다. 간단하게 10시, 2시만을 고집하던 그들이 11시, 3시, 4시, 5시를 언급했다. 이어서 10시 반, 11시 반, 2시 반, 3시 반, 4시 반이 추가되었다. 더 나아가서는 10시 15분, 10시 45분, 11시 15분, 2시 15분, 2시 45분, 3시 15분, 3시 45분, 4시 15분, 4시 45분으로 세분되었다. 지금은 10분 단위로 재판 일정을 잡는다. 가끔은 더 세밀하게 5분 단위로 시간을 잡기도 한다.

아무래도 분 단위로 쪼개려면 법원에서 좀 더 신경을 써야 한다. 그들이 쏟는 1%의 노력으로 당사자와 변호사는 99% 더 편안해진다. 변호사는 이제 재판을 오래 기다리지 않는다. 시간이 중복되어 이쪽 재판하고 저쪽 법정으로 넘어가기 위해서 초조해하지 않아도 된다.

특별히 새치기할 일도 없고, 굳이 앞 순서 변호사에게 차례를 구걸하지 않아도 된다. 변호사들 사이에 눈치 싸움할 일도 없어졌다. 차별적 대우로 인해 변호사와 일반 당사자가 갈등할 일이 없어졌다. 이렇듯 세분화된 시차진행제도가 정착됨으로써 변호사뿐만 아니라 당사자도 여유로워졌다. 적어도 재판 시간과 관련해서는 변호사와 당사자가 법원에 불만 가질 일이 없게 되었다.

불가피한 사정으로 재판이 지연되어도 많아야 10분, 20분 정도 기다리면 족하다. 이 정도는 애교로 봐줄 수 있다. 변호사가 선임된 재판에서는 다음 기일을 정할 때 변호사와 당사자의 일정을 물어서 가능한 시간으로 정하는 관행이 정착되었다. 어쩌다가 재판이 겹치더라도 연기신청을 하면 거의 받아준다.

출석을 위해 복대리를 선임할 일도 거의 없게 되었다. 당사자로부터 사건을 의뢰받은 변호사가 사건을 일시적으로 다른 변호사에게 다시 위임하는 행위를 복대리인 선임행위라 한다. 주로 변호사가 담당한 재판 시간이 겹쳐 출석이 어려울 때 복대리인을 선임했다. 이렇게 위임을 받은 복대리 변호사는 법정에 출석만 할 뿐 사건의 실질적인 내용을 잘 몰라서 재판이 공전할 가능성이 컸다. 이러한 의미의 복대리가 사라져가는 점은 재판의 신속한 진행을 위해서도 바람직하다.

증인신문을 해야 할 사건은 시간이 많이 소요되므로 따로 모아서 진행 시간을 넉넉하게 잡는다. 불가피하게 증인 없는 사건을 증인 있는 사건과 비슷한 시간대에 잡아야만 하는 경우가 있다. 이럴 때는 일정을 잡는 과정에서 미리, 증인 없는 사건의 대리인에게 법정에 도착하는 대로 법정 경위에게 말해서 먼저 진행할 수 있도록 하라고 언질을 주며 배려하는 판사도 있다. 재판 진행이 너무 늦어지는 것 같으면 판사가 방청석을 향해 재판 지연에 대해 이해를 구하는 말을 하며 기다리는 사람의 마음을 달래주기도 한다. 시작하는 시간뿐 아니라 종료 시각에 대한 예상이 가능해져서 다른 일정 잡기도 편리해졌다.

적어도 재판 진행 시간과 관련해서는 시작과 끝이 거의 정확하게 예견되는 법정문화가 형성되어 가고 있다. 우리나라 민사소송법 제1조, 제1항에는 민사소송의 이상에 대하여 "법원은 소송절차가 공정하고 신속하며 경제적으로 진행되도록 노력해야 한다."라고 규정하고 있다. 과거에는 변호사 없는 사건과 있는 사건의 진행 순서에 차별을 둠으로써 공정성을 침해했고 똑같은 시간에 많은 사건을 배정함으로써 신속과는 거리가 멀었다. 민사소송의 이상이 제대로 실행되지 않았다. 이제라도 위 조문이 그 역할을 다하게 되어 다행이다.

법조 영역에서는 이러한 방식의 재판 진행을 '시차소환제'라고 부른다. 시간에 차이를 두어 불러서 오게 한다는 의미다. 제도는 좋지만 소환이라는 용어가 별로 마음에 안 든다. 말 자체에 벌써 사법부 위주의 사고가 엿보인다. '우리가 부르면 너희는 와야 한다.'라는 '시킴과 복종'의 냄새가 난다. 국민을 명령의 객체로 보는 시각이다. 이러한 용어는 수정되어야 한다. 무색투명한 '시차진행제' 정도가 적당해 보인다. 용어까지 바뀌면 완벽하다.

재판 진행 시간 하나 바꾸는데도 해방 이후 거의 70년 정도의 세월이 걸렸다. 변화를 이룬다는 것이 이렇게 어려운 일이다. 많은 정치지도자가 변화라는 과제를 들고 나오지만 정권을 잡더라도 기득권 세력의 반대에 부딪혀 실행이 만만치 않다. 그래도 단념해서는 안 된다. 사회적·정치적 시스템의 변화는 70년이 아니라 700년이 걸리더라도 반드시 이루어내야 한다.

역사는 불완전에 대한 끊임없는 투쟁의 과정이며 완전함을 향한 지속적인 도전의 과정이다. 기일을 좀 당겨 달라고 요구했다가 판사로부터 싫은 소리를 듣던 이야기는 이제 호랑이 담배 피우던 시절의 에피소드가 되었다. 일방적으로 지시하고 무조건 따르는 것이 아니라 민원인과 소통하고 그의 불편함을 법원행정에 적극적으로 반영하는 열린 법원이 되어가고 있다.

이외에도 여러 측면에서 과거와는 달리 불합리한 제도에 대한 개선이 이루어지고 있다. 대법원장이 형사재판과 관련하여 "수사기록을 던져버려라!"라고 한 적이 있다. 과격하게 들릴 수도 있지만, 판사들이 재판 과정에서 수사기록에 의존하던 관행을 탈피하고 공판과정을 통해 실체적 진실을 밝히는 데 집중하라는 독려의 말이었다. 반대로 해석하면 그 이전까지 수사기록에 지나치게 의존하고 이미 유죄의 심증을 가진 상태에서 재판에 임했다는 말이 된다. 원칙적으로 검사가 기소할 때는 공소장 하나만을 법원에 제출하고, 사건과 관련된 서류나 물건을 첨부하지 말아야 한다. 이를 공소장 일본(一本)주의라고 한다. 하지만 과거에는 기록 일체를 법원에 보내 판사들의 예단을 부추겼다. 예단을 갖고 재판을 진행해서는 안 된다는 '예단 금지의 원칙'은 사라지고, 절차보다는 처벌에 중점을 두었다. 그다지 바람직하지 않은 모습이었다.

과거 판사들의 비중립적 태도 때문에 유감스럽게도 변호사는 형사 재판정에서 두 종류의 검찰을 만나야만 했다. 원래 검사는 기소하고 판사는 기소된 내용이 적정한지를 살펴보고 공정하게 판단하는 역할을 해야 한다. 그런데 자신의 직분이 판사인지 검사인지를 착각하는 판사가 많았다. 판단하는 본연의 임무를 뒤로한 채 검찰과 같은 편에 서서 단죄하는 일에 치중했다. 공정하고 중립적인 판단자의 역할을 다하지 못하고 기소하는 검찰과 똑같은 수준에 머물렀다. 검찰이라는 하나의 적을 상대하기도 녹록지 않은데 검찰의 편에 선 또 하나의 적까지 마주해야 했다. 이처럼 두 종류의 검찰을 상대해야 하는 변호사로서는 힘든 싸움이 될 수밖에 없었다. 무죄 추정의 원칙이 아닌 유죄추정의 원칙이 적용된다는 자조적인 목소리가 여기저기서 들렸다.

불합리한 관행은 언제나 변화의 요구에 직면하게 된다. 지금은 개선이 이루어져 기소 시에는 공소장만을 제출하며 1회 변론기일에 이르러서 증거조사 후 기록 전부를 제출하고 있다. 판사는 1회 변론기일 전까지는 검사가 제출한 공소장과 변호인이 제출한 변호인 의견서 및 관련 자료를 보고 법정에 들어선다. 전체 기록은 증거조사가 이루어진 뒤에야 검토하게 되어있어서 예단 배제의 원칙에 좀 더 접근하고 있다.

그 외에도 법원이 중립적인 위치를 견지하려 하는 태도가 여러 곳에서 감지된다. 일단 형사재판이든 민사재판이든 판사들이 매우 친절해졌다. 고압적인 자세를 벗어나 부드럽고 신중하게 접근하려

한다. 당사자들의 처지를 이해하고 공감하려는 판사들이 늘어나고 있다. 소송 진행과 관련해서 어찌해야 할지 잘 모르는 당사자가 있으면 전문가와 상의해보라고 차분하게 안내해주기도 한다.

재판 진행을 깔끔하게 잘하는 판사들을 만나면 절로 미소가 지어진다. 다만 어느 조직을 가도 시대적 흐름에 동참하지 못하는 사람은 늘 있는 법, 잘 찾아보면 아직도 친절과는 담쌓고 자기가 제일 잘난 줄 아는 판사가 어딘가 있을지 모르겠다. 그럴 때는 과감히 항의하라.

"판사님, 나는 세금을 성실하게 내는 국민입니다. 판사님은 그 세금의 일부로 지은 건물에서 근무하고 월급을 받고 있지요. 제발 국민에게 친절해지시길 바랍니다. 납세자는 대우를 받을 권리가 있습니다."

의무를 다하는 사람에게 특별히 우대는 못 해주더라도 최소한 홀대는 하지 말아야 한다. 법원을 찾는 사람들은 마음속에 대못 하나 정도는 박아 놓고 산다. 법원이 대못을 뽑아주지는 못할망정 새로운 대못을 박아서는 안 된다. 대못을 뽑는 수단으로 친절만큼 좋은 것은 없다. 박근혜 전 대통령에 대한 재판 때에 재판장이 "재판이란 원래 힘든 거"라며 "휴정을 요청하면 그리하겠다."라는 취지의 말을 했다. 집중심리로 인해 장기간 긴장 상태로 재판을 할 수밖에 없는 처지의 피고인에 대한 배려이다. 특정인에게 특혜를 주려는 것이 아니라 요즘 법원의 시각이다. 엄숙함 속에서도 여유가 발휘되고 있다.

여유 있는 배려는 인간에 대한 따뜻한 이해에서 나온다. 잠시나마 현실을 잊고 고통을 견디게 해준다. 어렵고 힘든 사람에게는 배려가 더 절실하다. 개인의 태도 변화가 모여서 사회 전체의 의식을 올바르게 형성하듯이 판사의 태도 변화는 법원 전체의 이미지를 긍정적으로 만드는 핵심이다. 앞으로도 친절한 진행과 설득력 있는 판결로 당사자들로부터 신뢰받는 판사가 늘어나야 한다. 제발 저 판사에게 재판을 받고 싶다고 요청받는 판사가 넘쳐나는 법원을 만들어야 한다.

그렇다면 변호사는 어떤 역할을 해야 하는가. 법조계를 통틀어서 법조삼륜이라 일컬어왔다. 법원, 검찰, 변호사가 법조계의 세 바퀴라는 이야기다. 그들이 말하는 법조삼륜 가운데 변호사의 위치는 세 바퀴 중 가장 뒤쪽이지 앞쪽은 아닐 것이다.

변호사는 굳이 법조삼륜의 일원이 되기 위해 애쓸 필요가 없다. 소외된 사람, 억울한 사람과 삼륜을 이루어야 한다. 법원, 검찰과 대척점에 서서 기본적 인권을 옹호하고 사회정의를 실현하기 위해 고군분투하는 것이 변호사 본연의 자세이다. 지나가는 나그네의 외투를 벗긴 것은 차가운 겨울바람이 아니라 따스하게 내리쬐는 햇볕이었다. 낮에는 햇볕 같은 변호사, 밤에는 달빛 같은 변호사가 되어야 한다. 달빛 변호사는 영롱한 달빛이 어두운 길을 비춰

주듯이 어려움에 부닥친 사람들의 빛이 되어 주는 변호사다.

푸치니의 오페라 〈라보엠〉●에 '무제타의 왈츠'라는 경쾌한 아리아가 있다. 들어보면 밝고 빛나는 멜로디에 빠져든다. 무제타는 매력이 넘쳐나는 아가씨다. 그녀가 거리를 걷노라면 많은 사람이 그 아름다움에 감탄한다는 노래이다. 자신감 넘치는 그녀는 이 거리의 제일가는 매력 덩어리다. 무제타처럼 많은 사람이 좋아하는 그런 매력 덩어리 같은 변호사는 어디 없는가.

● 1896년에 초연되었다. 배경이 크리스마스이브여서 주로 연말에 많이 공연된다. 초라한 아파트 다락방에 모여 사는 시인 루돌프와 화가 마르첼로, 철학자 콜리에 그리고 음악가 쇼나르드가 있다. 위 4명과 병약한 미미 그리고 마르첼로의 애인이었던 무제타 간의 삶과 사랑의 이야기다. 라보엠에 나오는 유명한 아리아로는 '그대의 찬 손', '내 이름은 미미', '무제타의 왈츠'가 있다.

글을 맺으며

'달빛 변호사'를 책이라는 형태로 머릿속에서 떠나보낸다. 막상 떠나보내려니 기쁨보다도 두려움이 앞서는 것도 사실이다. 머릿속에 머무는 생각에는 책임이 따르지 않지만, 밖으로 드러내는 순간 짊어져야 할 무게가 적지 않다.

첫 작품이라 상당한 애정과 노력을 기울였다. 오랫동안 구상으로만 존재해온 생각을 형태로 만들고 나니 홀가분하다. 읽는 이가 잠시나마 포근함에 젖을 수 있는, 부드러운 햇살 같은 글이 되었으면 좋겠다. 다만 아리아의 느낌과 감정을 글 속에 자연스럽게 녹여 냈는지에 대해서는 부족함을 느낀다.

이 책을 통해 멀게만 느껴지던 법이 좀 더 친근한 모습으로 독자에게 다가갈 수 있는 계기가 된다면 큰 보람이겠다. 규제와 단속으로만 작용하는 법이 아니라 상처받은 사람들을 어루만져 주는 따뜻한 법으로 사회를 채우는 것은 우리의 몫이다.

세상살이가 아무리 팍팍하다지만 그래도 기댈 곳은 사람이다. 영롱한 달빛이 어두운 길을 비춰주듯이 사람과 사람이 서로에게 빛이 되어주는 그런 세상을 꿈꿔본다.

2018. 1.

김영훈

오페라 및 아리아 목록

에피소드	아리아 제목	오페라 명	작곡가
할머니들의 전쟁	별은 빛나건만	토스카	푸치니
	이기고 돌아오라	아이다	베르디
무죄의 기술	나는 이 마을의 만능일꾼	세비야의 이발사	로시니
	축배의 노래	라 트라비아타	베르디
전략적 변론을 위한 인내	그대의 손을 잡고	돈 조반니	모차르트
	여자의 마음	리골레토	베르디
욕망의 끝	뱃노래	호프만의 이야기	오펜바흐
	저녁별의 노래	탄호이저	바그너
소년이여 밥은 먹고 다니는가	남몰래 흐르는 눈물	사랑의 묘약	도니체티
	오! 사랑하는 나의 아버지	잔니 스키키	푸치니
일촉즉발의 순간	밤의 여왕 아리아	마술피리	모차르트
	하바네라	카르멘	비제

에피소드	아리아 제목	오페라 명	작곡가
그에게서 오렌지 향기가 났다	공주는 잠 못 이루고	투란도트	푸치니
	어느 날 밤, 깊은 바닷속	메피스토펠레	보이토
재판의 품격	저녁 산들바람은 부드럽게	피가로의 결혼	모차르트
	남자는 교수대로, 여자는 내 품으로	토스카	푸치니
마지막 진술을 하다	저 타오르는 불꽃을 보라	일 트로바토레	베르디
	오, 운명의 여신이여	카르미나 부라나	칼 오르프
피고인이 된다는 것	종의 노래	라크메	들리브
	의상을 입어라	팔리아치	레온카발로
오묘한 조화	오묘한 조화	토스카	푸치니
	그대 음성이 내 마음 녹이고	삼손과 델릴라	생상스
재판 풍경 변천사	오렌지 향기는 바람에 날리고	카발레리아 루스티카나	마스카니
	무제타의 왈츠	라보엠	푸치니